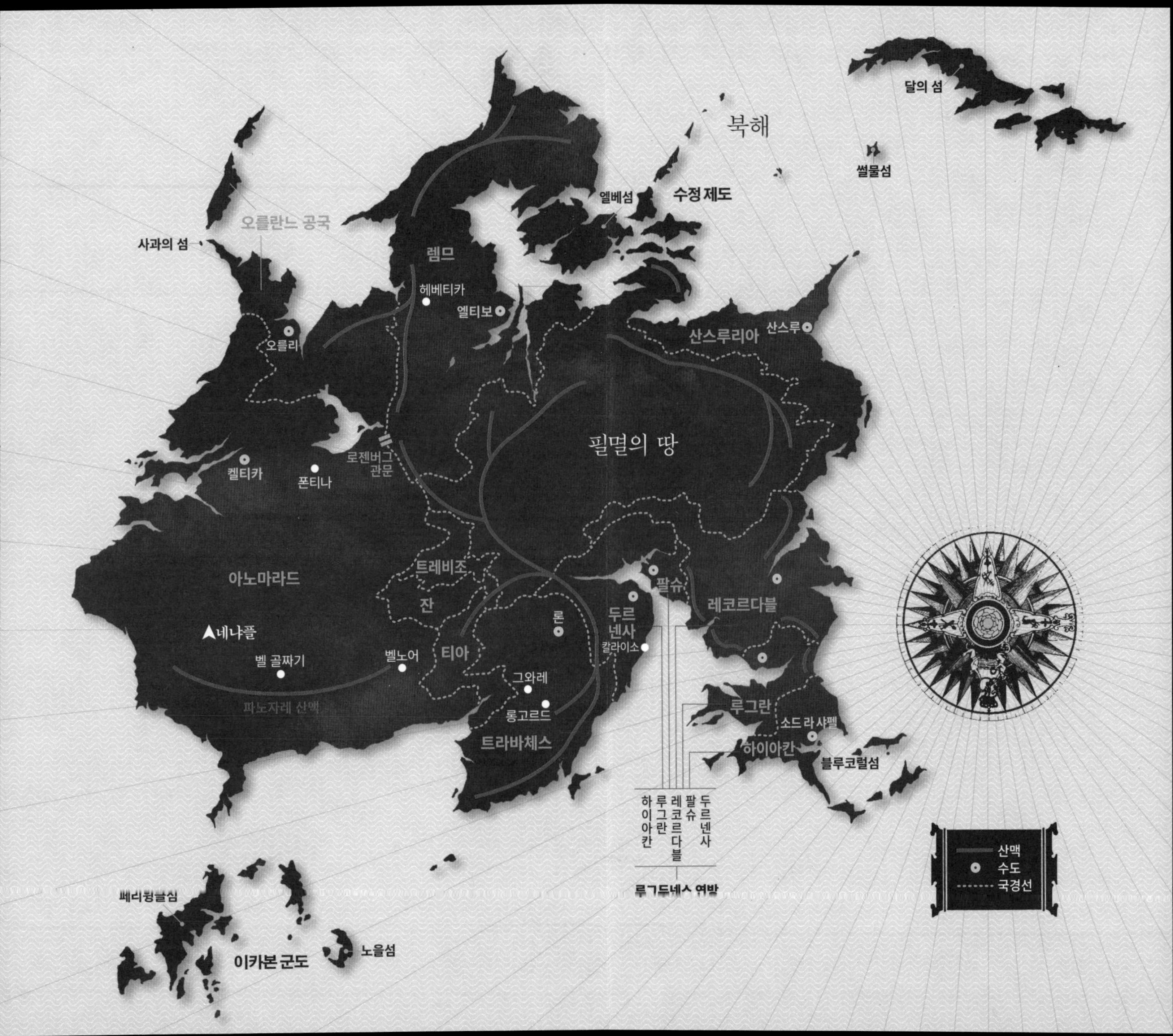

달의 섬
북해
썰물섬
수정 제도
엘베섬
오를란느 공국
사과의 섬
렘므
헤베티카
엘티보
오를리
산스루리아
산스루
필멸의 땅
로젠버그 관문
켈티카
폰티나
아노마라드
트레비조
잔
티아
팔슈
두르넨사
레코르다블
론
칼라이소
네냐플
벨 골짜기
벨노어
그와레
롱고르드
파노자레 산맥
트라바체스
루그란
소드라 샤펠
하이아칸
블루코럴섬
하이아칸
루그란
레코르다블
팔슈
두르넨사
루그두네스 연방
페리윙클섬
이카본 군도
노을섬
산맥
수도
국경선

CHILDREN
OF THE
RUNE
BLOODED

전민희
장편
판타지

5

룬의 아이들

블러디드

CHILDREN OF THE RUNE

BLOODED

엘릭시르

9
장
SYMMETRY

10

장

LEGACY

언젠가 누구든 마침내
내 가슴을 찌를 때,
나는 오늘의 너를 기억하리라.
나의 어린 적이여,
새로 태어난 나의 첫 번째 적이여.

그리고 그날, 만일 내 안에 심장이 들어 있다면
그중 검은 불을 품은
가장 단단한 조각은
너의 것이리라.

네게 가장 좋은 것을 예비하였음을 의심치 말라.

9

장

SYMMETRY

긴 이틀

저녁 어스름이 내릴 무렵, 콜레트는 2층 작은 거실의 닫힌 문을 두드렸다. 대답이 없자 나직이 말했다.

"마르셀리에트, 할 얘기가 있으니 잠시 들어가마."

딸깍, 열린 문 안쪽으로 조용하고 생활감 없는 거실이 나타났다. 점심에 올렸던 식사가 테이블 한쪽에 치워져 있을 뿐이었다. 콜레트는 먼저 거실 문을 잠근 뒤 덮개를 열고 음식을 얼마나 드셨는지 확인했다. 이어 침실 앞으로 다가가 말했다.

"연하, 소신 슈니발트 백작입니다. 잠시 들어가도 될는지요?"

평소와 달리 극도로 격식을 차려 고하는 콜레트의 양손은 불안하게 쥐어졌다 풀어지기를 반복했다.

"들어와."

대답이 들리자 콜레트는 안도의 숨을 내쉬며 문을 열었다. 샤를로트는 커다란 안락의자를 창가로 끌어다 놓고 창밖을 내다보고 있었다. 창밖에 딱히 볼만한 것은 없었다. 뿌옇게 변한 온실 유리 위로 겨울새 두 마리가 앉았다 날았다 하고 있을 뿐이었다.

몇 걸음 너머에 멈춰 서서 절을 한 콜레트가 속삭이듯이 물었다.

"연하, 어제 올려드린 보고문에서 혹 하문하실 점이 있으신지요?"

샤를로트는 고개를 저었다. 보고문은 안락의자에서 멀찍이 떨어진 침대 옆 테이블에 놓여 있었다. 그날 경매장에 초대받은 사람들의 명단 재구성, 참석자들을 통해 알아낸 경매 진행 상황 및 분위기, 관련된 단체들에 대한 기초적 자료 등이 적혀 있어 제법 읽을 만한 내용이라 생각했으나 공녀는 아무 반응이 없었고 종이 몇 장은 책 밑에 깔린 채 어스름에 잠겨 있었다.

"그럼 내리실 명이라도……."

샤를로트는 다시 고개를 저었다. 시선은 여전히 창밖에 둔 채였다. 이 정도면 그만 물러가라는 뜻으로 받아들여야 했지만 콜레트는 도저히 그럴 수가 없었다.

"알겠습니다. 그런데 연하, 외람되오나…… 무슨 생각을 그리 하시는지요?"

대답이 없을지도 모른다고 생각했지만 아니었다.

"지난밤 꿈 생각을 하고 있었어."

콜레트는 얼른 한 발짝 다가서며 물었다.

"혹시 나쁜 꿈이라도 꾸셨나요?"

"나쁜 꿈인지 아닌지, 나야 모르지."

그렇게만 말해도 콜레트는 알아들었다. 샤를로트 자신의 기억이 아니라는 뜻이다.

"사과들이 없는데도 계속 그런 꿈들을 꾸시나요?"

"응. 새로운 얘기가 아닐 뿐."

사과의 섬에서 바쳤던 한 상자의 사과들은 몇 년 더 멀쩡하다가 하나씩 시들었다. 겉이 마르고 쪼그라들다 검게 변하며 비틀어졌다. 냄새가 나거나 벌레가 꼬이지도 않고 그저 검은 숯 조각처럼 변해버린 그것들을 한동안은 침대 옆에 놔두었지만, 마지막 하나까지 그렇게 되자 유리병에 넣어 치웠다. 그 뒤로 샤를로트는 묘한 상실감에 시달렸다. 오빠가 마지막으로 남긴 선물마저 사라졌다. 더는 물려받을 것이 없다.

사과가 전해준 꿈을 꾸게 되고도 샤를로트가 그것 때문에 주변 사람들에게 어려움을 호소한 일은 없었다. 그랬기에 콜레트는 평범한 사람들이 꾸는 꿈처럼, 정보를 얻긴 하지만 깨어나고 나면 흐릿한 감정만 남는 그런 꿈인 줄로만 알았다. 지금도 그저 공녀가 대답을 해주니 다행스러웠지만 안색을 보니 왈칵 걱정이 치밀어 올랐다.

"꿈도 꿈이지만 너무 안색이 안 좋으십니다. 요즘 심기가 불편하셔서 잘 주무시지 못하는가 싶고……."

샤를로트가 고개를 들어 콜레트를 빤히 보더니 툭 내던지듯 물었다.

"실수를 저지르면 그대는 꿈에 나오지 않아?"

지금이 사죄하고 용서를 얻을 기회라고 생각한 콜레트는 얼른 고개를 숙이며 말했다.

"이번에 제 불찰 때문에 중요한 일을 다 그르쳤지요. 공녀님께 실망을 드려서 송구하기 이를 데 없습니다."

"글쎄. 모두 다 그대의 잘못은 아니지. 하지만 그 행사가 경매인 건 어째서 몰랐을까."

그 점을 물어 올 거라고 짐작하고 있었기에 콜레트는 눈썹을 조금 올리며 난감한 표정을 했다.

"제가 살롱 손님들의 이야기를 받아줄 작정으로 이것저것 얻어듣긴 했어도 실제로 골동품 같은 것에 관심이 없다 보니 팬지 파빌리온이 경매를 자주 연다는 걸 까맣게 잊고 있었던가 봐요. 제가 생각해도 너무나 한심한 노릇이라 뭐라 드릴 말씀이 없네요."

“경매란 걸 알았든 몰랐든 참 신기한 우연이지. 물론 누오보 공방의 기술자가 참석하려 했다는 점에서 약간의 힌트는 있었지만, 그래도 거기서 오토마톤이 나올 줄이야.”

그런 말을 하는 샤를로트의 얼굴은 너무 침착해서 오히려 무슨 기분으로 말하고 있는지 판단하기 어려웠다. 불현듯 무언가를 깨달은 콜레트는 의자에서 벌떡 일어나 바닥에 무릎을 꿇고 머리를 조아렸다.

“그날도 말씀드렸지만 공녀님, 이번 일은 제 실책이 가장 큽니다. 공녀님께 정보를 드리기 전에 다각도로 꼼꼼히 확인했어야 했어요. 앞으로 다시는 이런 일이 없도록 하겠습니다.”

샤를로트는 사죄하는 가신을 물끄러미 내려다봤다.

“그대뿐이 아니야. 에투알도 마찬가지지. 며칠 동안 날 따라다녔다고 하지 않았던가? 그런데도 심볼리온이 추적하고 있었음을 알아차리지 못했어. 상대가 마법사였다고는 하지만 우리 쪽에도 마법사는 있었지. 대공국의 최정예 근위대에게 기대할 수 있는 것이 고작 이 정도라니.”

에투알을 누구보다 아끼고 자부심을 가져온 공녀가 그들을 이토록 혹독하게 평하는 말을 들은 것은 처음이었다. 콜레트는 뭐라 대답할 말을 찾지 못했다.

“또, 그런 호위를 하고 있음을 내게 보고하지 않은 것은 누구의 판단인가? 내게 숨겨서 무슨 이득을 얻을 수 있지? 내가 그 사실을 알면 뭔가를 감추리라고 생각했단 말인가? 내가 대공국의 위상에 반하는 행동이라도 하고 있단 말인가?"

"연하, 그런 말씀은……."

콜레트의 얼굴이 붉게 물들었다. 겨울인데도 목덜미가 땀으로 축축했다. 이대로라면 말로 질책하는 선에서 그치지 않을지도 모른다. 평소 가신들을 친구처럼 대해주는 공녀지만 냉혹함이 필요한 순간 물러지는 법이 없는 분임을 누구보다 잘 아는 자신이었다.

쇼몽 백작부인의 배신 이후로 살아남은 쇼몽가의 식솔들은 종신 유배형을 받고 바위와 짠물뿐이라는 로슈 섬 감옥으로 보내졌다. 처분을 내린 당사자는 대공이었으나 전날 밤 대공이 공녀를 불러 한참 대화를 나눈 결과임을 가까운 사람들은 다 알았다. 누구의 뜻이 더 강경했던 것일까?

분명히 이번 일은 큰 실패였다. 자신은 공녀 한 사람만을 잘 지키면 된다고 생각했지만 공녀는 그 범위 안에 막시민 리프크네를 넣고 있었던 것이다. 가까이에서 섬기는 자라면 주군이 정한 범위를 알아야 마땅했고, 멋대로 간과하지 말았어야 했다. 판단 착오는 에투알도 마찬가지였지만 에투알은 늦게 도착했으므로 그들에게 편견을 전수한 사람도 콜레트일 수밖에 없었다.

그리고 솔직히 말하자면 그건 착각이 아니었다.

샤를로트가 리프크네를 선 안에 들여놨음을 어렴풋이 느끼고 있었지만 콜레트는 멋대로 그런 생각을 밀어냈다. 거슬렸기 때문이다. 만난 지도 얼마 안 된 그까짓 무례한 평민 녀석을 공녀가 존중하고, 의지하고, 심지어 오래 섬겨온 가신인 자신보다 신뢰한다는 느낌이 들었을 때 콜레트의 시야는 의식적으로 조정되었다. 그자는 중요하지 않아. 고용된 탐정일 뿐이야. 언제든 교체하면 그만인 고용인. 공녀께서는 사람을 잘 다루시지. 지금은 그자가 쓸모가 있으니 꼭 필요하다는 메시지를 줘야만 하겠지만 어디까지나 일시적으로 소중한 체스 말일 뿐이라고.

그러나 사태가 벌어지고 나자 콜레트뿐 아니라 모두가 알게 되었다. 공녀에게 막시민 리프크네가 대체 불가의 존재였음을. 왜인지, 꼭 그래야 했는지, 그자가 다른 가신을 능가하는 존재였는지, 그런 것은 물어볼 수 없게 되었다. 사라졌기 때문이다. 오랫동안 궁정 생활을 해온 콜레트는 잘 알고 있었다. 죽어버린 신하보다 높이 평가받는 살아 있는 신하 같은 것은 없음을.

그때 뜻밖의 말이 들려왔다.

"그리고 나도 마찬가지다. 오토마톤에 정신이 팔려 심볼리온의 위협은 당연한 듯 무시하고 있었지. 한 번도 기미를 보이지 않다가 단번에 목표를 낚아챈 그자들이야말로 일류였어. 나와 막시민을 뒤쫓는 심볼리온을 알아채지 못한 건 에투알만의 잘못이 아니지. 누구보다도 내가 알았어야지. 내가 스스로를 에투알로 간주한다면, 결국 나의 무능함이다."

그날, 귀공녀의 모습으로 그랑도프 호텔에 들어갈 때 자신은 스스로를 에투알로 생각하고 있었던가. 에투알답게 주변을 경계했던가. 오랜만에 차려입고 근사한 곳에 가며 저도 모르게 들떴던 것은 아닐까.

막시민은 뛰어난 탐정일지 몰라도 군인도 싸움꾼도 아니다. 그렇다면 자신이 그 녀석을 호위했어야 했다. 안전히 지켰어야 했다. 이 위험천만한 일에 겁도 없이 한 발을 넣은 녀석이 먼저 피해를 보는 일은 없게 하겠다고 맹세했는데. 내민 손을 붙잡기로 한 이상 이 늪을 말려버리고 걸어나갈 때까지 지켜내겠다고 결심했잖아.

그날 한 결심을 떠올리자 울컥 분노가 솟으며 치맛자락을 움켜쥐는 손이 떨렸다. 맹세 따위 아무런 의미도 없었다. 일찍이 자신은 오빠도 지켜내지 못했다. 아무리 기를 쓰고 애써봤자 세상은 네 노력 따위에 관심이 없고 한순간 방심한 틈에 모든 일은 벌어진다. 온 세상이 네 노력 밖에 있다. 뭘 할 수 있다는 거야. 이렇게 무능한 주제에.

"그에 비하면 너희의 실수는 하찮은 것이니 사죄는 그만하면 충분해. 그만 일어나라. 내 잘못은 내가 책임지겠다."

그렇게 말하는 샤를로트의 눈을 본 콜레트는 견디지 못하고 고개를 푹 숙였다. 차마 공녀를 올려다볼 수가 없었다.

"아닙니다, 연하."

말을 잇는 목소리는 울먹임에 가까웠다.

"저입니다. 저의 잘못입니다. 제가 그랬습니다. 제가 일부러 리프크네를 간과했습니다. 그자가 하는 일쯤, 얼마든지 다른 사람이 대신할 줄 알았습니다. 심볼리온과 내통한 것은 아닙니다. 하지만 그날 경매장에서, 네, 경매인 줄도 알고 있었고요. 거기에 수상한 세력이 끼어들려 한다는 소문을 듣고 있었습니다. 아카데미 쪽에서 초대한 손님 가운데 평소 초대되지 않는 사람들이 있다는 것을 알았습니다. 그래서 일부러 리프크네만 들어가도록 하고 연하는 밖에 계시도록 고집을 부렸습니다. 에투알에게도 연하만 호위하면 될 거라고 했고요. 저를 벌하세요. 이 사고는 막시민 리프크네에 대한 제 질투심 때문에 벌어진 일입니다."

"……."

격분할 줄 알았던 샤를로트는 대답이 없었다. 하회를 기다리며 고개를 숙인 채로 콜레트는 생각했다. 세상에서 공녀를 가장 잘 모시는 줄 알았던 자신에 대해서. 그런 생각에 심취해서 상당히 거만하게 나댄 모양이지. 우쭐해져서 주군의 마음을 멋대로 재단하다가 마침내 일을 그르치는 지경에 이르도록 누구 하나 우려의 말조차 해주지 않았을 정도로.

지금이라도 깨달았으니 앞으로는 잘해낼 수 있을까? 그런 생각을 하자 더럭 두려워졌다. 공녀께서 실망하여 만회할 기회조차 주지 않으신다면 어찌해야 하는가?

"연하……. 죄인 된 자로서 올릴 말씀은 아니나 저를 벌하시되 당장 내치지만은 말아주십시오. 이제부터 최선을 다해 실패를 바로잡겠습니다. 할 수 있는 모든 방법으로 그자를 되찾겠습니다. 만약 제가 그러지 못한다면 그때는 내치시든, 목을 베시든 뜻대로 해주십시오. 어떤 처분이라도…… 달게 받아들이겠습니다."

콜레트를 내려다보던 샤를로트는 서서히, 치마를 움켜쥐었던 손을 풀었다. 녹색 비단 위에 구겨진 손자국이 선명히 남았다.

"일어나라."

콜레트는 느리게 상체를 일으켜 공녀를 올려다보았다. 그리고 샤를로트의 뺨에 눈물이 흘렀음을 알았다. 샤를로트가 손을 내밀자 콜레트는 무릎걸음으로 다가가 그 손에 입을 맞추었다. 샤를로트가 잠긴 목으로 말했다.

"솔직히 말해주어서…… 다행이다."

그 말을 듣자 콜레트도 참았던 눈물이 터져 나와 마루에 뚝뚝 떨어졌다. 그제야 깨달았던 까닭이다. 샤를로트가 다 알고도 자신이 고백하도록 기다렸음을.

공녀는 단지 상심에 빠져 침묵했던 것이 아니었다. 일찌감치 사건의 모든 조각을 맞춰보고서 콜레트의 배신을 알아차렸지만 단 한 번의 기회를 주고자 이틀 동안 기다렸다.

만약 공녀가 직접 잘못을 추궁한다면 이 일은 대충 넘어갈 수 없는 문제가 된다. 벌을 내리지 않을 수 없고, 그러고 나면 십육 년간 쌓인 둘의 관계는 더이상 전으로 돌아갈 수 없으리라. 단지 막시민이 잡혀갔기 때문이 아니라 공녀를 속이고 다른 의도를 품은 행동은 배신에 해당하기 때문에.

샤를로트가 콜레트가 고백할 수밖에 없도록 신중하게 대화를 이끌었다는 것도 느껴졌다. 주군이 신하들의 실수를 덮어주며 스스로를 탓하는데 충성된 마음이 있는 자라면 제 잘못을 털어놓고 벌을 청하지 않을 수 없다. 만약 그러지 않는 자라면…… 즉, 그 순간 다 털어놓지 않았다면 샤를로트는 더이상 콜레트를 믿지 않았을 것이다.

거기까지 생각하자 깨달음이 왔다. 아아, 그렇구나. 여기가 충성심의 시험대였구나.

아슬아슬하게 통과한 뒤에야 칼날 밑이었음을 깨닫다니. 아무것도 모르고 건너왔다가 뒤돌아보며 오싹해지는 낭떠러지가 아닌가. 그런 시험은 나중에, 공녀께서 대공위에 오르도록 보좌해야 할 때나 닥칠 줄 알았는데. 고작 적들과 싸울 각오나 했던 자신이 한심하기 이를 데 없었다. 제 자신의 좁은 마음도 이기지 못하는 주제에.

그러나 콜레트가 깨닫지 못했던 부분도 있었다. 샤를로트 공녀는 열두 살 많은 콜레트가 때로는 따르지 못할 정도로 많은 것을 헤아리지만, 동시에 열아홉 살이었다. 겉으로 평온해 보이는 수면 밑에서 너울이 수없이 휘몰아칠 때다. 콜레트를 기다리던 이틀은 막시민을 위해 한시라도 서둘러야 한다는 목소리와, 심볼리온은 악당도 폭력단도 아니니 내부의 문제를 먼저 해결해야 한다는 목소리가 시시각각 다투던 이틀이기도 했다. 막시민이 소중하다면 콜레트도 소중하다. 자신은 제일 좋아하는 디저트만 먹어도 되는 일곱 살이 아니다.

조바심으로 안절부절못하는 열아홉 살을 공녀의 자아로 억누르고 있자니 먹어도 먹은 듯하지 않고 자도 잔 듯하지 않아 그 이틀이 얼마나 길었는지 몰랐다. 자신을 다스리려고 불안감과 책임감 사이에서 이토록 심하게 겨룬 것은 처음이었다. 앞으로 이런 일을 또 얼마나 겪게 될까.

"콜레트, 난 이런 일을 또 겪고 싶지 않아."

"다시는 없을 겁니다. 맹세하겠습니다."

맹세하겠다는 말을 들은 샤를로트의 눈썹이 움찔했다. 삼 년 전에 거의 같은 말을 했던 사람이 떠올라서다. 그러자 착잡함이 밀려왔다. 이들 모두는 진심이건만 자신은 이들이 원하는 보답을 줄 수 없다. 이들을 어디까지 데려가야 할까. 자신은 안전한 곳에서 이들의 손을 놓을 수 있을까.

그런 생각을 하면서도 입에서는 또렷한 명령이 흘러나온다.

"슈니발트 백작, 다시금 믿을 수 있게 된 그대에게 명한다. 심볼리온과 접촉할 방법을 찾아 막시민을 도로 데려오도록. 마법사 회의가 막시민을 절차 없이 해칠 리는 없겠지만 그렇다고 그들의 손에 구금되도록 내버려둘 수는 없다. 그자는 공을 세웠어."

"제가 가진 모든 힘을 다하겠습니다."

"네냐플에서도 이 일을 알았겠지. 칼츠가의 도련님을 다시 만나야 하겠는데 구스타브의 보고를 듣자 하니 켈티카의 저택에는 없다면서?"

"네. 공식적으로는 켈티카에 오지 않은 것으로 되어 있는 모양입니다. 거처를 숨기는 이유가 있는 모양인데 아직은 모르겠습니다."

샤를로트가 고개를 갸웃했다.

"네냐플에서 막시민을 심볼리온에 넘기지 않으려고 큰 공을 들인 것처럼 다른 학생들에게도 무슨 조치를 취했을지 모르지. 아카데미 쪽하고, 그날 경매장에 왔던 다른 사람들을 조사해봐야겠어. 그런데 콜레트, 하나 묻자. 그날 경매장에 톱니는 정말로 오지 않았던 걸까?"

"저도 그게 참 이상한데요……."

콜레트가 보고서에 적었다시피 그날 매들로 소자작은 경매장에 나타나지 않았다. 갑자기 몸이 안 좋아서 방문을 취소했다는 것이다. 그 말을 그대로 믿어도 좋겠지만 그렇다고 '톱니'도 오지 않았단 말인가? 둘이 만나는 것만이 목적이었다면 굳이 그런 까다로운 곳을 장소로 택할 필요가 있었을까?

"톱니가 왔는지 아닌지는 제가 확인할 수가 없었어요. 일단 정체를 모르니까요. 왔다 하더라도 리프크네가 그자를 알아볼 순 없었겠지요. 매들로 소자작이 가지 않았으니까요."

"그래. 그런데 거기서 갑자기 오토마톤이 튀어나왔단 말이야. 마치 다른 미끼로 사람을 초대해놓고는 깜짝 놀랐지, 하고 놀리기라도 하려는 것처럼. 아무래도 이 경매 자체가 매우 수상해. 누군가가 꾸민 깜짝쇼 같아. 물론 나와 막시민은 갑작스러운 불청객이었으니 우리가 목표가 아니었을 수는 있는데, 그렇다면 목표는 누구지? 혹시 아이언페이스가 기획한 일일까? 나를 끌어내려고? 하지만 난 그렇게 생각할 수가 없어. 도저히 그럴 수 없는 이유가 있거든."

"그게 뭔데요?"

"내가 건네받은 권총이…… 진짜란 말이야. 혈관 조각이 들어 있는. 그걸 누구보다도 갖고 싶을 그자가, 고작 나나 또 다른 누군가 때문에 경매에 미끼로 내건다고? 그건 불가능해. 그자에게 그만큼이나 중요한 적敵은 없어."

"그럼 뭘까요?

샤를로트는 잠시 생각하며 입술을 깨물다가 말을 이었다.

"난 아무래도 아이언페이스가…… 이번 경매의 기획자가 아니라 낚시감이 아니었을까 싶어."

콜레트가 눈을 크게 떴다.

"대체 누가 그런 일을요? 공녀님 말고 또 누가 그자를 노리고 있을까요? 아니, 물론 원한을 품은 자라면 여기저기에 있겠지만 그 오토마톤을 내걸면 그자가 미끼를 물 수밖에 없다는 걸 공녀님 말고 또 누가 안단 말인가요?"

"그래서 이상해. 지금까지 한 번도 낌새를 느낀 적이 없는데. 그토록 은밀하게 그자를 노리는 건 대체 누굴까. 내 꿈속에서도 그런 존재는 나타난 적이 없었는데."

상황 속의 공백이 가리키는 자.

한 번도 느낀 적도, 전제한 적도 없었던 아이언페이스의 새로운 적이 있다. 어쩐지 상상이 만들어낸 존재처럼 느껴지지만 이 정도로 큰 공백을 얼렁뚱땅 우연으로 메우자니 어쩐지 탐탁지 않았다. 퍼즐 조각을 잃어버렸다고 다른 조각을 멋대로 끼워 넣는 기분이 든다. 샤를로트는 답답해졌다. 막시민이 있다면 명쾌하게 말해줬을 것만 같았다.

업계의 소문

"네, 네. 접니다. 켈티카에 와 있습니다. 저는…… 오, 아니요, 천만에요. 그럴 리가요. 아시다시피 현재 공녀 연하께서 잠시 켈티카를 방문하신 관계로 호위 임무를 맡은 저도 '원탁'의 모임에 참석할 입장이 아니라서…… 당연히 아니죠! 개인적인 일로 이런 부탁을 드릴 리가…… 저는 단지…… 네, 네, 맞습니다! 아, 계신가요? 곧 불러주신다고요? 그럼 부탁드립니다. 휴, 노고에 깊은 감사를 드립니다."

슈니발트 저택의 지하 포도주 창고 옆에 급히 마련한 비밀스러운 방의 문은 닫혀 있었지만, 밖에 앉은 두 명에게는 마리 루이가 짜증을 참느라 내쉬는 한숨 소리까지 아주 잘 들렸다. 그야 작년에 떨어진 아래쪽 경첩을 새로 달기가 귀찮아서 방치한 결과 문틀과 문짝 사이에 손이 드나들고 남을 만한 구멍이 뚫려 있기 때문이다.

이 오래된 저택의 옛 주인들은 지은 죄가 많다 보니 온갖 곳에 비밀 통로를 뚫어놓고 불시에 도망갈 궁리를 했던 모양이다. 이 문짝 너머의 조그마한 방도 그런 시도의 일환으로 만들어졌으나 하늘 아래 한 점 부끄러움 없이 살아온 현재의 슈니발트 백작에게는 아무런 쓸모가 없었으므로 그저 빈 술통을 놔두는 곁방으로만 쓰이고 있었다. 방 한가운데에 뚫린 마른 우물인지 쓰레기통인지 모를 구멍에 나무 뚜껑을 하나 얹어놓은 채로.

오늘 오랜만에 뚜껑이 치워진 구멍 앞에는 마리 루이가 수상한 존재라도 소환하려는 것처럼 무릎을 꿇고 머리를 들이민 채 소리를 지르고 있었다. 마리 루이의 말로는 저렇게 땅 밑으로 뻥 뚫린 공간이야말로 마력을 집중시키기에 최적인데다 외부의 감지를 피하기에도 좋다는데.

그러느라 구멍 주위에는 복잡한 마법진이 세 개나 겹쳐 그려져 있었지만 음산하게 주문을 읊조리는 대신 눈을 반쯤 감고 고개를 꾸벅대며 인사와 변명을 주워섬기고 있다 보니 이계의 존재 대신 왕립 마법 학교의 교수가 소환되는 것도 일견 당연한 듯했다.

마리 루이가 상대의 대답을 기다리느라 잠시 조용해지자

조안느가 변명하듯 말했다.

"재가 저래 보여도 재네 졸업 기수 회장이래요. 음, 아마도 사회성이 최고라서?"

콜레트도 얼른 대꾸했다.

"물론 그렇겠죠. 에투알 출신인데. 마법만 공부한 학생들이 상대가 될 리 없죠."

"아니, 그런 건 아니고 에투알에도 얌전한 애들 있어요. 마법 학교에도 고집 센 애들이 많고……."

"그게 문제가 아니죠. 에투알에 발을 걸쳤다는 건 마담 같은 선배가 잔뜩 버티고 있다는 뜻인데 그런 애한테 누가 감히 덤비고 싶겠어요?"

보안상의 이유로 조안느와 단둘이 앉아 있는 시간이 길어지다 보니 아까부터 어색한 분위기를 깨고 싶었던 콜레트가 '마법은 멀고 주먹은 빠르다' 같은 확인되지 않은 주장을 펴고 있을 때 마리 루이의 목소리가 다시 커졌다.

"네, 라르당 교수님! 접니다! 마리 루이 틸랑드입니다. 아, 하하하, 별고 없으시죠? 연하께서도 물론 평안하십니다. 그런데…… 아…… 네! 네! 그겁니다. 심볼리온이요. 제가 알고 싶은 건 그자들이 사흘 전에 지명수배자 한 명을…… 네? 뭐라고 하셨죠…… 제 논문이요? 아니 지금 왜 그런 말씀을…… 아니, 아니, 아닙니다. 물론 중요하죠! 제가 그걸 준비하느라 얼마나…… 그런데 제가 지금은 그것에 대한 말씀을 드리기가…… 아니, 아니고요. 그런 게 아니라 제가 내년에는 꼭…….”

콜레트가 조안느를 흘끔 보고는 말을 고쳤다.

“마법은 멀고 논문은 빠르군요.”

마리 루이가 처음 ‘이 방법’이 가능하다고 했을 때 콜레트를 비롯한 모두는 반색해마지않았다. 반면 제안한 당사자의 표정은 ‘죽을 지경이라는데 썩은 사과인들 못 먹겠냐’에 가까웠는데 그 이유를 이제 알 법했다. 비록 중대한 호위 임무를 위해 굳은 각오로 학위를 포기하고 아노마라드로 왔지만 교수가 보기에는 논문을 쓰다 말고 탈주한 학생일 뿐인 것을.

마리 루이의 논문 지도 교수인 조프루아 라르당은 ‘저녁의 원탁’이라는 사교 및 학술 단체에 소속되어 있었다. 학생들이 모두 기숙사로 돌아간 시각, 왕립 마법 학교의 교수 식당에 놓인 거대한 원형 탁자에 둘러앉아 실험용 싸구려 포도주를 나눠 마시며 신세 한탄을 늘어놓던 조교들로부터 유래했다는 모임이다.

하지만 그후 수십 년이 흘렀으므로 회원들의 신분은 교수와 마법사, 공무원과 백수, 생계와 무관한 예술가 또는 사교계의 유명인 등으로 바뀌었다. 그중 교수가 된 회원이 무려 셋이나 되었으므로 이들의 권위에 힘입어 새롭게 들어오는 사람들은 제법 괜찮은 단체의 회원이 된 듯한 기분을 만끽할 수 있었다.

그중 특이한 길을 걷게 된 블랑슈 로세트라는 사람이 있었다. 그녀는 대륙의 반대편에 있다는 레코르다블의 용병단에 마법사로 고용되어 이십 년째 그곳에서 살아왔다. 그렇다 보니 저녁의 원탁 회원들과 직접 만난 것은 육 년 전에 특별히 하이아칸의 휴양지에서 개최됐던 제32차 정기 모임이 마지막이었지만, 실제로는 가장 활발히 활동하는 회원 중 하나였다. 두세 달에 한 번씩 열리는 원격 잡담 모임인 통칭 '싸구려 포도주'에는 빠지는 법이 없었기 때문이다.

이 단체가 설립되던 당시, 왕립 마법 학교의 조교들은 학교를 구역별로 나눠 관리하기 위해 비상 연락용 유리 접시를 하나씩 지급받았다. 학교 안에서 쓰고자 만들어진 물건이었지만 누군가가 거기에 교수급의 마법사가 일시적으로 마력을 퍼부으면 대륙 반대편에 있는 사람과도 대화가 가능해진다는 사실을 알아냈다. 저녁의 원탁 출신들은 학교를 떠나기 전에 그것을 식당 구석의 벽에 붙여놓았다. 그 덕택에 외국에서 싸구려 포도주 모임에 참여하는 회원은 매번 십여 명이나 되었다.

그런 순수하고 정제된 마력을 고작 잡담 모임에 쓰는 것은 당연히 낭비였지만 전 대륙에 흩어진 회원들로부터 정보를 모은다는 그럴싸한 명목이 있었고, 다시 말하지만 교수가 세 명이나 소속되어 있었으므로 문제는 되지 않았다. 물론 실제로는 이름에 걸맞게 올해 어느 동네 포도밭의 작황이 좋으니 포도주의 선주문량을 늘리라든가, 회원 아무개가 귀족 누군가의 눈에 들려고 쓴 뒷돈의 규모가 상상 초월이라든가, 그런 시시한 대화가 팔 할을 차지하고 있었다.

어쨌든 블랑슈를 고용한 용병단은 레코르다블의 실권을 좌우하는 세 용병단 중 하나로 성장했고, 이 점을 높이 산 어떤 단체가 멋대로 접근해 오더니 블랑슈를 동남부 지부장으로 임명했다. 블랑슈는 그 단체에 별 관심은 없었으나 감투를 사양하는 성미가 아니기도 했고, 또 소문을 워낙 좋아했으므로 대체 무슨 소릴 하는지 종종 회의에 얼굴을 내밀게 되었다.

얼마 전, 문제의 단체에 소란이 일어났다. 작년 말에 지명수배를 내렸던 두 명 중 하나가 체포되었다는 보고가 들어온 까닭이었다. 블랑슈는 당시 바쁜 일이 있어서 그들이 왜 수배됐는지, 여전히 뒤쫓고 있었는지 별 관심을 두지 않았지만 잡혀왔다는 소식을 듣자 대체 무슨 일인가 알아볼 마음이 들었다. 잡혀온 자가 범상치 않은 인물이라는 소식이 쫙 돌았기 때문이다. 글쎄 말이야, 대마법사 쥬스피앙의 하나뿐인 수제자라잖아!

"아아, 네. 그러네요……. 대마법사의 제자라니까 뭐……

마법도 뛰어나겠죠? 그런데 그런 분이 어쩌다 잡혀가셨대……. 아, 아뇨, 그런 얘긴 아니고 뭐 하여간 대마법사께서 아주 화가 나셨을 수도 있다, 그러니까 심볼리온도 처우에 신중할 필요가 있다…….”

이야기는 용건을 향해 서서히 다가가고는 있었지만 상당한 시간이 걸렸다. 역시 논문 쓰다가 탈주한 제자 주제에 지도교수를 간접적으로 움직여 뭔가를 알아낸다는 것은 쇠 부젓가락으로 콩을 집어 옮기는 듯한 과정이기 마련이다.

이러다가 마리 루이의 마력이 고갈되면 성과도 없이 장거리 대화가 끊길까 봐 콜레트는 잔뜩 조바심이 났다. 그래서 라르당 교수의 동기라는 소문 좋아하는 블랑슈라는 작자가 심볼리온의 회의에 얼굴을 들이밀었다가 지명수배된 대마법사의 제자에 대해 뭘 알아냈는지 빨리 좀 말하라고. 그자들이 막시민 리프크네를 백 년간 마법 감옥에 가둘 건지, 엉덩이 몇 대 때려서 내쫓을 건지, 천장에 매달아놓고 굶길 건지, 그걸 알아내어야 우리 공녀님께서 입맛이 도셔서 오늘 저녁에 특별히 준비한 민물가재 블루테와 소금 크러스트 메추라기를 좀 드실 게 아냐!

“우와, 그게 정말인가요?”

갑자기 반색한 목소리가 들려오자 콜레트는 앉은 자세를 고쳤다.

“그럼 그자에게 처분을 내리기까지는 시간이 좀 있겠네요? 사건조사심의회가 언제라고요? 저런…… 그렇게까지 넉넉한 시간은 아니네요.”

마리 루이가 말한 ‘넉넉한 시간’이란 문제의 심의회가 열리기 전에 어떤 식으로든 압력을 행사할 방법을 찾아내는 데 걸리는 시간이었지만 라르당 교수는 단순히 심의회를 준비할 시간으로 받아들인 모양이었다.

「뭐가 넉넉하지 않다는 겐가? 너무 지체돼서 문제지. 그렇게나 걸리게 된 것도 심의회에 참석하겠다는 인간들이 너무 많다 보니 일정 조정이 복잡해져서야. 일단 네냐플 학생이니 네냐플에서 오겠다는 건 이해가 가는데 사방에서 왜 그렇게 관심이 많은 거야? 킵더스트가 관계된 문제라 그런가 킵에서도 누가 온다고 하지, 렘므에서도 오겠다고 하지, 이러다가 온 대륙 마법사들의 연석회의가 될 판이야. 이 사람들이 다들 이렇게 한가할 리가 없는데. 작년에 하이아칸에서 열릴 예정이었던 단체 워크숍이 취소돼서 이러나.」

“어, 그럼 우리 학교에서도 가나요?”

「허흠, 흠, 그렇게 다 모인다니 누가 가긴 해야 하지 않겠나? 너도 알다시피 사실 막시민 리프크네라는 자가 지명수배된 이유는 작년 말에 네냐플에서 벌어진 것으로 추정되는 무슨 사건 때문이잖아. 네냐플에서는 계속해서 조사를 거부하고 있고. 그게 무슨 일이었는지 알아낼 기회를 우리만 놓칠 수야 없지. 게다가 대마법사께서 재학중에 세 번이나 시도했지만 모두 실패로 돌아갔던 네냐플 폐쇄의 위업을 이룩한 청출어람의 제자가 어느 정도로 뛰어난 녀석인지는 상당한 관심사니까…….」

"아하, 그렇군요. 그럼 누가 가기로 한 건가요? 교수님께서는 논문 지도 일정이 쌓이셔서 엄청 바쁘실 테니까 아무래도 다른 분이 가셔야겠지만…… 아참, 제가 부득이한 사정으로 논문을 못 냈으니까 약간 여유가 생기셨을지도 모르겠네요?"

마리 루이가 능청스럽게 교수를 떠보는 소리를 들으며 조안느가 혀를 찼다. 교수들도 재를 다루기가 쉽지만은 않겠는데. 교수가 뭐라고 대답했을지 궁금했지만 아쉽게도 밖에서는 마리 루이의 목소리만 들렸다.

"아아, 네. 알겠습니다. 물론 그러셔야죠. 그럼 제가 오늘 밤에 다시 연락을 드리겠습니다. 죄송하지만 워낙 중요한 문제인지라 교수님 쪽에서 저녁까지 마력 감응을 좀 열어놔주시면 감사하겠습니다. 제 하찮은 마력으로 그런 짓을 했다가는 사흘간 가사 상태에 빠져버릴 것 같네요."

뻔뻔스러운 요청에 교수가 뭐라고 답변했는지 역시 알 수 없었다. 공녀의 명령임을 밝히지 않고 조사하는 중이라 무조

건적인 협력을 기대하긴 어려웠다. 하지만 오를란느의 마법 학교가 왕립인 것을 보면 알 수 있듯 오를란느의 마법사들은 대공 가문의 일에 협력해야 한다는 의식이 강한 편이었다. 마리 루이가 공녀의 일로 켈티카에 갔다고 하니 이 문제도 공녀와 관계가 있으리라는 정도는 알아들었을 가능성이 컸다.

어쨌든 연결이 끊어졌는지 커다란 한숨과 기침 소리 같은 것이 연달아 들려왔으므로 조안느는 벌떡 일어나 문을 열었다. 좁다란 방에 뻥 뚫린 구멍 옆에서 마리 루이는 대자로 뻗어 누워 있었다. 조안느를 보자 비척비척 도로 일어나려 했지만 조안느가 그대로 있으라고 손짓했다.

"휴, 죄송합니다. 그럼 잠시만 쉴게요."

서로 마법사라 할지라도 미리 감응 체계가 구축되어 있지 않은 관계끼리 장거리 대화를 시작하려면 신호를 광범위하게 전송해야 해서 이만저만 마력이 드는 것이 아니었다. 이런 무작위 신호를 알아차릴 만한 사람이 잔뜩 모여 있는 왕립 마법 학교에 신호를 쐈기 때문에 그나마 답이 빨리 왔지, 마리 루이의 힘으로는 신호 전송 상태를 유지할 수 있는 것도 두어 시간에 불과했다.

"올라가서 제대로 쉬어. 그나저나 너, 보기랑 달리 교수한테 좀 기어오르는 캐릭터더라? 에투알에서는 얌전했던 거 같은데."

"항상 그럴 수 있는 건 아니고요……."

마리 루이는 눈을 반쯤 감은 채로 웅얼웅얼 대답했다.

"그게 말이죠……. 저도 논문을 빨리 마무리짓고 싶지만 실은 교수님이 저보다 더 원하시거든요. 제가 빨리 학위를 받아야 교수님도 저한테 시키려던 이런저런 잡일을 시킬 수가 있고…… 그게 잡일치고는 또 복잡해서 저 말고 할 만한 사람도 없고……."

"아아, 귀중한 인재라서 이렇게 까불어도 대우해주시는 거였구나?"

"그보다는 갈 길이 먼데 벌써 쓰러지면 곤란한 나귀 같은 존재라고 봐야죠."

콜레트가 뒤따라 들어왔다가 그 모양을 보더니 얼른 도로 나가서 물과 포도주를 가지고 돌아왔다. 마리 루이는 일어나 앉아 포도주를 한 모금 넘기고는 한숨을 내쉬며 콜레트를 봤다.

"심볼리온에서 사건조사심의회를 어디서 어떤 구성으로 열 건지 이따 밤에 알려주시기로 했어요. 심볼리온에 교수님 친구분이 한 분 계신데 소문 좋아하는 분이라 온갖 얘기를 듣고 전해주는 모양이에요. 그런데 리프크네가 현재 어디에 있는지 그것만은 모른대요. 뭔가 극비 사항이 있든가 아니면 데려가는 도중에 문제가 생겼을지도……."

목소리가 점차 빨라지고 가늘어졌으므로 콜레트가 어깨를 잡으며 말했다.

"알았어, 알았어. 넌 숨 좀 쉬고, 자세한 이야기는 올라가서 해도 돼. 하여튼 시간이 좀 있다는 거잖아. 그사이에 뭔가 알아낼 수 있겠지."

그때 1층과 연결된 문을 특정 박자로 두드리는 소리가 울렸다. 콜레트의 심복인 오를란느 출신의 하녀가 보내는 신호였다. 백작이 나와봐야 할 일이 생겼다는 의미다.

"잠깐만."

콜레트가 방을 나가 뛰다시피 계단을 올라가자 마리 루이는 도로 바닥에 누워버렸다. 조안느가 마리 루이 곁에 쪼그려 앉으며 말했다.

"루카가 왔더라면 특기로 네 마력이든 체력이든 뭐라도 회복시켜줬을 텐데. 내 특기로는 해줄 수 있는 게 없네."

"아뇨 뭐……. 마담 도벨은 멋있는 게 특기니까 됐어요."

조안느는 조그만 게 별소릴 다 하네, 하는 표정으로 힐끔 내려다보더니 물었다.

"멋있게 위층까지 업어다 줘?"

"됐거든요……."

그사이 콜레트가 돌아왔다. 손에는 편지를 한 통 들고 있었는데 심상치 않은 표정이었다.

"심부름꾼이 와서 '이 댁 아가씨께 전해달라'고 했다는데 이게 무슨 소릴까요? 마르셀리에트를 찾아올 사람이 켈티카 안에 있을 리가 없잖아요. 혹시라도…… 연하의 정체를 알고서 보내온 걸까요?"

조안느의 눈빛도 심각해졌다.

"그렇게 추론하신 이유라도?"

콜레트가 편지를 뒤집어 겉봉에 붙은 봉랍을 보였다. 봉랍에는 물결을 나타낸 굴곡진 곡선과 섬 위에 물수리 한 마리가 날개를 편 문장이 찍혀 있었다.

"왕립 블루본 연대의 휘장이에요. 켈티카를 방위하는 세 개 근위 연대 중 하나죠. 소령 이상의 장교만이 이 휘장을 봉랍에 찍어 보낼 수가 있어요. 그런데 또 편지를 가져온 자는 단순한 심부름꾼처럼 보였다고 하더라고요. 군무에 관련된 일이라면 소령급의 군인이 자기집 하인을 보낼 리 없을 텐데. 뭐가 뭔지 모르겠네요. 이걸 연하께 전해 올려도 될지……."

"……."

조안느는 편지를 받아들고 잠시 들여다보더니 갑자기 봉랍을 깨고 봉투를 뜯었다. 콜레트가 깜짝 놀라는 것도 아랑곳 않고 안에 든 것을 꺼내어 읽더니 도로 접으며 콜레트를 봤다.

"연하가 아니라 마르셀리에트 양에게 온 편지이므로 제가 임의로 뜯어도 된다고 판단했습니다. 명분상으로는 그렇고,

실질적으로는 타국에서 연하를 호위하는 자로서 출처가 불분명한 편지는 미리 내용을 확인하고 올리는 것이 옳다고 생각합니다. 지금 우리는 적들에게 둘러싸여 있고 이미 교전이 일어나 한 명을 잃은 바 있습니다. 그리고 새로운 공격이 예고된 상황이군요."

콜레트는 조안느의 야전 지휘관 같은 반응에 조금 당황했으나 마지막 말을 듣자 마찬가지로 긴장감이 감돌았다.

"새로운 공격이라고요?"

"왕립 블루본 연대의 카린 벨겐 소령이, 근일 그랑도프 호텔에서 있었던 사건을 조사하기 위해 내일 11시에 마르셀리에트 양을 찾아오겠다고 통보했습니다. 이자가 누구인지 아십니까? 이름이라도 들어보셨나요?"

콜레트가 고개를 저었다.

"벨겐이라…… 그런 가문은 못 들어봤네요. 소령인 걸 보니 군사학교 출신의 평민일 가능성이 높아요. 그보다 마르셀리에트라는 이름으로는 그랑도프 호텔에 한 번도 간 적이 없는데 이게 어찌된 일이죠?"

조안느의 미간에 날카로운 주름이 한 줄 그어졌다.

"그 말씀은, 이자들이 조사하고자 하는 사람이 진짜로 그날 그랑도프 호텔에 있었던 연하 본인일 가능성이 높다는 뜻이군요."

두 군인

두 군인이 거리를 걷고 있었다. 앞선 쪽은 소령 계급으로 어깨에 견장과 금술이 달린 짙푸른 코트를 입고 반짝이는 은제 휘장이 붙은 검정 샤코 모자를 썼다. 뒤따르는 쪽은 장식 없는 코트 차림으로 중위 계급장을 달았다. 얼굴에는 얇은 붕대를 감아 한쪽 눈만 보였고 손에는 천으로 싸맨 꾸러미 하나가 들려 있었다.

지휘관 계급의 군인이 고작 한 명의 부하만 데리고 거리를 걷는 일은 흔치 않았다. 오전 나절의 카멜리아 거리는 생계에 바쁜 사람들로 가득했지만 두 군인을 목격한 행인들은 멀찍이서부터 길을 비켰다. 바삐 뛰어가던 심부름꾼은 흠칫 놀라 멈춰 서서 제 옷차림을 훑었다. 나무통을 굴리느라 길을 막다시피 하던 자는 갑자기 한쪽에 통을 세우고 걸터앉더니 그곳이 목적지인 체했다.

그들 모두는 왕립 블루본 연대가 북동부 켈티카의 방위를 책임지는 존재임을 알고 있었다. 치안청과 치안대가 창설된 후로 서민들을 위한 치안 업무는 상당량 그쪽으로 이관되었지만 켈티카를 방위하는 세 근위 연대인 홍백 깃발 연대, 왕비의 창기병 연대, 왕립 블루본 연대는 여전히 국왕의 승인하에 켈티카 전체를 봉쇄할 권한을 갖고 있었다. 즉, 켈티카 시민 모두가 잠재적으로 그들의 명령권 아래 있는 것이다.

시민들이 그들을 두려워하든 말든, 두 군인은 침착하게 나아가 카멜리아 거리 끝에 이르렀다. 그곳에 솟은 저택을 올려다보던 중위가 부드러운 목소리로 물었다.

"예전에는 동쪽 변경백이었다지요?"

"오래전 일이지. 종탑의 종도 다 치웠고."

이쪽은 칼날같이 각 잡힌 어조였다. 고개를 끄덕인 중위가 문앞으로 다가가 정원에 서 있던 하인에게 일렀다.

"왕립 블루본 연대의 카린 벨겐 소령님이시다. 11시에 약속이 되어 있으니 도착을 알리도록."

하인은 허둥지둥 안으로 달음박질쳤다. 잠시 후 두 군인은 응접실이 아닌 2층의 작은 거실로 안내받았다.

작은 거실에서 혼자 기다리고 있던 콜레트가 두 군인을 맞이했다. 테이블에는 다과가 준비되어 있었다. 보통은 손님이 온 뒤에 내어 오는 것을 생각할 때 다소 이른 상차림이었다. 덕택에 문이 닫히고 나자 거실에는 하인이 드나들 이유가 없어졌다.

“만나 뵙게 되어 반갑소. 나는 니콜레트 폰 슈니발트 백작이오. 먼저 한결같이 켈티카를 지켜온 그대들의 노고를 치하하는 바요. 아침 날씨가 추웠을 텐데 먼저 차를 드시며 몸을 녹이길 바라오.”

그렇게 말한 콜레트는 먼저 소령을, 이어 중위를 보며 조금 오래 시선을 두었다. 누르스름해진 붕대에 핏자국은 없었으나 얼굴 절반을 가렸을 정도니 한때 큰 상처였음이 틀림없었다. 중위가 말했다.

“지체 높은 분을 뵈러 오며 이런 꼴이라 송구합니다.”

“아니, 비록 군인이라 하나 그런 몸으로도 업무를 수행하게 하다니 조금 놀랐소.”

“거의 나아서 괜찮습니다. 염려에 감사드립니다.”

약간의 흥분이 섞인, 군인다운 빠른 말투다. 주제넘게 귀족의 관심을 받게 되어 계면쩍은 거겠지. 중위는 손에 든 꾸러미를 소령의 의자 옆에 내려놓고 물러나 벽을 등지고 바르게 섰다. 딱히 경계할 것이 있는 장소는 아니었지만 어쨌든 정석적인 군인의 태도였다.

콜레트는 가볍게 고개를 끄덕여 보이고 다시 소령을 봤다.

"그런데 내 당질녀 아이를 만나고자 한다고 들었는데 무슨 일인지 내게 먼저 상황을 고하길 바라오. 갑자기 군대에서 연락이 오니 어린아이가 겁을 잔뜩 집어먹었다오."

벨겐 소령이 답했다.

"치하에 감사드립니다. 왕립 블루본 연대가 존귀, 존엄하신 국왕 폐하의 명을 받들어 켈티카 북동부의 방위를 책임지고 있음을 아실 것입니다. 닷새 전, 그랑도프 호텔 1층 식당에 슈니발트 백작 가문에서 머무는 마르셀리에트 양이 방문해 있었음을 목격한 이들이 있습니다. 그날 정체 모를 자들이 불법적으로 마법을 사용하여 큰 소란이 있었던 바, 그 자리에 계셨던 고귀한 분들을 방문하여 증언을 청취하고 있습니다. 그러니 저희의 방문을 두려워하실 필요가 없다고 전해주십시오."

콜레트는 겉으로 담담했으나 속으로는 다소 안도했다. 벨겐 소령의 방문 통보를 전해 들은 샤를로트는 식당에서 시전되었던 마법, 심볼리온 마법사들과 맞싸우며 호텔 객실을 훼손한 일, 심지어 그날 경매장에서 사라진 오토마톤의 행방까지 의심받을지 모른다고 추측했다. 샤를로트가 이 저택에 머무는 것을 알아냈을 정도라면 다른 것도 얼마든지 알고 있을 가능성이 높았다. 이야기가 거기까지 간다면 마르셀리에트의 정체가 오를란느의 공녀임을 숨기기는 매우 어렵게 된다.

하지만 소령의 말을 들어보니 단순히 소란을 목격한 자들의 증언을 수집하기 위해 방문한 듯했다. 그렇다면 다시 의문이 생긴다. 그곳에서 샤를로트를 보고 슈니발트 백작 저택에서 머물고 있는 시골 소녀 마르셀리에트 양이라고 생각한 자는 누구였단 말인가?

슈니발트 저택의 하인들 말고 그런 소녀를 알 자는 없었다. 혹시 소문을 나눈 다른 저택의 하인이 있다 한들 그랑도프 호텔에서 하인들은 하인 대기실에만 머물러야 하므로 식당에서 벌어진 일을 목격했을 리 없다. 즉, 그런 자는 없다는 것이 샤를로트의 판단이었다.

그러므로 이제 계획한 대로 답해야 했다. 콜레트의 미간이 희미하게 찌푸려졌다.

"무슨 얘기인지 통 이해가 가지 않는군. 편지를 받아보았을 때도 의아했지만 마르셀리에트는 그대들이 언급한 장소에 가본 적도 없소. 혹시 들어가보려 했다 한들 입구를 통과하지도 못했을 거요. 그런 장소에 어울리는 신분과 예법을 갖춘 아이가 아니기 때문이오. 나의 먼 친척이라고 하나 시골 장원에서 자라 이제 막 켈티카 구경을 하는 처지인데 사교계의 핵심 인물들이 모이는 그랑도프 호텔에 입장이 가당키나 하겠소?"

콜레트는 이렇게 타협의 여지가 없는 태도를 보이면 조사 목적을 관철해야 하는 상대방이 근거를 대리라고 생각했다. 그러는 과정에서 누가 이런 제보를 했는지도 알아낼 수 있으리라. 그러나 예상은 틀렸다. 벨겐 소령은 그러냐는 듯 고개를 끄덕거리고는 말했다.

"그러십니까? 알겠습니다. 다만 지금 설명하신 의견을 마르셀리에트 양이 직접 나와서 말씀해주시면 감사하겠습니다. 그랑도프 호텔에서 마르셀리에트 양을 보았다고 주장한 사람이 있으니만큼 반대되는 진술도 당사자에게 직접 들어두고 가야만 나중에 혼선이 없기 때문입니다."

중간 전달자의 말만 듣고 돌아갔다가 나중에 잘못 알았다는 둥 얼버무리는 일이 생기면 조사를 맡은 저들의 입장이 곤란할 것이다. 본인의 입으로 진술을 듣고자 하는 이유는 이해가 갔지만 이쪽의 주장을 이렇게 쉽사리 수긍할 줄은 몰랐기에 콜레트는 바로 대답하지 못하고 생각에 잠겼다. 생각보다 쉽게 일이 풀리는 것 같다고 바로 공녀님을 오시게 하는 것이 맞을까? 뭔가 다른 속셈이 있는 건 아닐까?

샤를로트는 거실과 맞붙은 옆방에서 그들의 대화에 귀를 기울이고 있을 것이다. 나와야 할지 아닐지도 직접 판단할 것이다. 그렇다면 상대의 속셈이 무엇이든 콜레트는 최선을 다해 정보를 캐내면 된다.

"그렇소? 그런데 듣다 보니 궁금하군. 어쩌다가 왕립 블루본 연대가 그랑도프 호텔에서 일어난 소란을 조사하게 된 거요? 내가 듣자 하니 그날 벌어진 일이 그곳에서 쉬시던 귀한 분들의 평안을 해치기는 하였지만 누가 다치거나, 기물이 파손되거나, 도난 사건이 있었던 것은 아니라던데, 그 정도는 치안대에 맡겨도 되는 일이 아닐지……."

벨겐 소령은 눈썹 하나 움직이지 않고 답했다.

"백작께서 하신 말씀이 지당합니다. 다만 그날 호텔 식당에 고귀한 분들이 많이 방문하셨고 그중 한 분께서 사건에 심히 의문을 느끼시어 중추원 사무차관께 문의하신바, 사무차관께서 해당 호텔이 속한 지역의 방어 책임을 맡은 저희 연대에 조사를 명하셨습니다."

콜레트는 그럴 줄 알았다는 것처럼 어깨를 으쓱했다. 그 일이 중추원까지 움직일 사건이야 당연히 아니지만 그날 그곳에 지체 높은 귀족이 있었다면 자신이 당한 봉변을 화풀이하고자 인맥을 이용해 애꿎은 일선 책임자들을 들볶는 것도 가능한 일이다.

다만 진짜로 일이 그렇게 돌아가고 있다면 문제가 더 부풀려지지 않도록 슬쩍 개입할 필요가 느껴졌다. 일단 문제의 귀족이 누구인지 알아낼 필요가 있다.

"그럴 수도 있겠소. 중추원 쪽이라면…… 아, 나크트 후작이시겠군. 그날 후작부인께서 많이 불편하셨던 모양이오. 부인께서 워낙 기질이 예민하신데 혹시 기절이라도 하신 것일까? 부인을 애지중지하시는 후작께서 얼마나 놀라셨을지. 아, 내일이라도 서둘러 후작부인께 안부를 여쭈어야겠군."

그러자 지금껏 딱딱하던 벨겐 소령의 얼굴에 처음으로 당혹감이 번졌다.

"아, 그게 그분은…… 아닙니다."

"그렇소? 아하, 그렇다면 틀림없이 델파스트 남작부인이겠구려. 그 댁과 곧 혼사를 치를 핀스터 경이 친구분들과 그랑도프를 자주 드나드시는 걸로 아는데 혹시 봉변을 당했다면 남작부인께서 경애하는 부친께 당연히 여쭙지 않으셨겠소? 하지만 핀스터 경은 이런 소문을 원치 않으실 텐데 어쩌시려는지 모르겠군. 보아하니 다음 살롱에서 큰 화젯거리가 될 것 같은데."

사교계 인맥을 손바닥 보듯 하는 콜레트답게 '중추원 사무차관'이라는 한 가지 힌트가 주어지자 온갖 추측이 줄줄이 흘러나왔다. 이런 상황에서 상대의 말을 부인하지 않으면 곧 인정하는 셈인지라 벨겐 소령은 불편한 기색을 감추지 못했다. 그게 누구든 소문이 퍼지는 건 원치 않을 것이다. 또 소령도 엉뚱한 소문을 퍼뜨린 당사자가 되고 싶을 리 없다.

둘이 그러는 동안 벽을 등지고 서 있던 중위의 시선은 창문

쪽에 머물렀다. 자세는 여전히 군인다웠으나 살짝 기울어진 얼굴은 어쩐지 달랐다. 생각에 잠긴, 마치 살롱에서 누군가의 긴 이야기에 귀를 기울이고 있는 손님 같은 표정이랄까.

문득 무언가가 떠오르려 했다. 콜레트가 가느다란 직감을 붙들려던 순간 벨겐 소령이 불쑥 대꾸했다.

"이러한 조사를 자주 맡아온 자로서 저의 직감을 다소 직설적으로 말씀드리게 됨을 양해 바랍니다. 백작께서는 그날의 일을 조사케 하신 분이 누구인지를 우회적으로 반복해서 묻고 계십니다. 외람되오나 그날의 일에 당질녀께서 연루된 것이 다소 불쾌하신 듯한데 아시다시피 저희는 단지 목격자의 증언을 청취하고자 할 뿐 달리 혐의점을 갖고 찾아온 것이 아님을 이미 밝힌 바 있습니다. 그럼에도 불구하고 이런 반응을 접하니 저로서는 마르셀리에트 양이 귀댁에 머무시는 사연에 뭔가 숨겨야 할 지점이 있는 것은 아닌가 싶어지는군요."

카린 벨겐 소령은 삼십 대에 막 접어든, 딱히 특징 없는 외모의 여자였다. 무딘 얼굴선과 무표정한 회색 눈, 다부진 어깨에 다소 살집 있는 체격은 노동으로 살아온 평민 중에 흔했다. 외견상 가장 큰 특징이 군복인지라 가죽 앞치마를 두르면 푸주한이 되고 머리에 흰 수건을 두르면 농민으로 보일, 그런 사람의 입에서 나왔다기에는 흠칫 놀랄 만한 말이었다. 콜레트는 저도 모르게 미간을 찡그리며 눈을 치떴다.

"내가 쓸데없는 호기심을 자극했군. 국왕 폐하께서 내리신 권한을 넘어서는 추측은 자칫 무례가 되기 쉬움을 잊지 마시오, 소령."

백작 신분을 가진 콜레트가 경고의 말을 했음에도 벨겐 소령은 꿈쩍도 하지 않았다.

"어떤 사연이 있든 그건 저희의 관심사가 아닙니다. 저희는 그날 그 자리에 있었던 분들의 진술이 필요해서 이곳에 왔을 뿐입니다. 다만 그런 연유로 접견을 거절하실 경우에만 의미 있는 정보가 되겠지요."

콜레트의 입가에 예의상 남아 있던 미소의 흔적이 사라졌다.

"소령, 그 말은 사실상 협박이로군. 아닌가?"

"저희는 많은 것을 조사하기도 하고 조사하지 않기도 합니다. 기준은 오직 필요입니다. 필요하기만 하다면 담장에 묻은 새똥도 조사하지만, 필요하지 않다면 시체를 봐도 지나칩니다."

"그 필요는 누구의 필요요?"

존귀, 존엄하신 국왕 폐하라는 답이 나올 법한 시점이었다. 어디서나 쉬운 답이 되는 핑계다. 그러나 충성심이나 공명심 같은 것은 애초에 가져본 적도 없다는 듯, 돼지 밥을 주러 나온 농가의 부인처럼 시큰둥한 눈빛으로 카린 벨겐은 달리 답했다.

"누구도 아니죠. 공적 임무란 지시를 내린 분의 편익을 위한 것이 아니니까요."

콜레트는 문득 말문이 막혔다. 살아오며 그런 생각을 해본 적이 한 번도 없었기 때문이다. 그녀가 받든 임무란 늘 공녀의 편익을 위한 것이었다. 그렇다면 그건 사적 임무였던가?

"그러므로 저희가 백작님의 사사로운 사연으로 감히 협박을 하고자 함이 아니라 단지 임무를 완수하고자 함임을 너그러이 이해해주시기 바랍니다."

사연이 없다면 당질녀를 불러 만나게 해주면 그만이고, 더 따지고 들면 뭔가 사연이 있음을 인정하는 셈이다. 물론 화를 내면서 내쫓는 방법이 있으나 그래봤자 며칠 뒤에 다른 사람이 대신 찾아올 테지. 그런 식으로 시간을 벌고 공녀님을 피신시킨 뒤 당질녀를 오를란느로 돌려보냈다고 할까? 보통은 거기서 상황이 종료되겠지만 의외로 이 조사를 시작하게 만든 귀족이 집요한 자일지도 모른다. 도망쳤다고 오해를 사버리면 꼬인 실타래를 풀기가 까다로워질지도 모른다.

어떻게 하면 좋을까?

더 사용할 카드가 없다 싶으면 쓰기로 약속해둔 신호가 있었다. '차가 다 식었겠소'. 콜레트는 되도록 신호를 쓰고 싶지 않았다. 자기 선에서 문제를 해결하고 싶었다. 그랑도프 사건의 조사를 맡았다는 자들이 공녀의 얼굴을 알게 되는 건 새로운 불안 요소였다. 당장은 문제가 없을지라도 나중을 어찌 알겠는가. 어디서 또 마주칠지, 아무도 모르는 일이다. 하지만 벨겐 소령은 물론이고 얼굴을 싸맨 꼴로 잘도 돌아다니는 중위도 귀족 계급으로는 보이지 않았고…….

그때 등뒤에서 달칵, 하는 소리가 들렸다. 벨겐 소령의 시선이 재빠르게 문에 꽂혔다.

"당숙모님…… 저 왔어요."

머뭇대는 앳된 목소리가 들리고 한 소녀가 살그머니 안으로 들어오더니 치맛자락을 잡으며 무릎을 까딱 굽혔다 폈다. 수수한 자줏빛 드레스는 약간 짧고 구두코는 둥글고, 자그마한 리넨 캡을 돌려 묶은 리본이 목덜미 뒤로 나풀거렸다. 레이스를 두른 하얀 리넨 캡은 시골 출신 아가씨나 부인들이 한때 자주 썼지만 이미 십수 년 전부터 켈티카에서 찾아보기 힘들어진 예스런 물건이었다. 그렇듯 세련됨과는 거리가 한참 멀긴 해도 커다란 눈망울과 귀여운 입매를 가진 예쁘장한 아가씨다.

콜레트가 뒤를 돌아보더니 엄격한 목소리로 말했다.

"왔거든 인사부터 하거라, 마르셀리에트."

벨겐 소령은 아가씨가 들어올 때 인사하는 것을 이미 보았지만 아가씨는 항변도 없이 다시 한번 인사했다. 아가씨가 옆으로 와 앉자 콜레트가 말했다.

"아까는 나오지 않겠다더니 용케 용기를 냈구나. 그럼 네가 아는 대로 말씀드리거라."

아가씨가 고개를 꾸벅 숙였다.

"죄송합니다. 잘못했습니다."

벨겐 소령의 한쪽 눈이 의아한 듯 찌푸려졌다.

"무엇을 사과하십니까?"

"그냥 전부 다……."

아가씨의 나이는 적어도 열일곱 이상, 좋은 가문 출신이라면 사교 예절에 능숙하고도 남을 나이인데 인사하는 자세며 화술까지 모든 것이 어설프고 주눅들어 있는 이유가 뭘까? 소령의 머릿속에서 한 가지 추측이 떠오르는 것과 함께 콜레트가 냉담한 미소를 머금으며 말했다.

"사연이 궁금하다고 했는데 이제 아시겠소?"

"아가씨께서는……."

"내 친척이긴 하지만 사교계에 데뷔할 수 있는 신분은 아니지. 그렇지 않았더라면 벌써 내 살롱의 손님들에게 소개하고 내 인맥으로 길을 터주지 않았겠소? 켈티카에서 공부하고 싶다고 하도 졸라대어서 학교를 알아보는 동안만 머물러도 좋다고 허락했을 뿐이오. 이런 사연이 혹여나 퍼질까 우려되어 하인들에게도 이 아이의 신분을 알리지 않았거늘 대체 누가 엉뚱한 데서 봤다는 둥 소문을 퍼뜨린 건지 모르겠군. 필시 나와 내 살롱의 평판을 떨어뜨리고 싶은 자가 꾸민 일이겠지.”

아가씨가 눈치를 보며 다시 중얼거렸다.

“정말 죄송합니다. 저 때문에…….”

“이제 와서 어쩌겠느냐. 한동안은 집밖으로 나가지 말도록 해라.”

“네에…….”

귀족이 아니어서 당숙모의 살롱에도 나오지 못하는 아가씨가 그랑도프 호텔에 출입할 수 있을 리 없다. 슈니발트 백작의 평판에 흠집을 내고 싶은 누군가가 아가씨를 그랑도프에서 봤다는 둥 핑계를 대며 백작에게 평민 출신의 당질녀가 있다는 소문을 퍼뜨리려 했다는 주장은 충분히 타당해 보였다. 얼굴이 예쁘면 지분대며 뒤를 파보고 싶은 자도 늘어나기 마련이다. 게다가 아가씨가 얼굴이 빨개져서 고개를 푹 수그리고 있으니 뭘 더 물어보기도 곤란한 상황이었다.

소령은 아가씨를 봤다가, 백작을 봤다가, 다시 아가씨를 한참 주시하더니 뒤를 돌아봤다. 그러자 그때까지 벽을 등지고 서 있던 중위가 테이블 앞으로 다가와 몸을 굽혔다.

“소령님, 제 생각에는 백작께서 하신 말씀이 옳은 것 같습니다. 백작을 곤란에 빠뜨리고 싶었던 누군가가 아가씨를 그런 곳에서 봤다던가 하는 소문을 퍼뜨린 듯합니다. 단순히 아가씨의 정체를 알아내고 싶어서였을 수도 있겠습니다만 어느 쪽이든 음험한 술수가 분명합니다."

소령이 고개를 끄덕이더니 아가씨를 보았다.

"그런 문제라면 걱정하지 마십시오. 군인의 명예를 걸고 지금 들은 사실을 외부에 발설하는 일은 없을 것입니다."

아가씨는 눈을 깜빡이며 눈치만 보았다. 직접 대답해도 좋은지 헷갈리는 모양이었다. 소령은 대답을 기다리지 않고 몸을 돌려 처음 가져왔던 꾸러미를 집어 들더니 테이블 위에 올려놓았다.

그사이 중위는 아가씨를 돌아봤다. 얼굴에 붕대를 싸맨 중위가 가까이 와서인지 아가씨의 얼굴에 놀라움이 스쳤다. 정확히는 겁먹은 표정에 가까웠다. 그 표정을 본 중위가 손가락으로 눈가의 붕대를 가리키며 빙그레 웃어 보였다.

"이런 얼굴로 웃어도 별로 도움은 안 되겠지만 너무 겁먹지 마십시오. 생각보다 끔찍한 상처는 아니거든요. 이 안에 눈도 멀쩡히 있어요."

"……."

잠시 후, 아가씨는 얼떨떨한 표정으로 고개를 끄덕거렸다. 그런데 그 잠시가 묘했다. 자연스럽게 이어가던 행동 사이에 생각이 개입한 흔적이랄까. 아주 짧았지만.

소령이 말했다.

"그럼 한 가지만 확인하고 저희는 돌아가도록 하겠습니다. 아가씨, 이 물건을 한번 봐주시겠습니까?"

소령의 손이 꾸러미를 끄르고 안쪽의 천을 헤쳤을 때였다. 아가씨의 눈썹이 순간적으로 움찔하며 미간으로 파문이 번졌다. 직후, 상상하기 힘든 일이 벌어졌다. 소령이 벌떡 일어나더니 앉아 있는 아가씨를 향해 주먹을 쭉 뻗어왔다. 얼굴을 가격할 기세로. 더 놀라운 일은 그다음이었다.

쿵!

"아악!"

바닥에 나자빠진 사람은 소령이었다. 비명을 지른 건 콜레트였다. 아가씨는, 아니 샤를로트는 어느새 두 발짝 물러선 자리에서 치맛자락 안쪽으로 차고 있던 칼자루를 쥔 채 도사렸고 의자는 등뒤로 넘어져 나뒹굴었다. 뒤이어 창 너머에서 한 남자가 한달음에 뛰어들어와 중위를 바닥에 쓰러뜨리고 두 손을 등뒤로 꺾어 잡았다. 소령이 소리쳤다.

"그만! 잠깐만!"

소령이 몸을 움직이려 하자 날카로운 파공음에 이어 얇은 칼날이 목에 들이대어졌다. 조금 전까지 얼굴을 붉히며 머뭇대던 아가씨라고는 상상하기 힘든 냉담한 목소리가 물었다.

"무슨 짓이지?"

짓눌린 목소리로 대답하는 소령은 얼굴이 창백했고 이마에서 식은땀이 흘렀다.

"먼저…… 사죄드리겠습니다."

"네가 진짜로 누구인지부터 말해."

"왕립 블루본 연대의 카린 벨겐 소령입니다. 거짓을…… 말하지 않았습니다."

"그래? 그렇다면 너희 둘이 여기 온 걸 누가 또 알고 있지?"

벨겐 소령은 저 질문이 뭘 의미하는지 알고 있었다. 입술을 꾹 다물었다가 한숨을 토해낸 소령이 말했다.

"이 일을 그렇게 처리하시면 매우 곤란한 일이 닥치게 됩니다."

샤를로트는 소령의 얼굴을 내려다봤다. 고통을 참고 있는 표정을 쏘아보다가 칼날을 한 뼘 물렸다.

"군인은 맞는 것 같군."

소령은 샤를로트에게 걷어차였던 배를 그제야 감싸잡으며 힘겹게 몸을 일으켜 한쪽 무릎만 꿇고 고개를 숙였다.

"무례를 용서하십시오."

조금 전, 샤를로트는 소령이 내뻗은 주먹을 보자마자 본능적으로 왼손을 뻗어 상대의 주먹을 얼굴 바깥쪽으로 튕겨내면서 그 손으로 상대의 목덜미를 움켜잡아 당기고 무릎으로 옆구리를 가격해 쓰러뜨렸다. 어찌나 반격이 빨랐는지 소령은 샤를로트가 자신의 공격을 예측했다고 생각했다. 그러나 그건 사실이 아니었다. 샤를로트도 몹시 놀랐다. 뜻밖의 기습에 몸에 익은 반격이 튀어나온 뒤에야 머리가 돌아가기 시작했다. 이제 어쩌지? 이자는 누구지?

그리고 찻물이 쏟아진 테이블 위를 봤다. 벨겐 소령이 풀어낸 꾸러미 속, 검은 코트를 보자마자 틀림없이 막시민의 것이라고 생각했다. 하지만 그건 그저 검은 코트였다. 꺼내보기 전에는 누구의 것인지도 구별할 수 없는. 이제 지나치게 빨랐던 추측을 수습해야 할 때였다. 가장 간단한 대책은 헬레나의 옆방에 두 명의 이웃을 만들어주는 것이겠고.

옆을 흘끗 보니 중위를 제압한 구스타브가 무릎으로 상대의 등을 짓누르고 있었다. 그런데 중위는 전혀 저항하는 기색이 없었다. 그저 얼굴을 양탄자에 편안히 처박은 채였는데 자세히 보니 뭔가 이상했다.

웃고 있지 않은가?

"일으켜."

샤를로트의 명령에 구스타브가 중위의 팔을 잡고 가볍게 들다시피 일으켜 바닥에 꿇어앉혔다. 그리고 의아한 기색으로 샤를로트를 돌아봤다.

"이자는 군인이 아닌 것 같은데요?"

샤를로트와 중위의 시선이 마주쳤다. 구스타브에게 공격당해 쓰러지는 과정에서 중위의 얼굴을 감쌌던 붕대가 약간 비틀어져 있었다. 모자가 벗겨지는 바람에 흘러내린 머리카락은 군인치고 길었다.

그리고 진짜로 미소를 짓고 있었다. 비웃음도 자조도 아닌, 친구의 장난을 대하듯 재미있어하는 표정이었다. 구스타브가 상대의 몸을 만져보고 군인이 아니라고 생각했다면 샤를로트는 표정을 보고 같은 판단을 내렸다. 이자는 군인이 아니다. 그러면 뭐지?

그때 중위가 말했다.

"아니, 군인은 맞는데 여러분을 위협할 물리적 능력은 없는…… 약간 특수한 종류라고 할까요."

벨겐 소령이 말했다.

"정말 죄송합니다만, 저는 어떻게 처우하셔도 상관없지만 저분께는 예의를 갖춰주셨으면 합니다. 이런 대접을 받으실 분이 아니십니다."

소령이 하급자인 중위를 '저분'이라고 높여 부르는 것을 알아차린 샤를로트의 눈썹이 약간 움직였다. 콜레트를 돌아봤지만 콜레트도 고개를 살그머니 저었다. 누구인지 모른다는 뜻이다.

중위가 겸연쩍게 웃었다.

"대단한 대접을 해주실 필요는 없지만…… 혹시 의자에 앉아도 괜찮을까요?"

다시 눈이 마주쳤다. 샤를로트는 상대를 뚫어져라 보다가 의자를 향해 턱짓했다.

중위는 천천히 일어나 모자를 주워 든 다음 나동그라진 의자를 바로 놓고 거기에 앉았다. 샤를로트는 여전히 서 있었다. 여전히 칼을 뽑은 채였다. 그랬기에 움직여도 좋다고 허락했을 것이다. 그런 것을 아는지 모르는지, 중위는 긴장한 기색도 없이 천진한 웃음을 머금은 채 손을 올려 붕대의 매듭을 풀었다.

한 겹 또 한 겹, 얼굴 절반을 가렸던 붕대가 벗겨져 흘러내리자 그 안에는 상처도 피딱지도 없었다. 그저 말끔한 눈이, 그리고 놀랍게 잘생긴 얼굴이 있을 뿐이었다. 우연히라도 마주치고 나면 다시는 잊을 일이 없을, 어쩌면 그래서 감춰야만 했을 것 같은 얼굴이었다.

"너는 누구지?"

고요한 검은 눈이 샤를로트의 마찬가지로 검은 눈을 마주보았다. 조금, 숙였다가 들었다.

"왕립 블루본 연대의 연대장, 조슈아 폰 아르님입니다."

스터드 게임

“폰…… 아르님?”

콜레트가 되뇌어보다가 갑자기 두 손으로 제 입을 가리며 눈을 크게 떴다.

“혹시, 저기, 저, 아르님 소공작…… 아르모리크 경이시란 말씀입니까?”

중위, 아니 조슈아는 콜레트를 향해 고개를 끄덕여 보였다.

“처음 뵙습니다, 슈니발트 백작. 백작의 명성 높은 살롱에 대해서는 익히 들어왔습니다. 언제 한번 초대해주시면 좋을 텐데요.”

“…….”

이런 말에 말문이 막혀보기는 콜레트도 처음이었다. 자연스럽게 흘러나올 재치 넘치는 대답이 수십 가지일 질문이건만 온갖 손님들을 쥐락펴락해온 살롱의 주인이 대꾸는커녕 숨만 간신히 쉬고 있는 어처구니없는 상황이었다.

지금껏 어떤 이름난 살롱에서도 초대하는 데 성공한 적이 없다던 아르님 소공작, 아르모리크 경 조슈아 폰 아르님이, 와주십사 간청한 적도 없는데 제 발로 찾아와 거실에 앉아 있다. 살롱의 손님으로 왔다면 더할 나위 없는 영광이겠지만 실제로는 신분까지 숨기고 뭔가를 알아내러 온 듯한데다, 대접으로 말할 것 같으면 아이스크림을 얹은 타르트 타탱 대신 거칠게 쓰러뜨려 양탄자의 먼지를 처먹인 판이다. 그런데도 화를 내기는커녕 웃으면서 다음에 초대해달라고 하고 있으니 이런 상황에서 적절한 대답을 찾기란 사교의 신이라 해도 어려울 노릇이었다.

소공작에 대해서는 온갖 이야기를 들어왔다. 아노마라드 왕국 2대 공작 중 하나이자 개국공신 가문이기도 한 아르님 공작가의 외아들, 후계자, 최고위층 신분에도 불구하고 사교계와 거리가 멀어서 국왕의 신년 무도회에조차 나오지 않는 사람, 은둔자, 괴짜, 어딘가 아프다는 소문, 죽을 뻔했던 사건과 병석에 누워 있던 반년, 그리고 네냐플 입학…….

네냐플?

그때 샤를로트의 목소리가 들렸다.

"얼굴을 감추려고 붕대를 감았군요. 군인 신분은 내킬 때 입는 위장복 같은 것인가요?"

조슈아가 샤를로트를 보았다.

"내킬 때만 입느냐 하면, 그렇진 않습니다. 일 년에 한두 번 정도는 입어야 하는 날이 있죠. 켈티카를 방위하는 연대들의 연대장직은 국왕 폐하께서 신임하시는 귀족 가문들이 대대로 역임해왔습니다. 그래서 저처럼 군사 훈련을 받아본 적도 없는 자가 가끔 사열식에 참석하는 정도만이 의무인 명예직 연대장 자리를 맡고 있습니다. 장점도 단점도 있는 제도이지만 이런 저 자신이 진짜 군인이라고 생각한 적은 없으니 불쾌해 마시기 바랍니다. 하지만 어떻든 권한에 제약이 있는 것은 아니기에 원한다면 어떤 일에든 개입할 수는 있죠."

콜레트가 조심스럽게 입을 열었다.

"그렇다면 왕립 블루본 연대가 그랑도프 호텔의 사건을 조사한다는 말씀은……."

"그 역시 제가 원한다면 얼마든지 가능한 일이겠지요."

조슈아의 목소리는 부드럽다 못해 나긋할 정도여서 긴장하지 않으면 요점조차 풀어져버릴 듯했으나 샤를로트는 정신을 차리고 알아들었다. 아르님 소공작은 지금 자신이 가진 권력을 사용해 호텔에서 벌어진 사건의 진상을 파악하겠다고 통보한 것이다. 미소 띤 얼굴과 온화한 말투로.

조슈아가 의자에서 일어났다. 예상했던 말이 들려왔다.

"순서가 뒤바뀐 것 같습니다만, 어쨌든 대화가 길어지기에 앞서 오를란느 대공국의 공녀 연하께 정식으로 인사를 올리는 영광을 허락해주시겠습니까?"

"……."

제 정체를 밝힐 때 이쪽의 정체도 알고 온 듯한 예감은 있었다. 어떻게 추측했는지 그것까지는 모른다. 그러나 조금 전 자신이 보인 반응으로 근거는 충분했을 것이다. 벨겐 소령이 갑작스러운 공격을 감행한 것은 샤를로트 공녀가 에투알 출신임을 알고 있었기 때문에 택한 시험이었을 테고 자신은 보기 좋게 걸려들었다. 굳이 변명하자면 벨겐 소령이 너무 가식 없이, 진짜로 위협적인 주먹을 날렸기 때문이랄까. 특수부대 훈련을 받았다는 공녀 앞에서 소공작이라는 이유로 연대장이 된 자신에 대해 약간의 변명을 하지만 그렇다고 자국의 제도를 폄하하지는 않는 화술 역시 상대가 장차 타국을 지배할 후계자임을 전제하고 있기 때문일 것이다.

그렇다면 이제 와서 부인해도 의미가 없다.

샤를로트는 칼을 꽂아 넣고 한 발짝 다가서며 손을 내밀었다. 조슈아는 옛날 왕족들을 대하는 고풍스러운 방식으로 절을 하며 샤를로트의 손등에 입을 맞추었다. 한때 발레를 배웠던 샤를로트는 조슈아의 동작에서 흔치 않은 우아함을 읽어

냈다. 직업 무용수들의 움직임에 가깝다.

손을 거둔 샤를로트가 말했다.

"아노마라드의 예법이 생각보다 예스럽군요."

"대공국의 예법을 잘 알지 못하는 까닭에 최대한 예의를 갖추고자 하였으나 혹시 실례가 되었다면 너그러이 용서하십시오."

"용서는 조금 전 경이 겪은 곤욕에 필요한 말일 것입니다. 경의 정체를 몰랐던 충성스러운 신하가 주군에게 닥친 위협 앞에서 저지른 무례를 부디 용서하시기 바랍니다."

"그보다 조금 앞서 연하께서 겪은 일에도 같은 말씀을 드려야 하겠습니다. 카린 벨겐 소령 또한 충성스러웠던 죄가 있을 뿐, 모두 연대장인 저의 명령에 따라 행한 일입니다."

조슈아는 구스타브를, 그리고 샤를로트는 벨겐 소령을 일별하고는 고개를 짧게 끄덕였다. 상대가 무엇을 하려 하는지 둘 다 잘 알았다. 압도적 힘을 가진 상대방이 권력을 휘두르기 전에 제 아랫사람을 먼저 날갯죽지 밑에 넣는다.

조슈아가 잠시 양해를 구하며 일어나더니 벨겐 소령을 향해 몸을 굽혔다.

"카린, 괜찮아?"

"갈비뼈가 부러진 것 같습니다."

조슈아가 눈살을 찌푸렸다.

"거봐. 위험할 거라고 했잖아."

"그래도 제일 간단한 방법이었죠."

조슈아는 벨겐 소령을 부축해 의자에 앉혔다. 하지만 사실상 소령이 스스로 일어나 앉은 것에 가까웠다. 소령은 식은땀을 흘리고 있었으나 무뚝뚝한 표정은 처음과 똑같았다.

그러는 동안 샤를로트는 무표정하게, 동시에 주의깊게 상대를 살피고 있었다. 조슈아 폰 아르님이 어떤 인간인가를.

파악하기 까다로운 상대다. 대귀족 가문에서 태어난 사람이 아무렇지도 않게 얼굴에 붕대를 감아 변장을 하고, 수모나 다름없는 기습을 당했지만 과정에 불과하다며 간단히 용서한다. 반면 나오는 한 마디 한 마디는 주도면밀한 최상급 화술이다. 거만하거나 우쭐대는 기색은 없지만 제 의지를 전달해야 할 때면 본능적으로 자신의 매력을 적절히 사용한다. 아름다움이 단지 특징이 아니라 다루고 조절해야 하는 종류의 힘임을 아는 것 같다.

외교 석상에서 마주쳤다면 매우 긴장되는 상대일 게 틀림없다. 그런 그가 이곳까지 와서 불명예를 감수하는 이유는 무엇인가.

"다쳤다면 의사를 부르는 편이 좋을 것 같은데."

샤를로트의 말에 벨겐 소령이 고개를 저었다.

"아닙니다. 이 정도는 견딜 수 있습니다. 각오하던 결과이기도 하고요. 사실 이 정도까지 예상하진 않았는데…… 오를란느에서 가장 날카로운 검이라는 에투알의 실력을 제가 과소평가한 모양입니다."

"난 정식 에투알이 아니오."

언뜻 겸양인가 싶었지만 이어진 말은 달랐다.

"그러니 나를 알았다고 다른 에투알을 안다고 생각하지 마시오."

벨겐 소령은 몸을 일으키려 했다. 그래야 할 상황이었다. 그러나 샤를로트가 고개를 저으며 그대로 있으라고 손짓했다. 소령은 앉은 채로 고개를 숙여 보이며 말했다.

"명심하겠습니다, 연하."

샤를로트가 콜레트를 보았다.

"백작, 소령에게 얼음주머니가 필요할 것 같군."

콜레트가 일어나려 하자 구스타브가 말했다.

"제가 가져오겠습니다."

구스타브가 일어나자 조슈아가 말했다.

"제 생각입니다만 소령은 도움이 필요하고 두 분은 도움을 주실 수 있으니 대화는 잠시 연하와 저, 둘이서 나누는 것은 어떨까요?"

적당히 돌려 말했지만 다른 사람을 물리치고 싶다는 뜻임을 그 자리의 모두가 알아들었다. 콜레트가 반대하는 눈빛으로 샤를로트를 바라보았다. 반대하는 이유는 안다. 하지만 상대는 고위 귀족이다. 그런 사람이 독대 요청을 해왔을 때는 아랫사람을 물리쳐야 하는 응당한 이유가 있으리라고 여겨야 한다. 적이든 아군이든 그런 요청을 거절하는 것은 예의에 어긋난다.

눈빛이 오가는 동안 조슈아는 기다리고 있었다. 일대일, 상대의 카드는 수수께끼처럼 뒤집혀 있다. 그러나 제 손에 쥔 카드를 어떻게 쓸지, 그는 이미 정했다. 공녀는 첫 번째 카드를 어떻게 받을까.

샤를로트가 고개를 끄덕였다.

"좋은 의견이군요."

공녀가 결정을 내리자 콜레트는 바로 일어났다. 구스타브가 벨겐 소령을 부축한 채로 세 사람은 거실을 나갔다. 문이 닫히자 조슈아가 고개를 숙여 보이며 말했다.

"헤아려주셔서 감사합니다."

샤를로트가 고개를 저었다.

"그런 예우를 받아 마땅한 분이니 겸양하실 필요는 없습니다. 다만, 한 가지만은 분명히 해두어야겠습니다."

어조가 달라지면서 접견실에 온 듯 일순 위엄이 감돌아 조슈아는 멈칫하며 저도 모르게 자세를 바르게 했다.

"벨겐 소령의 죄를 더 묻지 않겠다고 했지만 그건 소령이 경의 명령을 따른 죄밖에 없기 때문입니다. 구스타브가 경이 누구인지도 모른 채 나를 지키기 위해 선제공격에 반응한 것과, 경이 나를 시험하기 위해 위험천만한 시도를 한 것은 무게가 다른 일입니다. 내가 에투알 훈련을 받은 사람이 아니라 평범한 소녀였다면 벨겐 소령의 주먹에 턱뼈가 부서졌을 겁니다. 물론 경은 내가 에투알 훈련을 받았음을 알고 있었기에 이런 계략을 세웠겠지요. 그렇다면 더더욱 내가 누구인지 알고도 얼굴에 주먹을 날리라는 명령을 한 셈이 됩니다. 단지 내가 스스로 정체를 밝히게 만들기 위해. 내 신분을 알고도 나를 공격하는 것, 그것은 곧 대공국을 적대하는 처사임을 소공작의 신분을 가진 그대가 모른다고 하시지는 않겠지요."

대공국의 공녀로서, 본국의 위엄을 위해 그냥 넘겨서는 안 될 지점이면서 동시에 기선 제압의 의도도 있음을 조슈아도 모르지 않았다. 그러나 사죄 말고 다른 선택지는 없었다. 이번 카드는 공녀가 더 높다. 비록 정식 외교 석상이 아닐지라도 아노마라드의 귀족이자 왕립 블루본 연대장인 자신이 공녀에게 하는 모든 행동은 곧 대공국에 대한 친화, 외교, 적대 행위이기에.

조슈아는 변명이나 궤변을 늘어놓는 대신 바로 일어나 몸을 낮추며 말했다.

"대공국의 공녀 연하께 감히 그런 행동을 하고도 용서받은 것이 얼마나 관대하신 처사인지 잘 알고 있습니다. 다시 한번 진심으로 사죄드립니다."

"받아들이겠습니다. 하지만 다시는 위험한 장난을 하지 마세요."

"명심하겠습니다."

조슈아에게 앉아도 좋다고 손짓한 뒤 샤를로트가 목소리를 바꾸었다.

"그럼 무슨 연유로 나를 찾았는지 진짜 이유를 들어봅시다. 그랑도프 호텔에서 백작 댁 아가씨를 목격했던 사람은 없었던 모양이니까."

왕립 블루본 연대의 이름을 내세워 목격자 조사가 필요하다는 둥 한 건 슈니발트 저택에 숨어 있는 마르셀리에트를 끌어내기 위한 핑계였을 게 뻔하다. 진짜 공녀인지 확인하기 위해. 왜 확인해야 했을까? 왜 확인하려는 생각을 했을까?

"물론 없었습니다."

조슈아는 군복 목깃을 매만지며 말을 이었다.

"하지만 '이스핀 샤를'이라는 이름의 아가씨를 목격한 사람은 있었다는 걸 아시지 않습니까?"

아르님 소공작이라는 이름을 들었을 때부터 호텔에서 만났던 칼츠가의 도련님을 통해 이 사건에 접근했으리라고 짐작하긴 했다. 같은 네냐플 학생이고 서로 알 법한 수준의 가문이기도 하니까. 그날 루시안 칼츠는 오토마톤을 건네받은 샤를로트가 공황에 빠진 사이 허둥지둥 가버려서 어떤 사람인지 알아낼 기회가 없었지만 막시민 또한 루시안을 친구로 여긴 것 같다. 적어도 '카나리아'를 맡길 정도의 사이는 된다는 거겠지. 대부호 가문의 도련님과 가문 비슷한 것조차 없다는 막시민이.

그렇다면 아노마라드의 양대 공작 중 하나라는 아르님 가문의 소공작도 그들과 친구 사이인 걸까? 재학중에는 신분 차이를 무시하고 친구로 지낸다는 네냐플의 풍습에 의거해서? 그래서 지금 친구를 찾으러 왔단 말인가?

……설마.

"그런 사람이 있었다 치고, 왕립 블루본 연대에서 여기까지 찾아오실 이유가 고작 그것인가요? 오를란느에서 온 이스핀 샤를이라는 아가씨가 감히 그랑도프 호텔에 들어가 토피 푸딩을 먹었기 때문에?"

둘의 눈이 마주치자 누가 먼저랄 것도 없이 반사적으로 부드러운 미소가 오갔다. 그러나 샤를로트가 그랬듯 조슈아 역시 나오는 말은 미소와 무관했다.

"910년에 아노마라드와 오를란느 간에 맺어진 관문협약 9조에 따르자면 그렇다고 해야겠습니다."

"그런 부분까지 관심을 갖고 계시다니 놀랐습니다. 그런데

협약 12조에 적힌 예외 사항을 혹시 못 보셨는지 궁금하군요."

"슈니발트 백작의 공식 초청을 받아 아노마라드를 방문했다고 주장하시려는 건가요? 그렇다면 왜 가명을 써서 머물고 계십니까?"

"사람들을 놀라게 하고 싶지 않으니까. 내가 샤를로트 공녀의 이름으로 그랑도프 호텔을 방문했더라면 어떤 일이 벌어졌을 것 같은가요?"

"당연히 크나큰 환대를 받으셨겠지요."

"바로 그 이유 때문입니다. 그런 환대에 이어지는 절차를 잘 아실 테지요. 오를란느에서는 주빈의 격식에 맞는 세 차례의 연회와 두 계절에 걸친 감사의 답방, 또는 선물 사절을 보내는 것이 최소한으로 여겨집니다. 물론 내 쪽에서도 찾아온 이들에게 어울리는 사례를 하고 적어도 한 차례의 답례 사절을 보내야 하겠죠."

세 차례의 연회란 오찬, 야유회, 만찬 겸 무도회의 세 가지를 의미하며 각각 준비 방법이 달라 세 가지 모두를 여유 있게 해낼 수 있는 가문은 어느 나라든 손에 꼽히기 마련이었다. 또 선물 사절이라고 간단히 말했지만 저런 경우 고귀한 신분의 상대를 감동시킬 만큼 특별한 선물을 준비하는 것이 상례였다. 오를란느 예절의 까다로움은 대륙 최고라더니, 시시한 가문이 어쩌다 공녀의 방문을 한번 받았다가는 허리가 휘어지다 못해 부러질 판이다. 조슈아는 눈썹을 조금 올려 보였다.

"그런 분을 뵈러 감히 빈손으로 오다니 제가 크나큰 실례를 저질렀군요."

"아니요. 마르셀리에트, 또는 이스핀이라는 이름으로 켈티카를 방문한 이유는 그런 것을 원치 않아서가 아니겠습니까? 그 일로 방위 연대로부터 갑작스러운 관심을 끌게 될 줄은 예상하지 못했습니다만 모든 걸 가질 순 없는 법인가 봅니다."

조슈아가 천천히 고개를 끄덕였다.

"모든 걸 갖기란 어렵지요. 때로는 두 가지조차 그렇습니다. 이를테면 오랫동안 찾던 아름다운 권총과, 그걸 찾아올 재주를 가진 탐정이라든가."

샤를로트의 미간이 서서히 좁아지고 눈썹뼈 아래로 검은 그늘이 번져갔다. 마주선 자가 적임을 알아차린 맹수의 눈빛, 오를란느 연회가 깊은 밤 1시에 이르렀을 때 푸른 무늬가 찍힌 비단 휘장 너머로 침향 연기가 자욱한 내실에서 마침내 오가곤 하는 눈빛이다. 샤를로트는 그 눈빛을 본 적이 있다. 적어도 열 번은 될 것이다.

입술이 움직였다.

"소공작이여, 그대는 뭘 원하시오?"

목소리 안에 '떠보는 것은 그만하라'는 뜻이 얇은 종이에 떨어뜨린 잉크처럼 번져났다. 조슈아는 그런 공녀를 고요히 바라보고 있었다. 힘이 접근해올 때는 맞서기보다 뒤따라 흐르는 편이 낫지만 지금이 그때일까. 본능이 그러지 말고 맞서보라는 신호를 보낸다. 시험해볼 가치가 있는 상대니까.

"두 가지를 원합니다."

"두 가지를 다 손에 넣기란 쉬운 일이 아니라고 방금 말씀하셨지요."

"누구에게나 같은 일이 일어나겠습니까?"

아주 오만한 말이다. 감추지도 않는다. 의도적일까? 자신은 세상 사람들과 종류가 다르다고 선언하는 매끈한 얼굴에는 망설임도 빈틈도 없다.

잘생긴 궁중의 사내라면 몇 번이나 봐왔다. 그자들의 말은 잘 닦은 유리잔에 맺힌 물방울처럼 미끄러진다. 잔이 깨질세라 혀끝에 힘도 주지 않는다. 그러나 이자는 그런 종류가 아니다. 바닥에 내던져질까 봐 겁내지도 않는다. 아니, 내던졌지만 아까도 웃고 있었지.

"그런가요? 그런 건 증명하셔야지요."

기대만큼 담대한 대꾸를 들은 조슈아의 입꼬리가 살짝 말려들어갔다. 오를란느인 특유의 음험한 능변 대신 직선적으로 찔러오는 것이 마음에 들었다.

"맞는 말씀입니다. 그럼 둘 중 덜 중요한 쪽부터 여쭙지요.

공녀 연하께서는 그날 호텔에서 오랫동안 찾던 것을 손에 넣으셨습니다. 그 물건으로 무엇을 하고자 하시는지 알고 싶습니다. 물론 그냥 여쭈면 답하지 않으실 것이므로 제가 아는 부분을 먼저 공개하겠습니다. 연하께서는 제 정보를 들어보신 뒤 나머지 정보를 저와 공유할 것인지 선택하시면 됩니다."

제 패를 먼저 내보이면 언제나 불리하다고 배워왔기에 조슈아의 제안은 언뜻 기묘하게 들렸다. 저런 식으로 해도 이쪽에서 응할 수밖에 없다고 생각한다면 대체 얼마나 좋은 패를 갖고 있단 말인가?

하지만 상대가 패를 공개하겠다는데 가로막을 필요는 없다. 샤를로트가 턱을 약간 당겨 긍정을 표했다.

"그러시죠."

"그날 연하께서 건네받은 물건은 경매장에서 사라졌지만 마법처럼 막시민의 손을 통해 연하께 전해졌습니다. 경매를 주최했던 고고미술학 아카데미에서는 이 사실을 아직 모르는 것 같습니다. 그리고 연하께서는 물건을 돌려줄 생각도, 그렇다고 대금을 지불할 마음도 없으신 것 같고요."

샤를로트는 가볍게 고개를 까딱했다. 조슈아가 눈썹을 올려 보였다.

"먼저 간단한 사실을 하나 말씀드리자면 해당 물건의 낙찰자는 칼츠 가문의 루시안이었습니다. 따라서 루시안은 물건의 행방을 이미 알고 있습니다. 단지 연하의 정체를 모를 뿐이죠."

어딘가 어안이 벙벙한 이야기라 샤를로트는 눈을 몇 번 깜빡거렸다. 그럼 루시안 칼츠는 그날 제가 낙찰받은 물건을 아무 생각 없이 샤를로트에게 건네준 것이 아닌가. 냅킨 속을 들여다보지 않아서 건네줄 때까지 몰랐을 수는 있겠지만 샤를로트가 냅킨을 벗겼을 때는 알았을 텐데. 그런데도 그냥 가버렸단 말인가?

"하지만 루시안도 도둑맞아버린 물건의 낙찰금을 아카데미에 지불할 필요는 없었죠. 그리고 듣자니 아카데미도 익명의 의뢰인으로부터 해당 물건의 판매를 위탁받았을 뿐이라 결국 문제의 권총을 잃어버린 당사자는 익명의 의뢰인이라고 봐야 하겠더군요. 그런데 그 의뢰인은 지금까지 아카데미에 아무런 접촉도 해오지 않았다고 합니다. 매우 이상한 일이 아닙니까?"

샤를로트는 익명의 의뢰인에 대한 이야기를 처음 들었다. 그날 경매장에서 하브라스 원장에게 설명을 들은 막시민과 루시안만이 알게 되었던 내용이기 때문이다. 하지만 그런 자의 존재는 샤를로트가 떠올렸던 의심과 맞아떨어진다. 심장 조각이 든 권총을 미끼 삼아 경매에 내놓아 아이언페이스를 끌어내려 한 자를 상상하지 않았던가.

진짜로, 오토마톤 권총을 놓고 아이언페이스와 대결하려는 자가 샤를로트 혼자가 아니란 말인가?

심박이 빨라진다. 긴장으로 뻣뻣해진 목을 꼿꼿이 세우고 겉으로는 고요한 표정을 가장한다. 그런 샤를로트를 꿰뚫듯 보며 조슈아가 말을 이었다.

"이상한 일은 그뿐이 아닙니다. 대공국의 공녀 연하께서 고작 25만 엘소가 아까워서 권총을 손에 넣고도 숨기고 싶어 하실 리는 없을 테지요. 그렇다면 권총이 연하의 수중에 있음을 알려선 안 되는 상대가 존재하는 것이 아닐까요? 그자는 누구일까요? 누구이기에 공녀 연하께서 다소 불명예스러운 방법을 써서라도 그자의 눈을 피하고자 하시는 것일까요? 그리고 문제의 의뢰자는 왜 이 권총을 되찾고자 하지 않을까요?"

샤를로트가 고개를 기울이더니 냉담하게 말했다.

"경은 내게 정보를 주겠다고 하고는 질문만 하시는군요."

"그렇게 들렸다면 송구합니다만 저는 질문들에 대한 답도 갖고 있습니다. 첫째로, 저는 그날의 경매에 문제의 권총을 두고 두 세력이 은밀하게 대결을 벌였다고 생각합니다. 한쪽은 권총을 아카데미에 의뢰했고, 다른 한쪽은 그걸 훔쳤습니다. 표면적으로는 훔친 쪽이 막시민과 공녀 연하인 것 같지만 그날 경매에 참석한 사람을 만나 권총이 사라진 정황을 들어보니 아니라는 생각이 들더군요. 그건 조직적 절도였습니다."

조슈아가 약간 웃더니 덧붙였다.

"막시민에게 여러 가지 재주가 있긴 하지만 켈티카에 머문 지 한 달도 안 되어 절도 조직을 창설할 재주까지는 없을 것 같군요."

그날 캐롤린즈 식당에서 막시민이 앉아 있던 테이블에는 심볼리온의 마법사 말고 두 명이 함께 있었다고 했다. 귀부인의 외양을 갖춘 자, 그리고 마부 같은 차림을 한 자.

이후 콜레트는 경매에 초대된 사람들의 명단 일부를 구해 왔는데 그 과정에서 쉴리스 백작부인이라는 사람이 출입이 통제되던 경매장에서 멋대로 나가버렸으며 이후 갑작스럽게 하이아칸으로 떠났다는 것을 알게 되었다. 콜레트가 알기로 쉴리스 백작부인은 평소 미술품 경매 같은 것에는 전혀 관심이 없던 사람이었다.

또한 마부 차림을 한 자가 캐롤린즈의 테이블에 함께 앉아 있었던 것도 이상했다. 캐롤린즈는 하인이 출입할 수 없는 곳이다. 부득이하게 급한 일이 있었다 해도 마부와 귀부인이 한 테이블에 앉을 필요는 없다.

그들이 경매장에서 권총을 훔친 조직일까? 막시민은 그들에게서 어떻게 권총을 빼돌렸을까?

"둘째로, 문제의 의뢰인이 아카데미로 찾아와 권총의 행방을 추궁하지 않는다는 사실은 그자에게 권총이 금전 이상의 가치를 갖고 있음을 추측하게 해주는 단서입니다. 그자는 권총을 경매에 내걸 이유가 있었지만 권총의 분실을 돈으로 보상받는 것에는 관심이 없습니다. 아카데미는 보상금 외에 그자에게 줄 것이 없겠죠. 또는, 그자는 권총을 연하께서 갖고 계시다는 사실을 이미 알고 있는 것입니다. 그렇다면 그자는 곧 권총을 회수하려 하겠죠."

맞는 말이다. 긴장과 기대감이 뒤섞여 밀려왔다. 그자들의 정체를 곧 보게 될까? 샤를로트 앞에 나타나 권총을 돌려달라고, 아이언페이스는 저들의 사냥감이니 물러나라고 요구할까?

그런 온갖 생각이 휘몰아치지만 표면적으로는 고요한 샤를로트의 얼굴을 바라보며 조슈아가 말을 맺었다.

"제 추측은 여기까지입니다. 저는 익명의 의뢰자도, 그걸 훔친 자도 누구인지 모릅니다. 다만 연하께서 권총의 행방을 숨기고 싶어 하는 상대는 그 둘 중 한쪽이 아닌가 생각합니다. 그자를 상대하느라 공녀 연하께서 신분을 숨기고 타국까지 오셨을 것이고, 막시민은 그 일을 도왔죠. 그 결과 심볼리온으로 끌려가게 되었습니다."

소공작은 막시민을 누가 데려갔는지도 알고 있었다.

조슈아가 손을 깍지 끼더니 몸을 앞으로 기울였다. 웃음기가 사라진 시선이 샤를로트를 보았다.

"이 일에서는 위험천만한 냄새가 납니다. 아노마라드 사람으로서 저는 이 일에 대해 알아야 할 것 같습니다. 그 권총은 무엇이고, 그걸로 무슨 일을 하고자 하십니까?"

"아노마라드 사람으로서 알아야 한다라. 왜 이걸 그렇게까지 위험한 일이라고 생각하시죠? 이건 제가 개인적으로 해결해야 할 문제일 뿐입니다."

"공녀 연하에 대한 공격은 곧 대공국에 대한 공격이라 하셨죠. 마찬가지로 공녀 연하의 개인적인 문제란 곧 대공국의 문제가 아닐까요? 대공국과 국경을 맞댄 아노마라드는 대공국의 문제와 관계가 없을까요? 또 아노마라드와 관계가 없는 문제라면 왜 켈티카에 오셔서 개인적인 문제를 해결하려 하십니까?"

샤를로트가 고개를 끄덕였다.

"그런 점은 있군요. 아노마라드의 어떤 사람들과는 관계가 있겠지요. 하지만 켈티카 방위 연대를 지휘하시는 아르님 소공작께서 반드시 알아야 하는, 그런 종류의 문제라는 법은 없지요."

이때까지만 해도 샤를로트는 조슈아에게 어떤 진실이든 말해줄 생각이 없었다. 안다고 이자가 무슨 일을 할 수 있겠는가. 그저 스스로를 위험에 빠뜨릴 뿐.

그때 조슈아의 손이 테이블 위에 놓았던 검은 코트를 끌어

당겼다. 단추를 끄르고 앞섶을 젖히자 뜻밖으로 안쪽에서 뭔가가 나왔다. 녹색 벨벳을 두른 상자였다.

"말씀을 해주실 생각이 없으신 것 같으니 이걸 보여드려야겠군요."

조슈아는 상자를 테이블 위로 옮겨놓고 코트를 치웠다. 그저 상자를 싼 포장지에 불과했다는 것처럼. 샤를로트의 시선이 코트를 따라갔다. 상자를 코트로 싸야 할 이유는 조금도 없다. 그날 칼츠가 도련님에게 '카나리아'를 건네받은 직후, 사람들의 이목이 샤를로트에게 쏠리자 초조해진 조안느는 공녀를 채근하다시피 호텔을 나왔다. 그러느라 막시민의 코트는 식당 안에 남겨졌다. 그 코트가 누구의 것이며 샤를로트에게 무슨 의미가 있는지 소공작은 어떻게 알아챈 걸까? 심지어 그걸 샤를로트의 반응을 끌어내기 위한 소품으로 활용하다니.

조슈아는 상자 뚜껑에 손을 얹고 샤를로트를 기다리고 있었다. 시선이 코트에서 상자로 돌아올 때까지.

"어쩌면 연하께서 아실지도 모르는 물건입니다만, 확인해보시지요."

준비를 시키듯 묘한 어조였다. 이어 긴 손가락이 걸쇠를 끄르고 뚜껑을 젖혔다. 나온 것은 은제 회중시계였다. 한때 유행했던 풍경화 배경의 시계로, 세필로 그려진 푸른 벌판 위로 양산을 쓰고 거니는 사람들 모양의 조각이 새겨져 있었다. 신분 높은 그들에게 그렇게까지 특별할 것은 없어 보이는 물건이었지만 뒷면이 일반적인 회중시계보다 다소 두툼했다. 조슈아는 시계를 손바닥 위에 뒤집어 올려놓더니 톡톡 두드렸다.

처음에는 조용했다. 다시 한번, 톡톡.

희미한 소음이 퍼졌다. 유리병 속에 모래를 넣고 흔드는 듯한 소리였다. 조슈아는 샤를로트를 향해 손바닥을 내밀었다. 받으라는 것처럼.

샤를로트가 손을 뻗어가자 소음이 물결 밀려오듯 커졌다. 모래였던 것은 잔 구슬로, 파도로 변하다가 샤를로트의 손끝이 닿기 직전 뭔가가 터지듯 파직, 하는 소리가 울렸다. 조슈아가 시계를 뒤집었다. 문자판을 덮은 유리가 두 쪽으로 갈라져 있었다.

샤를로트가 나직이 말했다.

"난 손도 대지 않았는데 어찌된 일인지 모르겠군요."

"그렇군요. 그럼 손을 대시면 어찌될까요?"

조슈아는 시계를 테이블에 천천히 내려놓았다. 샤를로트는 시계를 물끄러미 내려다보다가 말했다.

"위험해 보이는데 그러고 싶진 않군요."

"이 상자의 안쪽은 쇠로 덧대어져 있습니다. 안쪽에 든 특별한 물건을 보호하기 위해서죠. 그걸 뚫고 나오진 못할 겁니다."

"뚫고 나온다고요? 살아 있는 게 들어 있단 말인가요?"

조슈아는 대답하지 않고 몸을 조금 젖히며 샤를로트를 바라봤다. 이만하면 알지 않겠느냐는 것처럼.

물론 알고 있다. 상대가 믿을 만한 사람이었다면 당장 확인해봤을 것이다. 기묘한 소음을 내는, 유리를 깨뜨리는 에너지를 뿜어내는…… 안쪽이 쇠로 덧대어진. 어떤 쇠인지도 알고 있을까? 이자는 어디까지 알고 왔지?

생각을 읽히지 않고자 태연하게 조슈아를 바라본다. 당신이 정보를 주겠다고 했으니 설명할 의무도 당신에게 있다. 아무리 맛있는 냄새가 난다 한들 이쪽에서 손을 내밀어 뚜껑까지 젖힐 필요는 없다.

"저를 믿지 못하시는군요."

샤를로트는 아니라고 하는 대신 조슈아를 빤히 봤다. 당연하지 않느냐는 것처럼. 조슈아가 고개를 끄덕였다.

"혹시나 했는데 역시 신중하시군요. 맞습니다. 약속은 지키겠습니다. 잘 아시겠지만 예전에는 세공사들이 값지고 정교한 물건을 만들 때 곧잘 '왕국의 쇠'라는 물질을 사용하곤 했습니다. 이를테면 오토마톤 같은 세공품이죠. 그런데 오토마톤에만 사용한 건 아닙니다. 이건 이름 모를 장인의 작품으로 뒤에 서명도 새겨져 있지 않지만 보시다시피 묘하게 부피가 큽니다. 안에 뭔가를 넣어야 했던 것 같죠. 누군가가 그게 무엇인지 궁금했던 모양입니다. 그래서 뚜껑을 열어보았고……."

샤를로트는 예정된 파국을 기다리는 사람처럼 담담하게 이야기를 듣고 있었다. 이러면 오히려 말하는 쪽에서 조바심이 나기 마련이다.

"……아무것도 발견하지 못했죠. 그 사람은 뚜껑을 도로 닫아두었지만 그 뒤로 이상한 일이 벌어지기 시작했습니다. 소음, 진동, 얼룩. 그 안에 진짜로 뭔가가 숨어 있었는데 그 사람이 발견하지 못했던 걸까요? 아니면……."

사람은 발견하지 못했겠지. 대신 프시키들이 발견했겠지. 심장에서 나온 혈관은 고작 사과씨만 하게 뭉쳐져 있고 시계 구동부를 분해해야만 찾아낼 수 있다. 하지만 프시키들이 달라붙었으니 이제 시계 안은 막시민이 말한 '초콜릿'으로 범벅이 되었을 것이다. 그리고 블러디드인 자신이 가까이 오자 두려움에 사로잡힌 프시키들은 도망치려 했지만 그럴 수 없었을 것이다. 왜냐하면, 자신이 제압했으니까. 손끝을 가까이 가져가는 것만으로.

잘도 오랫동안 사과씨에 들러붙어 있던 놈들을 그냥 보내줄 수야 있겠어? 그놈들이 뭘 원하는지 알아내어…….

"……그 작고, 검고, 반짝이는 물체가 수상한 존재를 불러들이는 걸까요?"

샤를로트는 더이상 표정을 감추지 못했다. 크게 열린 눈동자가 조슈아를 쏘아봤다. 저도 모르게 말이 튀어나왔다.

"그걸, 지금 갖고 온 건가요?"

"아닙니다."

"어디 있죠?"

"어딘가 안전한 곳에."

"안전한 곳 따윈 없어요. 위험해요. 그건…… 정말로 위험하다고요. 당신들은 아무것도 모르면서 그런 것을…… 당장 멀리 떼어놔야 해요. 지금이라도."

샤를로트가 떨리는 입술을 누르려 깨무는 것을 조슈아는 보고 있었다. 그리고 생각했다. 오를란느의 공녀는 어쩌면 진심인지도 모른다고.

조슈아가 대꾸하지 않자 샤를로트는 손을 뻗어 시계를 집었다. 유리에 금이 쭉쭉 번지는 것도 아랑곳 않고 뒤집어 뚜껑을 열었다. 동시에 다른 한 손은 시계를 쥐려는 듯한 모양으로 허공에 멈춰 있었다. 그래서일까, 이번에는 진동도 소음도 없었다.

뚜껑 안은 예상대로 검은 얼룩투성이였으나 초콜릿은 대부분 사라진 뒤였다. 헬레나의 얼굴에 튀었다던 반죽처럼. 왕국의 쇠가 보호력을 상실했기 때문일 것이다. 그런 불안정한 마력 물질은 안정시키는 힘을 가진 물질이나 마법 없이는 이 세상에서 형체를 유지하지 못하며 금세 이공간으로 빨려들어가고 만다. 마력이 흐르는 길이자 마력 없이 존재하지 못하는 것들이 머무는 세상으로.

그곳에서는 온갖 것들이 흐르고 머문다. 때로는 현실 세계와 비슷한 풍경이기도 하고, 과거나 미래를 닮기도 하고, 그 무엇도 닮지 않은, 인간의 상상 너머의 광경이기도 하다. 그것들은 보통 서로 만나지 못하지만 강한 마력이 뚫고 들어갈 때면 각각 떨어진 그것들을 휘저어놓을 수 있다. 마치 수천 겹의 습자지 그림책처럼 어떤 페이지는 비어 있고, 어떤 페이지는 불타고 있고, 능력이 있는 자라면 그 안의 불꽃을 꺼낼 수도 있는 것이다. 사람들은 그것을 소환 마법이라고 부른다.

조슈아는 같이 시계 속을 들여다보고 있었다. 조금 전 샤를로트가 하던 질문이 이제는 그의 입에서 나왔다.

"왜 위험합니까?"

"왜냐하면…… 누군가가 그걸 얻기 위해 수단 방법을 가리지 않으니까."

"누군가가 원하는 걸 얻기 위해 암살자나, 또는 군대를 보내올 거라는 건가요? 일국의 공녀이신 분께서 그걸 두려워하고요?"

샤를로트는 아무 말 없이 시계를 내려다보다가 도로 테이블에 얹어 놓았다.

"소공작께선 이걸 언제 손에 넣으셨죠?"

"조금 됐습니다."

"열흘 이상?"

"그 정도는 된 것 같군요."

샤를로트가 의자에 기대며 고개를 저었다.

"그렇다면 이 안에는 진짜가 들어 있지 않았던 것 같군요. 있었다면 지금껏 아무 일도 없었을 리 없으니."

"그건 아닐지도 모릅니다. 이걸 열흘 전에 찾아낸 사람은 제가 아닙니다. 제 측근이 찾아내어 보관하다가 어젯밤에 제게 건네줬죠. 이걸 열어본 것도 그 사람입니다. 그리고 그는 누군가에게 추적당해 발각되도록 행동할 사람이 아닙니다."

말하는 어조와 표정을 볼 때 소공작은 그 사람을 완전히 믿고 있었다. 틀림없이 뛰어난 사람이겠지. 샤를로트는 바로 대답하지 않았다. 자기도 한때는 누군가를 저렇게 믿었다고 생각하며.

"그렇다 칩시다. 그럼 그 사람은 이걸 어디서 손에 넣었죠?"

"그건 말씀드릴 수 없습니다."

샤를로트가 고개를 홱 들어 조슈아를 쏘아봤다.

"내게 그걸 숨기는 건 좋은 생각이 아닐 겁니다."

"왜입니까?"

"경이든 다른 누구든, 그걸 갖고 있다는 것이 어떤 위험인지 진실로 이해하지는 못합니다. 그래서 부주의하게 다뤘기가 쉽죠. 그걸 찾는 자는 조직력이나 정보력으로 추적하는 게 아닙니다. 아니, 그런 것들의 도움을 받긴 하지만 일정 범위 안에 있기만 하다면 그자는 그걸…… 느끼죠. 뚜껑을 열었고 그 안에 진짜가 들어 있었다면 꿀을 엎질러 벌을 부른 거나 다름없습니다."

조슈아의 얼굴에 당황한 기색이 돌았다.

"연하의 말씀이 진실이라면 한 가지 문제가 더 있군요. 경매에 나왔던 권총은 원래 두 정 세트였습니다. 나머지 한 정의 권총을 내일 아카데미로부터 건네받기로 했는데."

"경이?"

"낙찰받은 사람이죠."

샤를로트의 머릿속에 '카나리아'를 건네주던 루시안의 겁먹은 듯한 얼굴이 스쳐갔다. 즉시 말이 튀어나왔다.

"절대로 받지 말라고 전하세요. 아니, 아카데미는 그걸 지금껏 어쩌고 있었던 걸까?"

"그건 모르겠습니다만 일단 말씀대로 하죠."

콜레트를 통해 알아낸 바에 따르면 나머지 한 정은 '여름의 피'였다. 그런데 그게 진짜라면 아이언페이스의 부하들은 어째서 그건 건드리지 않았던 걸까?

"어쨌든 경도, 그리고 칼츠 씨도 이 문제에 더 가까이 가지 않는 것이 좋습니다. 그럴 수 있을 것 같아 다행스럽군요."

조슈아의 입가에 미묘한 표정이 떠올랐다.

"그 말씀은 조금 의아하군요. 저의 안전을 염려해주시는 것은 감사하지만 저는 공녀 연하께서 쥐고 계신 이 문제와 멀리 떨어진 사람이 아닙니다."

"어째서죠?"

"여러 가지 이유가 있죠. 연하께서 그렇듯 저에게도 여러 책임이 있기 때문이기도 하고, 이미 여러 가지를 알게 되었기 때문이기도 하죠. 하지만 가장 큰 이유는……."

조슈아의 긴 속눈썹이 살짝 내리깔렸다가 올라갔다. 새카만 눈이 일종의 심연처럼 샤를로트를 들여다보았다.

"연하께서 이 일에 연루시킨 막시민 리프크네는, 저의 가장 소중한 친구이기 때문입니다."

쇼다운

예상했던가……. 일부러 가능성을 지웠던가.

소공작이 왜 이곳까지 왔는가에 대한 가장 논리적인 답임을 안다. 아닐 거라고 생각한 이유는 무엇이었던가. 눈앞에 앉은 사람이 소공작이기 때문에? 거만한 아노마라드의 귀족이 학교에 같이 다닌다고 해서 평민을 진짜 친구로 여길 리 없다고 생각해서?

소문이 떠오른다. 오를란느의 연회에서 가끔 떠돌던 이야기였다. 아노마라드의 어느 공작 가문에서는 딸과 사위가 독살로 죽고 아들은 칼에 찔렸다가 간신히 살아났다고 하더라. 귀족들에게 권위가 없으니 그따위 일이 벌어지는 거지. 역시 공화 반란 따위로 뒤집어엎어졌던 전적이 있는 나라답지 뭐겠어…….

그런 이야기를 불타는 저택에서 살아남으려 강물로 뛰어내린 적이 있는 공녀 앞에서 아무렇지도 않게 떠들고 있었다. 그런 자들이 장차 자신이 다스려야 할 신민들이었다. 그들처럼, 자신도 소문으로 상대를 알 수 있다고 생각했던 것뿐일까. 온갖 비극을 겪은 끝에 가문을 떠나 뚝 떨어진 남부 학교에 입학한 소공작은 거기서 만난 평민 친구가 소중하게 다가왔을지도 모르는데.

하지만 이 또한 추측일 뿐이다. 상대는 귀족이기에.

상류사회에서 태어나 자란다는 사실은 개인들의 인간적 특성을 뒤덮어버릴 정도로 강력하며 일생 거의 바뀌지 않는다. 샤를로트는 그들의 일원이었지만 동시에 먹잇감이기도 했기에 안에서도, 밖에서도, 그들을 꿰뚫어 보려 노력했다. 맞서 싸워야 하니까. 평민들은 차라리 백지 상태로 대할 수 있지만 귀족들은 흰 살가죽 너머 뒤엉킨 혈관까지 머릿속에 그려지는 존재다. 그 혈관 속에는 황금도 흐르고 오물도 흐르고.

하지만 소공작은 그렇게 태어난 자들이 절대로 하지 않을 일을 몇 가지나 했다. 신분 낮은 자로 가장해 연기를 하고, 얼굴을 붕대 따위로 감추고, 자신을 양탄자에 처박은 상대를 용서하며…… 타국의 공녀에게 머리를 조아려 사죄했다. 그러고도 짓눌린 분노가 비어져나오는 얼굴이 아니라 침착하고 유연하게 자신과 대화하고 있다. 친구여서, 그 외에 이 모두를 감수할 이유가 있을까?

"제 말이 진심인가 생각하고 계신가 봅니다."

때로는 마음을 읽는 듯한 사내다. 조금 전보다 덜 날카로운 시선이 둘 사이를 오갔다. 샤를로트가 긍정했다.

"그러지 않을 도리가 없군요."

"이해합니다. 그런데 아노마라드는 별난 경험을 한 나라이고 저에게도 그 시기는 제법 별나게 흘러갔다고 할 수 있겠습니다. 연하의 생각을 조금 돕자면, 저와 막시민은 열 살 무렵부터 친구로 지낸 사이입니다. 만난 지 사흘 만에 막시민은 제 목숨을 구해줬죠."

그렇게 말하는 조슈아의 입술에 희미한 웃음기가 어렸다. 샤를로트는 그 웃음이 지금껏 보이던 웃음과 어딘가 다르다는 것을 눈치챘다. 지나가버린 좋았던 순간을 눈앞에 그렸을 때만 떠오르는, 그런 웃음이었다. 그 미소가 자신의 기억을 함께 헤집어내는 바람에 샤를로트는 저도 모르게 불쑥 말했다.

"사람을 잘 구하네요."

"맞습니다. 그런 친구입니다. 제가 신세를 많이 졌지요. 그간 함께 지내셨으니 연하께서도 막시민이 어떤 사람인지 조금쯤 알게 되시지 않았을까요. 물론 그 친구가 무례한 말도 좀 했을 겁니다. 혹시 기분 상하신 일이 있었다면 대신 사과

드리고 싶군요."

"그런 일은 없었고……."

아무렇지도 않게 대답하려 했는데, 갑자기 마음속에서 뭔가가 불쑥 솟아오르려 했다. 무거운 것으로 가까스로 눌러놓았던 부표가 갑작스러운 파도에 떠밀린 것처럼.

"아주 큰 잘못을 저질렀죠."

조슈아의 얼굴에 놀라움과 의아함이 동시에 스쳤다.

"무슨 일인가요?"

"……사라져버렸죠."

감히, 허락도 하지 않았는데. 가도 좋다고 말한 적 없는데. 혼자 버티지 말라고, 같이 해보자고 말했으면서. 제 손을 잡아도 좋다고 했으면서. 맹수처럼 도사린 채 살아온 자신을 평생 처음으로 겁쟁이라고 불러준 주제에.

샤를로트의 미간이 짧게 경련하다가 가라앉았다. 조슈아는 그 얼굴을 보다가 시선을 공녀의 어깨 너머 창밖으로 보냈다. 이 순간 쓸모없을 상념이 머릿속을 스쳤다. 네냐플이 닫히고 어느덧 두 달 반. 그사이 막시민의 인생에는 어떤 일들이 벌어졌던 것일까.

오랫동안 둘도 없는 친구였지만 막시민의 인생에 끼어들기란 쉽지 않았다. 막시민은 제 인생에 대해 열 살도 되기 전에 결론을 내려버린 뒤 다시는 바꾼 적이 없었다. 막시민의 고향 들판에 굴러다니는 연갈색 돌은 일정 크기가 되면 건축재로 쓰이지만 그 이하는 버려진다. 막시민이 바라보는 자신은 그 돌이었다. 다른 사람들이 넌 괜찮은 존재라고, 재능이 있다고, 잘 갈고 닦아보자고, 그럴수록 더 멀리 걷어차버린다. 기준치 이하니까 주워 갈 생각 말라는 것처럼.

그 녀석이라고 왜 더 나은 인생을 상상해보지 않았겠는가. 하지만 혼자 어설픈 그림을 그려보다가 누가 보여달라 하면 황급히 구겨버리듯, 관심을 갖고 고개를 들이밀라치면 막시민은 제 인생을 통째로 구겨서 주머니에 쑤셔넣었다. 기가 막혀 헛웃음이 날 때도 있다. 남의 인생은 그렇게 구원하려 애쓴 주제에. 지금도 변치 않은 모양이지. 변치 않는 것은 막시민의 가장 큰 장점이자 단점이니까.

시시콜콜한 이야기는 언젠가 주고받을 날이 오리라. 지금은 친구를 구하는 것이 먼저다. 그걸 위해 외교적 문제를 야기할 위험까지 무릅쓰고 신분을 숨긴 공녀의 가면을 벗겼으니 아주 잘 구해야겠지……. 그러려면 알아야 했다. 막시민은 왜 공녀의 곁에 머물렀던가. 공녀는 왜 그를 곁에 두었던가.

막시민은 상대가 오를란느의 공녀임을 알았을까? 몰랐다면 그건 공녀가 의도적으로 그를 속인 것인가, 아니면 배려인가? 감히 사라져버린 막시민에게 공녀는 분노한 것인가, 안타까워하는 것인가?

"종종 인사를 생략하곤 하는 친구지만 이번에는 심했나 보군요. 이렇게 솔직히 말씀드렸으니 제가 연하께 원하는 두 가지는 결국 하나인 셈입니다. 만약 연하께서 사라져버린 제 친구가 더이상 쓸모없으니 어찌되든 상관없다고 하신다면 저는 그를 데리고 조용히 퇴장하겠습니다. 하지만 아니라면, 이 작고 검고 반짝이는 것에 대한 이야기에 저를 끼워주셔야 할 것입니다."

소공작은 어디까지 알고 왔을까. 저 회중시계는 베르나르가 혈관 외에 나머지 심장 조각을 넣어 여기저기로 보낸 것들 중 하나일 텐데 조슈아는 그걸 추적해 손에 넣었고 그 안에 수상한 존재, 즉 프시키가 달라붙는 것도 알고 있다. 무엇보다 '작고 검고 반짝이는'이라는 어휘를 생각할 때 그는 생각보다 많은 것을 알고 있을 가능성이 크다. 그러나 그것을 손에 넣으려는 자가 어떤 존재인지는 모르고 있다…….

동요를 떨쳐낸 샤를로트가 차분히 답했다.

"아뇨. 그건 그런 이유로 끼어들 만한 문제가 아닙니다. 경이 막시민 리프크네를 소중한 친구로 여긴다는 말씀을 믿기로 해봅시다. 그렇다면 더더욱 경은 그를 데리고 이 문제에서 퇴장하시는 편이 나을 것입니다."

"연하께선 그걸 원하십니까?"

뭘 원하는 질문일까? 샤를로트의 눈썹이 약간 움직였다.

"왜 내 뜻을 묻죠? 경에게는 친구의 안전이 더 중하지 않은가요?"

"제 친구가 무능하게도 연하의 곁에서 사라져버렸기 때문인가요?"

떠보려는 의도가 뻔히 보이는 말에 불쾌해지기도 전에 차라리 잘된 일일지도 모른다는 속삭임이 심장 밑에서 스멀거렸다. 그래, 이건 마지막 기회야. 제 뜻으로는 손떼고 떠나가지 않을 사람을 안전하게 풀어줄 기회.

탐정은 뛰어나지만 동시에 연약하다. 무력도 권력도 없는 존재니까. 아르님 소공작쯤 되는 자라면 일을 맡길 만하지 않은가. 조슈아가 정말로 평민 친구를 아끼는 별난 귀족이라면, 친구가 샤를로트 곁의 수렁으로 되돌아가지 않고 다른 일로 관심을 돌리도록 권력과 교란의 장막을 쳐줄 수도 있을 것이다. 자신은 막시민이 심볼리온의 손에서 벗어나는 것까지만 해결하고, 그다음은…….

그때 조슈아가 말했다.

"부탁이니 솔직히 답해주십시오."

낮아진, 상대의 진심을 바라는 목소리였다. 샤를로트의 눈에 의혹이 어렸다.

"정말로 솔직한 답을 원하시나요? 솔직한 답이 항상 최선은 아님을 아실 분 같은데요."

귀족으로 살아온 자라면 피해를 최소화하는 가식의 장점을 잘 알고 있다. 솔직함은 칼날 같아 자르기도 좋지만 다치기도 쉽다. 상대에게 솔직함을 요구하려면 칼을 건네받듯 주의와 각오가 필요하다. 소공작은 각오가 되었단 말인가?

"연하께서 제 친구와 가까이 지내셨다면 그를 어느 정도 알게 되셨을 테지요. 그를 움직이기란 쉽지 않지만, 움직이기로 결심한 그를 멈추기도 쉽지 않다는 것을요. 그리고 저는 제 친구와 거짓을 주고받지 않는데 그건 친구를 존중하기 때문이기도 하지만, 무엇보다도……."

조슈아의 시선이 내리깔렸다가 샤를로트의 미간을 향했다.

"막시민은 진실을 잘 꿰뚫어 보기 때문이죠."

저 말은 옳다.

자신은 얼마나 감추려 애썼던가. 최소한의 정보만 주려 얼마나 노력했던가. 그럼에도 불구하고 막시민이 꿰뚫어 보고자 마음먹자 어떤 비밀도 장막 밑에 머물지 못했다. 소공작도 아는 것이리라. 그리고 저 정도로 막시민을 알려면 아주 가까이, 사적인 영역이 겹칠 정도로 접근해야 한다. 스스로가 그랬듯.

그 점을 깨닫자 샤를로트의 본능이 속삭여왔다. 아르님 소공작은 막시민의 친구가 맞으며 소공작이 이곳에 온 이유도 놀랄 만큼 사적인 그 이유 하나라고.

그렇게 생각하자 속으로 헛웃음이 터졌다. 어떻게 그럴 수가 있지? 아노마라드의 귀족은 이해득실도 따지지 않고 이 정도 일을 저지를 정도로 살기가 좋단 말인가? 오를란느 귀족에게 친구란 이해관계가 갈리기 전까지 정보와 이득을 저울질하며 교류하는 존재에 불과한데, 소공작은 평민 친구를 위해 대공국의 공녀를 적으로 돌릴 위험을 무릅썼다니. 귀족들이란 평민과 친교를 맺더라도 애완동물이나 다를 바 없는 존재로 여기거늘…….

그러다가 불현듯 샤를로트는 그런 소공작과 마주앉아 대화하고 있는 자신을 떠올렸다. 자신은 왜? 막시민 리프크네를 꼭 구해야 할 이유가 자신에게는 있단 말인가? 세상 최고의 탐정이라 반드시 필요하기 때문에?

"막시민에게 특별한 도움을 받은 적이 있으신가 보군요."

조슈아가 순간 파안했다.

"그랬죠. 그 친구가 저의 많은 것을 구했지요."

그런데 막시민은 이런 엄청난 친구를 두었으면서 왜 그런 이야기를 떠벌린 적도, 덕을 보려 한 적도 없었을까? 아르님 가문의 성은 심지어 켈티카에 있다. 조슈아가 오늘 한 행동을 생각할 때 막시민이 여행 가방만 달랑 들고 쳐들어왔을지라도 아르님 가문에서 잠자리부터 여비까지 온갖 편의를 보아줬을 것 같은데 막시민은 그러지 않았다. 그러는 대신 폐가구

창고나 다름없는 방에 머물며 손님들과 잡다한 상담을 해서 돈 몇 푼을 벌어보려 애썼다. 이해하기 어렵다. 아니…… 이해할 것도 같다.

조슈아가 말을 이었다.

"오랫동안 겪어왔기에 저는 그를 잠시라면 모를까 오래 속일 자신이 없습니다. 그리고 진상이 드러난 거짓은 친구 사이를 갈라놓죠. 물론 우정의 존속보다 친구의 안전을 중시하는 것도 하나의 선택일 것입니다. 저는 한때 지금과 반대되는 입장에 처한 일이 있는데 막시민은 저의 안전을 택했고, 저는 거절했지요. 그때 우리의 우정이 끝장나지 않은 건 막시민의 이해심 덕택이었습니다. 이제 같은 선택지를 받아들었지만 저는 제 친구와 다른 선택을 하고 싶습니다. 막시민이 저를 위해 하려 한 선택을 이해했음에도 불구하고 결국 거절했던 사람으로서."

소공작은 친구를 안전한 무지 속에 내버려둘 생각이 없다. 바람직한 친구의 자세겠지만 제 눈앞의 놓인 위험의 정체를 잘 모르기 때문이기도 하지.

"눈을 가려주어 보호하기보다 친구의 알 권리와 선택권을 존중한다……. 그게 경의 방식이라는 건가요?"

"그렇습니다. 정확히는 그런 판단을 내리기 전에 이 문제의 내막을 알고자 합니다. 친구보다 먼저."

소공작은 샤를로트가 막시민과 비밀을 공유하지 않았을 거라고 생각하는 것 같다. 샤를로트가 타국의 공녀이기 때문에?

"먼저 알아야 하는 이유는, 친구보다 경이 더 나은 통찰력을 가졌기 때문이고요?"

조슈아는 고개를 저었다.

"제 친구는 진상을 꿰뚫어 보는 능력이 저보다 훨씬 뛰어난 사람입니다. 다만 저는 타고난 몇몇 것들 덕택에 그가 하지 못하는 일들을 할 수 있지요. 연하께서도 알게 되셨겠지만 막시민은 아주 많은 걸 할 수가 있지만…… 뭐든지 할 수 있는 사람은 아니죠."

묘한 말이다. 샤를로트가 눈썹을 올려 보였다.

"경은 그렇지 않고요?"

조슈아는 당신도 알지 않느냐는 것처럼 희미하게 웃을 뿐이었다. 샤를로트가 모를 리 없다. 평민에게 허락되지 않은, 그러나 공녀나 소공작은 할 수 있는 일이 있음을. 그러나 단지 그런 뜻일까?

소공작은 평민인 제 친구가 상식 선에서 받아들일 수 없는, 그 이상의 냉혹함이 필요한 문제로까지 끌어들이지 말라고 말하고 싶은지도 모른다. 그 말을 부인할 수가 없다. 샤를로트는 처음부터 막시민을 위험한 지점까지 데려갈 생각이 없었다. 그러나 결국 여기까지 와버렸다.

조슈아의 초연한 얼굴을 보고 있자니 굴욕감이 든다. 태도를 정하지 못한 자신에게. 넌 어느 쪽이야. 비밀을 공유하는 기쁨, 함께 손잡고 나아갈 사람이 있다는 든든함, 짧디짧았던 달콤함을 놓지 못해 상대를 다치게 했다. 그러고도 미련이 남아 망설인다. 훔친 사탕을 뱉어버리지 못하는 어린애처럼 입술을 앙다물고서. 결국 녹아버릴 텐데. 다 잃을 텐데.

숨을 크게 들이쉬고 굳게 마음을 먹는다. 지금뿐이다. 소공작이 돕겠다고 손을 내밀었을 때.

"난 막시민이 다치기를 원치 않습니다. 몇 번이나 막시민에게 이 일에서 손을 떼는 편이 나을 거라고 말했죠. 지금이 그럴 기회가 아닐까 싶군요."

"저에게 내막을 말해주시기보다 차라리 모든 것을 원점으로 되돌릴 생각이신가요?"

"진실이란……."

조슈아 폰 아르님은 친구와 어느 정도로 닮은 사람일까. 잘 모르는 상대에게 기대 같은 걸 해선 곤란하다. 그러나 막시민 같은 사람을 '가장 소중한 친구'라고 말하는 사람에게는 양심이라는 것이 있지 않을까? 친구를 돕기 위해 수모를 감수하는 사람에게는 다정함이 있지 않을까? 그렇다면 더더욱…… 휘말리게 하고 싶지 않다.

"아주 성가신 것입니다. 막시민에게도 모르는 편이 나을 거라고 말했지만 결국 이렇게 되고 말았죠. 난 같은 잘못을 두 번 되풀이하고 싶지 않아요. 경은 친구의 후견인이 아닙니다. 차라리 친구가 당한 일에서 교훈을 얻으세요. 이건 소매가 좀 찢어지고 끝날 일이 아닙니다. 오물이 든 상자를 굳이 열어 뒤엎어보는 것이 용기일까요? 아기들이나 저지르는 실수가 아닐까요? 뚜껑 밑에 두는 편이 나은 것들은 열어보지 마세요. 한 발짝 물러나 경의 명예와 품위를, 그리고 목숨을 지키세요."

어제까지만 해도 일면식도 없었을지라도 막시민을 친구로 여긴다는 이 사람의 삶에 피해를 끼치고 싶지 않다고 생각했다. 그래서 일부러 불쾌할 정도로 강하게 말했다. 상대의 평온한 얼굴에 일상적으로 모욕을 던질 성미가 못 되어 숨까지 약간 막혔건만, 조슈아의 미간에 주름 하나 그어지지 않는 이유를 모르겠다.

침묵이 흐르고, 조슈아가 다시 목깃을 매만지더니 말했다.

"실례인 줄 알지만 제복이 익숙하지 않아서요. 이런 인간이라 군인은 못 되나 봅니다."

조슈아가 한 손으로 목깃의 단추 하나를 끄르고, 내려가던 손끝이 모직 재킷 안쪽의 어딘가를 짚었다가 미끄러졌다. 자조적인 미소가 입가를 스쳤다.

"명예와 품위와 목숨이라. 모두 소중하고 한번 잃으면 되찾기 힘든 것들이죠. 하지만 어떤 사람들은 더 소중한 것을 위해 버리기도 하는 것들이죠. 되도록 목숨까지는 가지 않길 바라지만…… 저한테 명예와 품위가 그리 큰 가치가 있지는 않습니다."

"소공작으로 태어난 경이 말인가요?"

조슈아가 고개를 저었다.

"아뇨. 그 말씀은 사실과 다릅니다. 아니, 기억할 수가 없다고 해야겠군요. 아르님 가문은 십 년 동안 반란 정부 치하의 켈티카에 있었습니다. 제가 두 살이던 때부터였죠. 그러므로 제 최초의 자아는 소공작이 아니었습니다. 그런 면에서 천 년 동안 변함없이 지배자였던 대공가의 공녀 연하께서 보시기에 제 태도가 다소 이상할지도 모르겠습니다."

그랬던가. 생각지도 못했던 사실이다. 귀족도 평민도 아닌 듯한 독특한 태도는 그래서였던가. 조슈아가 말을 이었다.

"저는 귀족이기 전에 막시민을 먼저 만났고, 그래서 명예와 품위보다 우정을 먼저 알게 되었습니다. 내 쪽에서 주고 싶은 것만, 비록 가장 좋은 것일지라도 묻지 않고 떠안기는 관계가 우정의 본질일까요. 친구가 불타는 건물로 들어가려 할지라도 가로막기보다 왜인지 물어보고, 때로는 보내주는 관계이기를 바랐던 저였기에 친구에게도 같은 일을 해주고 싶은 것뿐입니다."

샤를로트의 미간에 의혹이 어렸다.

"보내준다고요?"

얼마나 위험한 일인지 모르기 때문이다……라고 생각하려 해도 조슈아는 그것을 '불타는 건물'이라고 불렀다. 진상을 모르는 사람이 한 비유가 이 이상 적절하기도 어렵다. 소중한 친구가 불타는 건물로 들어가려 하는데 이유가 있다면 보내준다니, 목숨을 던지려 드는데도 납득 가능한 이유가 존재한단 말인가?

"이해하기 어려운 얘기군요."

그렇게 말하는데 문득 내면에서 너는 이유를 알지 않느냐는 목소리가 속삭여 왔다. 동시에 조슈아도 대답해 왔다.

"불타는 건물 안에 친구에게 가장 소중한 것이 있을지도 모르죠."

"세상에 그럴 정도로 소중한 건……."

존재한다. 자신에게 베르나르가 그랬듯, 다른 사람에게도 있으리라.

하지만 자신이 막시민에게 그런 존재일 리는 없다. 다 알 텐데, 왜 소공작은 내 친구를 이런 일에 관여시키지 말라고, 위험한 얘기 따위 내가 알 바 아니라고 나오지 않는 걸까. 샤를로트보다 막시민을 잘 알아서? 친구가 중요하지도 않은 일에 매달릴 리 없다고 믿어서?

물론 막시민은 샤를로트의 이야기를 듣고 탐정으로서 아이언페이스라는 범죄자를 막아야 한다고 판단했을지도 모른다. 또 플레상스 경을 구하겠다는 개인적인 목표도 있다. 하지만 소공작은 그런 사정을 전혀 모를 텐데. 친구의 판단력을 얼마나 신뢰하면 모르고도 그럴 만한 이유가 있다고 믿을까? 아니면 소공작은 놀랄 만큼 객관적인 사고방식을 가져서 친구라면 제 목숨을 처분할 권리조차 존중하는 걸까?

"아르모리크 경, 실례지만 그대의 생각은 몹시 이상합니다. 친구의 기분을 존중하기 위해 안위를 저버리는 사람은 드물지 않을까요?"

"얼마나 소중한 기분인가에 달렸겠지요."

"곁에서 보기에는 그까짓 것에 목숨 걸 필요가 없다고 생각되더라도, 존중하신단 말인가요?"

"글쎄요. 거기서 제 의견은 중요한 것이 아닙니다. 그리고 아직은 저도 판단을 내린 것이 아닙니다. 친구의 진심을 확인하지 못했으니까요. 하지만 정말로 그러하다면 저도 그냥 보내주지는 않을 것 같군요."

지금까지 하던 이야기를 부인하려는 것인가 생각할 때 놀라운 한마디가 뒤따랐다.

"함께 가겠지요."

샤를로트는 눈을 부릅뜨며 조슈아를 쏘아보았다. 이것은

진심인가, 아니면 눈앞의 사람이 미쳤다는 의미인가. 시선을 맞받던 조슈아가 말했다.

"연하께서 차마 입 밖에 내지 못하시는 말씀을 알 것 같군요. 그래도 되도록 그런 일이 없기를 바라니까 약간은 평범한 인간의 범주에 넣어주시면 좋겠군요. 동시에 연하 자신에게도 같은 기준을 적용해보시길 바라겠습니다. 연하께서는 고귀한 분이지만 인간을 넘어서는 존재는 아닙니다. 다른 사람의 희생은 안 되지만 나의 희생은 상관없다, 희생해도 좋은 건 자신뿐이다, 정말 그걸로 충분한 걸까요? 세상에 그렇게까지 특별한 존재가 있을까요?"

'내가 미쳤다면 너도 미쳤지'라고 우아하게 돌려 말했음을 알아들은 샤를로트가 냉소를 머금었다.

"희생이 허락되는 특별한 존재라니. 그런 게 되고 싶었던 적은 한 번도 없었어요. 누구인들 원할까요?"

"하지만 그렇게 행동하고 계십니다. 제가 거기에 이름을 붙이자면 '도덕적인 독선'이라고 불러야 할 것 같군요."

"그럼 나도 경의 의견에 이름을 붙여보죠. '강박적인 객관'이라면 적절할까요?"

둘은 멈칫했다가 서로를 빤히 봤다. 순간적으로 튀어나온 말에 스스로에게 놀라고 상대방에게도 당황해서. 신랄하기로 말하자면 무승부라 해야겠지만 조슈아의 눈이 깊어지고, 예민함이 번졌다가 서서히 사라졌다. 대화를 시작한 후로 소공작이 개인적인 감정을 드러낸 건 이번이 두 번째였다. 첫 번째는 과거를 회상하며 웃었을 때였고.

조슈아가 감정을 감추느라 매끄러워진 목소리로 입을 열었다.

“제가 다소 주제넘었던 모양입니다. 하지만 처음부터 묻고 싶은 말이었기에 외람되지만 답을 청하지 않을 수가 없군요. 연하께서는 왜 이 문제를 붙잡고 계십니까? 명예와 품위가 부족해서는 아니지 않겠습니까?”

“그건…….”

“이유가 있으신 거겠지요. 매우 중대한. 그렇기 때문에 연하를 소중히 여기는 사람들이 가로막더라도 나아가시려는 것이 아닌가요? 다시 한번 외람되지만, 연하께서는 본인과 타인을 다른 저울로 재고 계신 게 아닌지요? 평범한 사람들은 제 저울눈에 추를 더하겠지만 연하께선 그 반대가 아니신지요? 연하 자신은 불타는 건물로 들어갈 이유를 갖고 계시면서 뒤따르려는 사람에게는 그런 이유가 없을 거라고 생각하십니까?”

샤를로트는 할말을 잃고 조슈아의 얼굴을 보았다. 표정을 숨기지 못한 채로, 자신이 뒤따라오지 못하게 한 사람들을 생각했다. 나중에 그들이 그 사실을 알게 된다면 제외해줘서 고맙다고 할 것인가, 아니면 배신감을 느낄 것인가.

그들이 살아 있길 바란다. 살아남아 후회와 배신감에 몸서리칠지라도. 그것은 이기심이 아닌가? 고작 제 마음을 다치기 싫은 것뿐이 아닌가? 자신은 그들의 목숨에 권리가 있나? 그들이 제 삶에서 지워져버리는 순간을 상상만 해도 목이 콱 막혀오고 등줄기가 얼어붙는다는 이유만으로?

그런 생각을 하면서도 입에서는 반대되는 말이 흘러나왔다.

"사람들이 그런 이유를 가질 일이 그리 흔하리라고 생각하시나요?"

"인간이라면 누구나 어떤 순간에는 그런 이유를 가질 수가 있죠."

"하지만…… 지금의 막시민에게는 그런 이유가 없겠죠."

조슈아는 샤를로트를 물끄러미 보더니 대꾸인지 반문인지 모를 말을 던졌다.

"과연 그럴까요?"

샤를로트는 그 말 속에서 여지를 찾으려 하는 자신을 억눌렀다. 안 돼. 막시민에게, 또는 그들에게 그런 이유가 있을지라도, 아니 어떤 이유가 있을지라도 따라오게 할 순 없어.

왜냐하면 샤를로트는 남겨진 자였기 때문이다. 다시는 남겨지고 싶지 않기 때문이다. 그리고 샤를로트는 알지 못했지만 조슈아는 매번 떠난 자였다. 그는 이제 떠나서는 안 된다고 생각한다.

그렇기에 실은 근본적으로 합의에 이를 수 없는 대화가 아닐까. 온갖 아름다운 곡선을 그려도 서로 만나지는 않는 대칭무늬 같다. 같은 사람을 소중히 여기며 최선을 다하려 하지만 방식이 정반대이기에. 심지어 양 극단에 있어 제 방식을 확신할수록 양보할 길이 없어진다.

그런데 더 깊은 곳으로 들어가면 둘은 결국 같은 말을 하고 있다. 소중히 여기는 사람이 행복하기를 바란다. 살아서, 미래에. 그러나 그에게도 자유의지가 있으며 그는 상실을 잊지 않을 것이다. 아니다, 잊을 것이다. 잊을 만큼 충분히 오래 살기만 한다면…….

상대의 진심을 이해하지만 줄 것은 거절밖에 없다면 이 대화는 무의미할까? 샤를로트는 조슈아를 보며 생각했다. 그러기에는 아쉽다고. 소공작 같은 사람은 흔치 않다. 영리한 사람, 능란한 사람, 협상력이 뛰어난 사람이라서가 아니다. 그는 첫 만남에서 샤를로트가 오랫동안 품어온 마음속 모순을 정확히 짚어내어 진심과 대면하게 했다. 그게 가능했던 이유는 그가 친구를 위해 왔기 때문이다. 진심 없이 남의 진심을 볕 아래로 끌어내지 못한다.

그런 사람이니까, 밀어내기보다 손을 내밀어보면 어떻겠는가. 만나지 않는 곡선도 함께 무늬를 그릴 수는 있지 않겠는가.

“경과 나의 관점 차이가 커서 이 대화가 당장 합의에 이르기는 힘들 것 같군요. 그런 이유로 경에게 한 가지 제안을 하고 싶네요. 경과 나의 일차적 목표는 같으니 일단 거기까지 함께 간 뒤에 다음을 이야기하면 어떨까요.”

“일차적 목표라면, 막시민을 심볼리온으로부터 구하는 것까지를 말씀하십니까?”

“그렇습니다. 친구를 데리고 퇴장하시든 뜻을 존중해서 불타는 집으로 돌려보내시든 일단 심볼리온에서 구한 다음의 일이니까요.”

“옳은 말씀입니다만, 저 때문에 오히려 번거로워지시는 것은 아닐지 모르겠군요.”

겸양일 수도, 우회적 거절일 수도 있는 말을 들으며 샤를로트는 의자 깊숙이 몸을 기대고 턱을 매만졌다.

“이 만남은 뜻밖의 사건인데, 우리의 신분을 생각할 때 경과 내가 앞으로 어디선가 만나게 될 가능성은 있었겠지만 지금 같은 대화가 오갈 확률은 극히 낮았을 것입니다. 그저 사교적 인사치레나 나누고 스쳐갔겠지요. 그런 우리가 한 사람 때문에 엉뚱한 장소에서 만나 내심을 알아내겠다고 칼까지 뽑았고 둘 다 조금쯤은 상처를 입은 것 같네요. 그렇지 않은가요?”

조슈아는 곧바로 대답하는 대신 난감한 미소를 머금었다. 이럴 때면 샤를로트 공녀는 귀족이라기보다 군인 같다. 불편한 사실을 빙빙 돌며 피하지 않고 명시해서 돌파해버린다.

"아니라고 하지는 않겠습니다."

"그래요. 이대로 헤어진다면 오늘의 만남은 서로에게 불쾌한 기억으로 그치고 말겠지요. 하지만 그런 놀라운 사건에서 쓸모 있는 결과 하나쯤 나오지 말라는 법은 없다는 생각이 드는군요."

조슈아는 약간 웃었다. 과연 쉽게 뚫리지 않는다고 생각하면서. 동시에 공녀의 협상가다운 자질을 인정했다. 최종 합의에 이르지 못한다고 회담이 결렬될 필요는 없다. 합의가 가능한 범위를 정하고 정교하게 자르는 것이야말로 진짜 협상의 기술이다.

반면 공녀가 그런 방식으로 도망치고 있다는 것도 안다. 오늘은 일차 합의에 만족해야 하리라. 마음의 장벽 앞에 도달했을지라도 걷어내기에는 이를 때, 먼저 손발을 맞추어보는 것은 좋은 생각이다. 이런 식으로 협력할 때 오히려 잘 맞는 파트너일지도 모를 일이다. 어쩌면 친해지는 것보다 쉽지 않을까.

"현명한 말씀이십니다. 저 또한 원하는 바입니다."

"그렇게 말씀해주시니 든든합니다. 막시민은 한 달 뒤에 심볼리온의 사건조사심의회에 회부됩니다. 그 지점에서 시작해봅시다."

심의의 요점은 네냐플이 폐쇄되었던 사건에서 막시민이 한 역할이 무엇인가였다. 막시민이 그 사건을 일으킨 장본인이기는 하나 실제로는 말려든 피해자에 가까우니 자초지종만 제대로 밝혀진다면 이렇다 할 처벌은 없으리라는 것이 샤를로트의 생각이었다. 그러나 자초지종이 반드시 밝혀진다는 보장이 없는 것이 문제다.

"막시민에게 벌어진 일을 밝혀내면 곤란해지는 두 세력이 있습니다. 그런데 그들이 도움을 주지 않으면 막시민의 무고함 역시 증명되기가 어렵습니다. 우리는 곤란에도 불구하고 그들이 움직일 수밖에 없도록 판을 짜야 합니다. 그러자면 경과 나 같은 사람이 잘하는 방식이 필요하죠."

조슈아는 고개를 끄덕이더니 단지 이렇게 물었다.

"그 두 세력이란 어디입니까?"

"첫째는 네냐플입니다."

"네냐플은……."

맞은편에 앉은 상대는 동시에 네냐플의 학생이기도 했다. 그러나 샤를로트는 거침없이 말을 이어갔다.

"단체의 목표에는 늘 우선순위가 있죠. 네냐플은 훌륭한 학교로서 학생을 보호할 의지가 있겠지만 그보다 상위의 목표가 있을 때도 그럴지는 모를 일입니다. 현재 네냐플의 첫째 목표는 심볼리온의 조사단을 교내에 받아들이지 않는 것입니다. 즉, 학교 폐쇄를 야기한 중대 사건의 원인 및 결과를 다른 마법 기관들에 공개하지 않기로 결정한 상태입니다. 그래서 막시민을 켈티카로 피신시키기까지 했죠. 그렇게까지 했는데 결국 잡혀가버린 학생을 위해 네냐플은 내부 방침을 포기할까요?"

조슈아가 쓴웃음을 지었다.

"교수님들을 개인적으로 조금 아는데 가능성은 반반이 아닐까 싶군요."

"네냐플은 제 생각보다 훌륭한 곳인 모양이군요. 그곳에서 이 년간 공부하셨으니 저보다 학교를 잘 아시겠지요. 저는 외부인이고, 또 타국 출신이라 그런지 네냐플이 도움을 주지 않을 가능성에 좀더 무게를 두고 있습니다. 그래서 제 분류로는 믿고 놔둘 수만은 없는, 손을 써야만 하는 대상이죠."

"이해합니다. 연하께선 마법사도 학생도 아니시죠."

언뜻 시니컬하게 들리는 말이었다. 샤를로트가 되물었다.

"마법사나 학생은 기적을 잘 믿는 모양이죠?"

"그보다 그들은 제 목숨만 짊어지죠. 그래서 몸이 가볍죠. 연하께서는 그럴 수 없으실 테고요."

혼자라면 과감히 뛰어들 모험일지라도 남의 목숨이 같이

걸렸을 땐 다르다. 그게 동료일 때도, 가신들일 때도, 병사들일 때도. 샤를로트는 한 번도 저 혼자만의 목숨이었던 적이 없다. 그런 자에게 낙관적인 태도가 미덕이 될 수 없음을 소공작도 아는 것이리라.

"그럼 두 번째는 어디인가요?"

생각을 뚫고 조슈아의 목소리가 들려왔다. 샤를로트는 자조적으로 입술을 오므렸다가, 내뱉었다.

"오를란느. 아니, 나라고 해야겠군요."

생각지 못한 답을 들은 조슈아의 눈에 당혹감이 서렸다. 무슨 뜻이지? 이제 와서 막시민을 버려도 좋은 체스말로 간주할 리가 없는데.

아니다……. 막시민이 사라진 날 저녁, 조슈아는 루시안과 함께 그랑도프 호텔로 가서 막시민이 움직였으리라 추측되는 동선을 직접 밟아본 뒤 검정 코트를 가져왔다. 카린에게는 "꾸러미에서 코트를 꺼냈을 때 공녀가 보이는 반응을 보고 다음 행동을 개시할지 결정하라"고 지시했다. 그리고 카린은 그대로 했다. 카린의 눈에도 보였던 것이다. 미처 다 꺼내지도 못한 코트가 공녀의 마음에 불러일으킨 파문이. 겨울 파티장의 외투 보관실에 나란히 걸렸다가 실수로 주인이 뒤바뀌기도 하는 흔해빠진 검정 코트가 공녀의 마음속에서는 단 한 사람의 것임을.

그렇다면 공녀가 한 말은 자신이 어쩌지 못하는 장애물에 대한 것이리라. 판단을 내리자 조슈아의 비상한 머리는 순식간에 결론에 도달했다.

"그 이유는 '문제의 내막'을 밝히실 수가 없기 때문입니까?"

샤를로트는 바로 대답하지 않았다. 실은 문제의 내막까지 갈 것도 없다. 막시민이 네냐플에서 문제를 일으키게 된 것은 쥬스피앙 때문에 몸에 묻게 된 킵더스트, 그리고 샤를로트가 프시키를 불러냈다가 소멸시키는 바람에 발생한 프시키의 먼지가 막시민이라는 인간 매개체를 통해 섞였기 때문이다. 이러한 진실을 밝히자면 샤를로트에게 프시키를 찾아내고 소멸시키는 힘, 즉 블러디드의 힘이 있음을 밝혀야 한다.

그리고 그것은 대공이 절대로 금지한 일이다.

삼 년 전, 킵에 변종 프시키가 발생하고 각국에서 군대를 파견하게 됐을 때 대공은 샤를로트에게 엄명을 내렸다. 너에게 프시키를 다루는 힘이 있음을 저들에게 공개해선 안 된다고. 샤를로트는 킵의 문제가 프시키에 대한 것이라면 오히려 자신이 가봐야 하지 않겠느냐고 반문했다. 어쩌면 큰 도움이 될지도 모르는데. 그러나 대공은 그렇게 생각하지 않았다.

"대공국의 후계를 충성심도 없는 마법사들에게 실험체로 내줄 순 없다."

건강이 나빠진 후로 의심이 많아지고 까다로워진 아버지는 이런 문제에서 타협이 불가능했다. 마법사들만 안 믿는 것이 아니다. 신하들과 시시한 잡담을 나누는 일도, 누군가 알아챌 만한 버릇을 만드는 일도, 같은 접시의 음식을 두 점 이상 입에 대는 일도 없는 사람이다. 그런 사람이기에 음모가 일상사인 오를리 궁정을 지배하는 존재인 것이다. 샤를로트는 그런 아버지를 존경했지만 동시에 측은하다고 느낄 때도 있었다. 장차 자신이 물려받을 자리였기에 어쩌면 자신에 대한 측은함이기도 했을 것이다.

그렇게 살아온 대공이 갖춘 생존 본능에 가까운 판단력을 딸인 자신이 섣불리 예단할 수는 없다. 세상을 위해 이득일 수 있으나 오를란느를 위해서는 득실 계산이 필요한 일들. 대공국의 후계자가 마법사들의 호기심 어린 눈길을 받으며 이런저런 용건에 끌려다니는 꼴은 나라의 위신을 깎으리라. 위기 상황에서 특별한 역할을 해야 한다는 기대를 충족시키지 못할 경우 대공국 자체가 오해에 휘말려 최악의 경우 외교적으로 고립될 수도 있다. 또한 반전이 가능한 카드는 전략적으로 가장 적절한 순간에 공개해 최대의 이득을 노릴 필요도 있다…….

아버지에게는 대공국이 최우선일지라도 샤를로트의 우선순위는 달랐기에 언젠가는 아버지의 뜻을 어길 날이 오리라고 예감하고 있었다. 하지만 외교 석상도 군사회의도 아닌 심볼리온의 심의회는, 고작 네냐플 학생 한 명을 징계에서 구제하려는 목적으로는, 아버지의 뜻을 꺾을 정당성이 한참 모자란다. 잘 알고 있다. 사사로운 감정 때문에 대공국의 이익을 무시하고 아이언페이스가 자신을 주시할 위험을 무릅써야 할까 고민하게 될 줄은 두 달 전만 해도 상상도 못 했으니까.

그때 조슈아가 말했다.

"그 내막이 무엇인지는 모르나 대공국의 후계자이신 분이 결코 개인이 될 수 없음은 알고 있습니다. 저조차도 그러하니까요. 때로는 그런 사실이 부담감 이상의 고통이 되기도 하죠. 정답은 정해져 있고 스스로도 잘 알지만 가장 큰 장애물이 마음일 때."

조슈아는 공녀라는 신분에 따르는 제약을 말하는 듯했지만 실은 샤를로트가 감춘 문제를 전혀 모르지는 않았다. 시계를 금가게 하는, 아직은 정체를 모르는 힘이 존재한다. 그러나 파헤치지 않고도 말할 수 있다면 지금은 그편이 낫다.

"외람되게도 한말씀 올리자면 그럴 때 항상 정면 승부를 낼 필요는 없는 것 같습니다. 언젠가 불가피한 선택의 순간이 오게 될지라도 그전까지 사람은 샛길을 찾아내곤 하죠. 샛길은 도적이나 도망자의 길이기도 하지만 고립된 성을 구원하러 오는 사자使者의 길이기도 하지 않을까…… 저는 그렇게 생각하곤 했습니다."

샤를로트는 조슈아의 초연한 미소를 보며 생각했다. 그도 무언가를 포기해본 것일까.

"그런 샛길을 겸은 아신단 말인가요?"

"아뇨."

순간 샤를로트의 얼굴에 떠오른 샐쭉한 표정을 본 조슈아에게서 짧은 웃음이 터졌다. 처음으로 자연인 샤를로트를 엿본 듯해 그간 친구가 공녀의 어떤 얼굴을 보고 있었을지 상상이 갔기 때문이다.

공녀 샤를로트는 대담하고 위엄 있는 모습일지라도 자연인 샤를로트는 귀엽고 짓궂은 아가씨일지도 모른다. 하지만 조슈아는 그런 모습을 알 수 없다. 조슈아가 대공국의 공녀라는 어려운 상대를 검증하기 위해 자신의 부드러운 본질을 감췄듯. 그들은 서로가 가진 자연인의 모습을 볼 수 없다. 신분이라는 압력에 눌려 뒤집히지 않는 단 한 장의 카드다.

"실례했습니다. 무슨 생각을 하셨는지 알 것 같아서 그만."

샤를로트는 무어라 답할까 가늠하듯 조슈아를 빤히 봤다. 오를란느 궁정이었다면 만만히 보고 기어오르려는 전조로 봤겠지만 기묘할 정도로 공평함을 추구하는 소공작의 성격으로 볼 때는, 글쎄.

"그래요? 그럼 굳이 말하지 않아도 되겠군요."

"네. 어처구니없으시겠지만 그 샛길은 이제부터 연하와 제가 힘을 합쳐 터야 하죠. 우리 두 사람 모두 그럴 뜻이 있지만 서로를 믿지 못해 시험하고 있지 않았습니까? 연하께선 저라는 사람의 진실함을, 저는 연하의 의지를."

"이제 시험이 끝나셨다는 말씀인가요?"

"연하께서는 안 끝나셨습니까?"

시선이 본능적으로 서로의 눈을 찾았다. 내면이 한 조각 비친 검은 창을 들여다본다. 속눈썹조차 새카만 샤를로트의 눈은 한밤의 호수 같고, 조슈아의 눈은 그 위에 달빛 한 줄기가 내린 것 같다. 실은 시험은 일찌감치 끝났다. 그런데도 내면을 더 캐보려 한 것은 상대가 흥미롭고 만만찮아서, 그렇듯 흥미로운 상대가 막시민에게 어떤 존재인지 알고 싶었기 때문에.

두 사람 다 쥔 패를 전부 펼치지 않았지만 합의하에 여기서 승부를 멈추기로 한다. 무엇이 될 가능성만을 품은 패를 네 장씩 펼쳐 놓은 채, 서로 속이지 않으리라 믿으면서. 열린 카드들을 내려다보며 샤를로트는 조슈아의 나머지 한 장을 상상해보았다. 소공작은 냉혹함을 숨겼을까, 유약함을 숨겼을까.

소공작으로 태어나지 않았다 했지만 지금의 조슈아는 왕국의 최상층에 속한 사람이다. 그러니 알 것이다. 욕망과 권력이 꼼꼼하게 얽힌 세계에서 태어나 자라는 자들은 웬만해서 진심으로 싸우지 않는다는 것을. 갖고 싶은 것을 향해 마구잡이로 손을 뻗지도 않는다. 그물을 흔들면 내가 선 자리도 출렁이니까.

하지만 그런 그들에게도 적은 있다. 그럴 때 오를란느인은 오래 기다린다. 무례는 인사로 갚고 모욕은 미소로 갚으며 결정적인 순간을 기다렸다가 상대의 그물추를 단번에 자른다. 오를란느에는 '한칼에 못 벨 상대에게는 입맞춤을 주라'는 말이 있다. 적이 가까이 오면 단도로 찔러도 치명타가 들어가니까. 아노마라드의 소공작, 당신한테도 그런 싸움을 기대해도 될까?

"좋아요. 경의 진실함을 믿도록 하죠. 목표를 위해 합법적 절차만을 통하지 않을 각오가 저뿐 아니라 경에게도 있으리라고."

그런 말을 하는 샤를로트의 얼굴이 꽃 핀 정원이라도 바라보는 사람처럼 평온해서 조슈아는 난처한 미소를 머금었다. 누가 오를란느인은 상대의 따귀를 때려야 하니까 장갑에 향수를 뿌리고 나올 사람들이라고 말해줬어야 했을 것 같은데.

"높은 평가에 감사드립니다. 그런 의미에서 한말씀 드리자면 제가 존경하는 어르신께서 이런 말씀을 하신 적이 있습니다. 욕망을 알면 못 다룰 인간이 없다. 그러므로 다뤄지고 싶지 않거든, 욕망을 들키지 말라."

"현명한 말씀이신데 그쪽으로는 우리 둘 다 낙제일 텐데요."

"맞습니다. 그러므로 연하와 저는 문제의 심의회에 가선 안 됩니다. 우리를 대신할 배우들을 찾아내야 하죠."

아, 옳은 지적이다. 눈에 띄는, 그러나 마법사는 아닌 그들이 심의회에 나타난다면 누구든 의도가 있다고 여길 것이다. 하지만 직접 가지 않고도 잘될까? 샤를로트가 고개를 갸웃했다.

"배우들이 의도대로 잘 움직여줄까요?"

조슈아가 고개를 저었다.

"대본만 숙지하게 하려 해도 쉬운 일이 아니죠."

"그래요. 직업 배우가 아닐 테니까. 연기를 한다고 생각하지 않는다면 좋을 텐데."

"그런 방법도 있기는 합니다."

샤를로트가 궁금한 듯 쳐다보자 조슈아가 눈썹을 살짝 올려 보였다.

"'자기 자신'이라는 배역을 맡기는 거죠."

순간 멈칫하던 샤를로트는 곧 알아차렸다. 사람들을 배우로 만들 수 없다면, 대본을 실제 상황으로 만들면 된다. 그렇다면 사람들이 가장 쉽게 몰입하는 상황은?

다툼이다.

"심볼리온이 원하는 것, 네냐플이 원하는 것, 그리고 심의회에 오고 싶어 하는 다른 모든 자들이 원하는 것은 각각 다르겠죠. 그걸 알아내어 다툼으로 이끌어보는 것은 어떨까요? 막시민이 한 일쯤은 묻혀버리도록."

"다툼이라, 클수록 좋겠군요. 그러려면 강한 욕망을 가진 사람이 필요하죠. 그런 자를 찾아내어서 심의회로 가도록 만드는 것이 첫 번째 과제군요."

"그자에게 숨겨진 잘못이 있다면 더할 나위 없겠고…… 아, 킵에서 찾아보는 것이 가장 좋겠어요. 작년에 보고서를 받아본 바로는 그곳에 주둔한 군인들이 마법사들에게 불만이 많다고 하니까. 적당한 인물을 골라 잘 부추기면 모처럼 마법사들이 모인 자리에서 불만을 터뜨릴 기회를 사양하지 않을 겁니다."

"진짜 불화를 이용하자는 말씀이시군요."

"그래요. 가짜로 진짜를 숨기진 못하죠. 진짜를 숨길 수 있는 건 더 크고 화려한 진짜밖에 없습니다."

과연 공녀는 수단 방법을 가리지 않을 작정이다. 그리고 예상대로 이런 종류의 대화가 척척 맞는다. 조슈아는 내심 감탄하며 생각했다. 왕가에서는 오를란느의 후계자가 이런 사람임을 알까? 마찬가지로 오를란느도 아르님 공작의 후계자가 어떤 사람인지 꽤 알았을 것이다. 전쟁이라도 벌어지기 전에는 이런 모습을 보여줄 일이 없었을 텐데. 동시에 막시민이 이런 공녀와 무슨 대화를 나눴을까 생각하니 흥미롭기도 하고, 어쩐지 웃음을 참기가 힘들다.

"그럼 주연배우를 찾는 것은 연하께 맡기고 저는 네냐플 쪽을 맡겠습니다. 다양한 자들의 욕망이 얽히면 다툼이 터질 지점은 무한히 많을 테니 괜찮은 무대가 나올 것 같군요. 제가 대본을 한번 써보죠."

"대본을 직접 쓰신다고요?"

샤를로트가 의아한 표정을 짓자 조슈아가 싱긋 웃었다.

"실망시켜드리지는 않을 겁니다."

둘은 서로를 향해 고개를 끄덕였다. 동맹을 기념하고자 샴페인 한 잔을 나누면 좋을 순간이었으나 그들 앞에는 쏟아지고 다 식은 차밖에 없었다. 샤를로트는 테이블 위를 슥 훑어보더니 선뜻 손을 내밀었다. 조슈아는 조금 놀라 눈썹을 올렸다. 기사나 평민처럼 악수를 나누자는 뜻인가?

"……."

하긴 둘 다 평민의 옷을 입은 채이니 어울리지 않을 것도 없다. 짧은 드레스에 리넨 캡, 중위 계급장을 단 모직 군복. 조슈아가 마주 잡자 샤를로트가 손을 한차례 흔들고 나서 말했다.

"994년 1월 오를란느-아르님 동맹을 제안하고, 받아들입니다. 서로 신의와 성심을 다하고 반드시 성공하기를."

샤를로트와 달리 공식 의전의 경험이 없는 조슈아는 좀더 간단히 말했다.

"공녀 연하와 친구를 위해."

무대 준비

새해에도 킵은 평화로웠다. 군사작전이라 할 만한 것은 단 하나도 진행되지 않았다. 각국에서 온 군인들은 한가로운 나날을 보내느라 주사위 놀이 실력들이 늘었다. 술이 모자라 물을 절반 섞은 '포도주스'가 유행하고, 그따위 술을 마시고도 패싸움을 벌이다가 영창에 열 명씩 갇히곤 하는 나날이었다.

대륙에서 큰 전쟁이 일어나지 않은 지 어느덧 삼십여 년. 그사이 공화 반란과 같은 내전은 있었다지만 나라 간의 전쟁은 내전과 달랐다. 어떻게 다르냐 하면 군인들의 입장이 달랐다. 나라와 나라가 군대를 동원해 싸울 때면 군인들은 힘이 세진다. 발언권도 커진다. 공을 세워 벼락출세를 하거나, 그렇게 출세한 상관을 따르며 주머니가 두둑해지는 일도 제법 생긴다.

반면 내전은 자칫 줄을 잘못 섰다가 있던 것도 탈탈 털리기가 쉬웠다. 공화 반란을 겪었던 아노마라드의 군인들은 변화의 바람이 몰아칠 때 하필 잘못된 자리에 서 있다가 낙엽처럼 날려간 사람들의 이야깃거리를 몇 개씩 갖고 있었다. 또는 일종의 욕설로 남아 있었다. '아미센 대공한테 기사 서임이나 받아라', '전격의 나흘 때 뱃놀이를 나갈 놈이'.

아노마라드가 왕정복고 이후 군사학교를 세워 상비군을 양성하기 시작했을 때 경계심이 높아진 이웃 나라들은 앞다퉈 비슷한 일을 추진했다. 그들은 새 국왕이 새로 손에 넣은 힘을 휘둘러보고 싶어서든, 왕권을 강화하려는 명분으로든 군사 행동을 일으키리라 예상했다. 공화 반란기에 아노마라드의 영토를 야금야금 삼켰다가 도로 뱉어야 했던 자들은 특히 긴장했다.

그런데 의외로 아무 일도 일어나지 않았다. 위기는 사신들이 들고 다니는 외교문서 속에만 있었다. 그것도 십 년이 넘도록.

그 결과 갑자기 늘어난 각국의 상비군 몇만 명이 딱히 할 일도 없이 수도나 변경에 죽치는 상황이 벌어졌다. 빨리 자기들의 존재 가치를 증명하지 않으면 봉급이 깎이거나 대량으로 해고될 위기에 처해 있었다는 뜻이다. 그러다가 삼 년 전,

모처럼 킵에서 군사작전이 시작된다고 했을 때 군인들의 기대감은 한껏 드높았다. 이제 군 감축 같은 얘기는 더이상 나오지 않겠지? 봉급 대신 나눠준 밀가루에서 곰팡이 덩어리를 골라낼 일도 없겠지?

그리고 킵은 평화로웠다. 불타는 아름다움을 품은 필멸의 땅의 일몰을 물 탄 술을 홀짝이며 구경하다가 주사위 놀이를 하러 가기에 아주 좋은 곳이었다.

"거기 자네! 카스티유 경…… 아니지, 연대장님 어디 가셨어?"

"연대장님께서는 조금 전에 성벽 위로 올라가셨습니다."

다비드는 병사의 대답을 들으며 고개를 갸웃했다. 성벽 위라니? 일몰과 물 탄 술과 주사위 놀이의 성지인 그곳에 로랑이 왜?

성벽 위로 올라가는 길은 두 군데였다. 그중 서쪽이 좀더 인기가 있었다. 거침없이 뻗은 지평선 너머로 근사하게 지는 석양을 구경하기에도 좋았지만, 남쪽 벽에 솟은 쓸모를 모를 요철 때문에 연병장에서 올려다볼 때 몸을 숨기기에도 좋았기 때문이다. 사실을 말하자면 일몰의 인기보다 후자의 이유가 먼저였다. 물 탄 술을 홀짝이며 비번을 즐기다가 연병장에서 훈련중인 다른 군인들과 눈이 마주치고 싶은 사람은 없기 마련이다.

다비드가 서쪽 계단을 올라가 성벽 위에 다다르자 석류를 엎지른 듯한 태양이 구름 틈으로 녹아드는 중이었다. 처음 보는 것도 아니고 해서 그는 의례적으로 탄성을 내뱉은 다음 문제의 요철 주변을 힐끔거렸다. 성인의 키 정도 높이로 솟은 세 개의 요철에는 작은 구멍이 몇 개 뚫려 있었는데 궁수가 몸을 숨기고 요격하는 자리라고 보기에는 구멍이 너무 좁고 깊었다. 옛날 사람들은 대체 무슨 생각으로 이런 걸 만들었을까?

그리고 예상대로 요철 뒤에서 로랑이 나타났다. 다비드가 얼른 두 팔을 벌리며 말했다.

"이런 곳에서 뵙게 되다니 웬일인가, 카스티유 대령."

로랑은 다비드의 손에 쥐어진 물컵을 힐끗 보더니 말했다.

"여기 선술집이 있다더니 정말이군요."

아닌 게 아니라 성벽 위는 진짜 선술집이었다. 앉을 곳이 없다 보니 모두가 서서 컵을 기울이고 있었다. 그러나 로랑은 빈손이었고, 요철을 한 바퀴 돌아보며 연병장 쪽에서 어떻게 보이나 확인한 참이었다. 할 수만 있다면 이 요철을 없애버리고 싶었겠지만 여긴 킵이었다. 본래 있었던 어떤 것도 없앨 수가 없다.

다비드는 이걸 말하느냐는 것처럼 컵을 들어 보이더니 한 모금 마시고 이맛살을 찌푸리며 한숨을 내쉬었다.

"이게 물 탄 술이냐? 술 탄 물이지."

"도벨 비서관님도 근무중에 마시긴 했지만 술이 아니고 주스였다는 논리를 선호하시는 모양이군요."

"야, 저기 광활하게 펼쳐진 먼지를 좀 봐라. 뭐라도 안 마시고 배기겠냐? 맑은 물은 너처럼 쓸모 있는 인간한테 양보하고 알코올로 오염된 물을 마시는 내 정성도 모르고 그런 소릴 하고 말이야."

다비드가 손을 흔들어대며 필멸의 땅을 가리켰으므로 로랑의 시선도 그쪽을 향했다. 노을이 한층 붉게 번진 지평선 끄트머리에서는 가끔 검은 먼지구름이 일어났다가 사라지곤 했다. 로랑은 아까 올라왔을 때부터 그걸 눈여겨보고 있었다. 사막 지형에 대해 잘 알지 못했기에 확언하기 어려웠지만 그냥 흙먼지 같지 않았다.

"다행히 그런 나날도 얼마 안 남았군요. 나흘 뒤면 귀환이시라고 들었습니다."

다비드는 주위를 슥 둘러봤다. 주변에 몇 명이 어슬렁대는 것이 보이자 킥킥 웃더니 가벼운 말투로 대꾸했다.

"돌아가면 이딴 거 말고 오를리 우물의 맑은 물이나 밤낮으로 퍼마시련다. 어휴, 생각만 해도 취할 것 같네. 그나저나 너 내가 가게 돼서 기분 좋지? 다 안다. 나도 되도록 빨리 사라져주려고 얼마나 애를 썼는지 아냐."

로랑이 시치미떼고 대꾸했다.

"비서관님이 돌아가시는 거야 아쉽죠. 이런 대화 나눌 사람도 달리 없는데."

"하지만 나란 놈은 참사관하고 세트 아니겠냐. 내 헛소리를 듣는 장점이래봤자 참사관의 통찰력 깃든 고언을 들어야 하는 고통에 비하면 아무것도 아니지. 그리고 대화 나눌 사람이 왜 없어. '암운의 비비엔' 있잖아."

복수심인지 친근함의 표현인지, 오를란느 병사들은 에투알들에게 별명을 붙여 놓았다. 암운의 비비엔, 변덕의 에베르, 질문의 폴린…… 그리고 3초의 로랑.

어쩐 일인지 이 별명들은 에투알끼리만 알던 정보를 상당히 반영하고 있어서 대체 어쩌다가 붙게 된 건지 다들 궁금해했다. 하지만 에투알만 앞에 나타나면 최후의 결사대로 뽑힌 양 눈을 부릅뜨고 입을 꾹 다무는 병사들을 앞에 두고 아무도 그런 시시한 이야기를 꺼내지 못한 모양이었다. 그와 함께 장교들 사이에서 불리던 로랑의 기존 별명은 병사들이 붙인 별명으로 서서히 대체되는 중이었다. 배후의 사정을 알 리 없는 로랑이 한쪽 눈썹을 찡그리며 불평했다.

"아니, 비서관님까지 그렇게 부르시면 어떡합니까?"

"야, 요새 마담 아르망주가 갑자기 웃어서 병사들 겁주는 취미가 생겼더라. 그나저나 사실 할말이 있어서 찾은 건데,

내가 오를리의 차고 맑은 물을 마시러 진짜 엄청 돌아가고 싶었다만 못 그럴 이유가 생겼다."

그즈음 해가 거의 져서 어둑해졌으므로 성벽 위를 배회하던 장교들은 대부분 내려갔다. 다비드는 주위를 한차례 둘러보고 컵을 성벽 구석에 얹어놓더니 품속에서 편지 한 통을 꺼내 건네주었다. 로랑의 입가가 약간 굳어졌다. 혹시 캉페슈 참사관을 킵의 뭔가로 임명해서 장기 체류하게 됐다든가 하는 소식은 아니겠지?

그런데 봉투를 열고 보니 안에 든 건 편지가 아니었다. 첫 페이지는 알아보기 힘들 정도로 흘려 쓴 글귀였다. 로랑은 킵에 온 뒤로 이런 것을 딱 한 번 본 적이 있었다. 마법사들의 속기록이다. 주로 교신 마법으로 대화할 때 마력 소모를 최소화하기 위해 쓴다. 두 번째 페이지는 그걸 알아볼 수 있게 옮겨 쓰긴 했지만 아직 공식 문서로 가공되기 전의 상태였다. 그걸 훑어 읽은 로랑의 표정이 변했다.

"공녀 연하의 긴급 명령이라고요?"

"그렇단다. 대체 무슨 일이람. 그리고 그 옆에 적힌 것도 보이지? 대외비. 지금 이거 아는 사람 나랑 너, 그리고 속기록 적은 마법사밖에 없다. 내가 이걸 너한테 갖고 온 이유야 알거고, 속기실에 직접 가서 얘기를 들은 사람이 왜 나냐면…… 보낸 사람이 조안느야. 걔 지금 켈티카에 있다."

로랑이 눈을 크게 떴다.

"조안느가 켈티카에요?"

예감이 좋지 않았다. 에투알 3분견대 소속이자 다비드의 동생이기도 한 조안느는 로랑이 킵으로 떠나올 때까지만 해도 오를리 근교에서 군대 개편 작업에 들어가 있었다. 그런 조안느가 갑자기 켈티카에 가 있고, 공녀 연하의 긴급 명령을 킵으로 전달했다고? 대체 무슨 일이 벌어졌기에?

"응. 슈니발트 백작 댁이란다. 그럼 예상이 될 테지만 지금 공녀님도 거기 계신다. 작년 말부터니까 두 달 되어가나 봐. 거기에는 요점만 적혀 있지만 조안느한테 들어보니까 사연이 아주 파란만장하더라. 공녀님께서 그간 약간의 모험을 하셨다는데 이야기의 시작은 네냐플이고, 그곳에 공녀님의 흥미를 끄는 어떤 사람이 있었다는데 뭐, 어떤 대마법사의 하나뿐인 제자라나? 그런데 그 사람이 말이야……."

작은 배 한 척이 티투스 항으로 미끄러져 들어갔다. 이른 새벽이었다. 부두는 일찍 열렸지만 오가는 사람은 거의 없었다.

티투스는 '두르넨사 내해' 안쪽에 자리잡고 티아 쪽으로 이어지는 흑강을 끼고 있어 티아가 강대국이었을 무렵에는 꽤 번창한 항구였다. 그러나 티아가 식민령으로 전락하고 나자 내륙으로 가려는 사람들이나 들르는 쇠락한 항구가 되었다.

내륙이라고 해봤자 독자적 교역권조차 없는 식민령이나 필멸의 땅 변경 같은 곳들이다.

배에서 한 여자가 내렸다. 얼굴과 목을 머플러로 감싼 자그마한 여자였다. 뱃전에서 젊은 남자가 내려다보며 말했다.

"누님, 난 배 좀 살펴보고 따라가겠소. 너무 급해서 대충 보고 샀더니 밑창이 말썽을 부리네. 이대로 여기 대놓고 내륙에 다녀왔다간 돌아오면 가라앉고 없겠소."

"잘한다. 사기나 당하고 다니고. 다음에 섬에 가면 소문내야지."

"아니 그게 무슨 말씀이시오, 누님? 저기, 그런 소문이 나봤자 누님 얼굴에도 먹칠이 아니오?"

"네가 사기를 당했는데 왜 내 얼굴에 먹칠이 되냐?"

"그래도, 갑자기 두 시간 만에 출항하라고 명령이 떨어졌는데 이쁜 걸 고르기가 쉽겠소? 그 세 척 중에 그나마 이게 제일 나았을 건데, 그리고 내 명예만의 문제가 아니라 어르신 얼굴도 있는 거고……."

남자가 어쩌고저쩌고 계속 떠들어댔지만 여자는 깔끔하게 무시하고 돌아서서 부둣가 안쪽으로 걸어갔다. 항만 관리소를 지나 야트막한 집이 무질서하게 들어선 거리로 접어든 여자는 주변을 둘러보며 거리 끝까지 가더니 마당이 딸린 집 앞에 멈춰 섰다. 마당 안쪽에 말 세 필이 묶여 있었다.

여자가 들어서자 집안에서 얼굴이 발그레한 중늙은이가 뛰어나오더니 절을 하며 말했다.

“오셨습니까? 준비 끝내놓았습니다. 바로 출발하실 수 있습니다. 그런데 포사다 님 혼자 가십니까?”

“한 명 더 따라올 겁니다. 안내인은요?”

“물론 구해놓았지요. 두 배 주면 내일 저녁까지 닿게 해준다고 장담하더군요.”

포사다라고 불린 여자가 중늙은이를 빤히 보더니 물었다.

“그래서요?”

“세 배 준다 했지요.”

“잘했습니다.”

칭찬을 받자 중늙은이가 싱글벙글하며 말했다.

“하핫, 저도 어르신께서 사람을 어찌 다루시는지 보고 배운 바가 있습니다.”

“그래요? 그럼 우리가 떠난 뒤에 어떻게 해야 할지도 아십니까?”

“아, 저…… 그건…… 그것까지는 잘…….”

포사다는 성큼성큼 집안으로 들어갔다. 좁다란 거실에 두 여자가 엉거주춤하게 서 있었다. 포사다는 둘을 한 번씩 일별하더니 나이 많은 쪽에게 손짓했다.

“나가서 짐을 실으시오.”

그리고 젊은 여자를 보았다.

"말 한 필에 실릴 만큼만 짐을 꾸리시오. 여길 떠날 것이고, 돌아올 일은 없을 겁니다."

여자는 놀란 얼굴이었으나 두말없이 방으로 뛰어들어갔다. 장롱과 서랍 따위를 뒤지는 소리가 요란했다. 뒤따라 들어온 중늙은이가 허둥거리며 물었다.

"저도요?"

"당신은 딸에게 편지를 쓰시오. 티아에 있는 친척에게 갔다가 봄쯤 돌아온다고. 편지는 봉했다가 뜯어서 침대맡에 두시오. 가축 먹이를 듬뿍 주고 문을 열어두시오. 그리고 귀중품을 좀 남겨두시오."

반시간 뒤, 포사다와 중늙은이, 그리고 두 여자는 말을 끌고 부두 반대쪽으로 나왔다. 아직 새벽 6시도 안 된 시각이었다. 부둣가가 보일 무렵 밑창을 다 고친 남자, 노스트가 안개 속에서 나타났다. 포사다가 일행을 멈추고 혼자 다가가 물었다.

"밑창은?"

"도자기처럼 매끈하게 발라놨소."

"그럼 배로 돌아가서 이 사람들을 내해 건너편 거점에 데려다주고 따라와. 나흘 주지."

노스트가 중늙은이와 젊은 여자를 보더니 고개를 갸웃했다.

"그 정도로 위험한 거요?"

"꿀벌처럼 냄새를 맡는다잖아."

노스트의 표정이 굳어졌다.

"거참. 그 얘길 진짜 믿기로 한 거요? 어르신께서도?"

"얘길 한 사람이 누구인지를 생각해야지. 그런 데선 헛소리가 나오지 않아."

"나이가 새파란데?"

"나이가 다가 아니란다, 어린놈아. 어린데 빠릿빠릿한 너처럼."

노스트가 뒷머리를 문질러대며 고개를 흔들었다.

"나야 땅 밑에서 구르던 놈이고 그쪽은 고귀한 핏줄이 아니오. 그런 분께서 위험천만한 작자를 직접 뒤쫓다니. 굳이 그럴 이유가 뭐란 말이오?"

"확인된 건 아닌데 그럴 만한 이유가 있겠더라. 하여간 넌 빨리 다녀와. 이번 일을 똑바로 처리해야 고귀한 분께서 믿을 만하구나 싶어서 정보를 더 내놓겠지. 유능하게 굴어. 저쪽에서 작은 어르신을 만만히 보지 않도록."

포사다는 세 사람에게 돌아갔다. 젊은 여자가 머뭇거리다가 물었다.

"저희는 거점에서 어디로 가게 됩니까?"

"섬으로. 곧 데리러 올 겁니다."

"여기서 이 년이나 살다 보니 혼삿말도 있었고, 아버지는 염소를 세 배로 불렸는데……."

"어르신께서 최대한 보상해주실 겁니다. 그리고 아시죠? 이럴 수밖에 없다는 걸."

여자는 고개를 끄덕였지만 표정에는 씁쓸함이 남았다. 포사다는 쓴웃음을 지으며 돌아서서 노스트에게 손짓했다. 둘로 나뉜 자들은 갈림길까지 가서 헤어졌다. 포사다는 안내인과 함께 말을 달려 마을을 떠났고, 노스트와 부녀는 배에 올랐다. 수리를 끝낸 작은 배는 밤 고기잡이를 나갔다가 들어오는 어선들 틈으로 빠져나갔다.

대기실의 당나귀

막시민이 마법과 거리가 먼 상식적인 인생을 살고 있던 몇 년 전의 일이다. 그는 부득이한 사정으로 순간 이동이라는 말을 처음 입에 담게 되었다. 그때까지 그는 순간 이동이란 마법사들이 아랫마을 시장에서 팔뚝만 한 생선을 싸게 파는 걸 봤을 때, 그걸 덥석 사서 비린내를 풍기며 산꼭대기의 거처로 비척비척 올라가는 대신 사용하는 주문 정도로 상상하고 있었지만 그날만은 상식을 초월한 요구를 했다. 하이아칸에서 켈티카까지 세 명 급행이요!

왜냐하면 상대는 자칭 대마법사였고, 그는 매우 급했기 때문이다. 하지만 대마법사는 딱 잘라 거절했다. 그때 그 대마법사가 순간 이동에 대해 설명하기를…….

'순간 이동은, 한 번에 갈 수 있는 거리가 얼마 안 돼. 도시 하나도 건너뛰기 힘들어.'

그 대마법사…… 그러니까 물론 쥬스피앙인데, 막시민과 개인적 친분이 있는 대마법사가 두 명이나 있을 리 없지만 그건 인맥이 형편없어서는 아니고 대륙에 대마법사라는 자들이 기껏해야 몇 명이나 있겠으며…… 하여간에 대마법사 쥬스피앙의 의견을 따르자면 지금 도착한 곳은 그랑도프 호텔에서 멀지 않은 곳이어야 했다. 그런데 정말로 그럴까?

막시민은 눈을 몇 번 깜빡거린 다음 주위를 살폈다. 일단 곁에 회색 코트란 인간이 없었다. 언제 손을 놓쳤는지 기억도 나지 않았다. 어찌된 거야? 같이 온 것이 아니었어? 이런 데다 나만 던져놓고 어딜 간 거야?

보이는 거라고는 푸른 하늘과 녹색 산비탈, 회색 구름을 덮어쓴 위압적인 산봉우리들, 그리고 당나귀 한 마리뿐이었다. 그놈은 한가롭게 풀을 뜯고 있었다.

여긴 어딜까? 혹시 심볼리온 본거지? 음…… 이렇게나 자연친화적인 단체일 줄이야.

하지만 마법사처럼 생긴 거라고는 첫 그믐에 귀신 쫓으려고 뒤뜰에 꽂아놓는 검정 망토 허수아비 하나 보이지 않았다. 켈티카 근처도 아닌 것 같다. 이렇게 높은 산은 남부나 동부에 가야 있을 텐데.

생각을 굴리던 막시민은 당나귀를 주시했다. 그놈이 제일 가까운 곳에 있었기 때문이다. 산중턱에 펼쳐진 완만한 고원이었으므로 멀찍이 양떼, 또는 양치기의 오두막이라도 보일 법했지만 그런 것은 없었다. 그저 막시민과 당나귀뿐이었다. 그런 와중에 날씨는 쓸데없이 화창하고 향긋한 풀 냄새가 미풍에 실려 오는 것이 당나귀와 사랑에 빠지라고 누군가가 공들인 무대를 마련하기라도 한 것처럼…….

"젠장. 리프크네 씨, 정신 좀 차리시지?"

지금은 한가롭게 망상에 빠질 때가 아니었다. 막시민은 보기보다 곧잘 황당한 망상에 빠지곤 했지만 주위의 누구도 몰랐고 그도 공개할 마음은 없었다. 하여튼 이런 비현실적인 풍경에도 불구하고 그는 이게 꿈은 아닐 거라고 생각했다. 심볼리온에서 오셨다는 회색 코트에 기름진 머리의 아저씨와 손을 잡고 있다가 이런 꿈을 꿀 이유도 없거니와 무엇보다 꿈에 당나귀가 나올 이유도 없다. 좋아한 적도 없고, 싫어한 적도 없고, 하여간에 당나귀를 주제로 깊은 생각을 해본 적이 한 번도 없는데 이렇게 선명한 꿈의 주제가 당나귀라는 게 말이 되냐고.

확인도 할 겸, 막시민은 소리 내어 말해보았다.

"당나귀?"

대꾸를 기대하며 부른 건 아니었다. 물론 당나귀는 막시민을 쳐다보지도 않았다. 막시민은 그러면 그렇지, 하는 표정으로 고개를 끄덕거린 다음 산을 내려갈 궁리를 했다. 저만치 능선 사잇길처럼 보이는 곳으로 내려가면 사람 사는 곳이 나올 것 같기도 한데…….

잠시 후, 막시민은 자신이 아직도 제정신으로 돌아오지 못했음을 깨달았다. 여기서 걸어 내려가겠다는 생각은 전혀 논리적이지 않았다. 여기로 온 방식부터가 걸어온 것이 아닌데 그런 안이한 방법으로 탈출할 수가 있겠는가? 그보다는 회색 코트를 찾는 쪽이 올바른 길 아니겠는가. 잠깐, 저 당나귀의 털이 회색인데 설마…….

근거 없는 추측은 아니었다. 막시민은 마법사라는 자들을 제법 겪어봤다. 이 년 동안 마법 학교도 다녔지만 무엇보다 대마법사라는 사람과 뭘 뜯어내고 뜯기고 쫓고 쫓기는 등 갖은 실랑이를 하며 압축적인 경험치를 얻은 결과 마법사의 사고 회로에 익숙해졌다. 그래, 마법사들이 어떤 장소를 택할 땐 이유가 있고 그 이유는 이곳에 단 하나뿐인 특이점, 당나귀와 관계가 있을 게 틀림없다. 그런데 당나귀를 놔두고 산을 내려가봤자 뭐하냐고.

열쇠는 당나귀에게 있다.

막시민은 다시 당나귀를 쏘아봤다. 당나귀는 여전히 풀밭에 머리를 박은 채 끊임없이 풀을 뜯어 씹고 있었다. 뭔가 질문을 하더라도 당나귀라서가 아니라 먹느라고 대꾸하지 않을 느낌이었다. 한참 그러고 있던 막시민은 문득 자신의 첫 번째 판단을 따라보았다.

“야, 사랑한다?”

그건 틀림없이 마법의 주문이었다. 갑자기 당나귀가 머리를 쳐들더니 막시민을 쏘아보며 씹던 풀을 퉤, 내뱉는 게 아닌가?

“이 처돌아버린 놈이? 야! 지금 같은 상황에서 그런 소리가 나오냐! 응? 어휴 진짜 뒷발로 뒤통수를 차버리든가 해야지!”

그렇게 외친 당나귀는 실제로 뒷발을 번쩍 쳐들었다. 그러자 당나귀치고 다소 어색한 자세가 되었다. 세상에 발로 뒤통수를 갈기는 사람은 없으니까 말이다. 상대가 누구인지 알아차린 막시민은 눈을 가늘게 뜨며 말했다.

“취소합니다, 대마법사님. 설마 진담으로 들으신 건 아니죠?”

다시 말하지만 막시민의 인생에 등장하는 대마법사는 한 명밖에 없었다. 한 명으로도 충분하다 못해 넘칠 지경이었다.

“진담이고 농담이고 네놈은 언제쯤 되어야 겁나는 게 생기냐? 조용히 있으라고 켈티카에 보내놨더니 온갖 위험한 일을 제 발로 찾아다닌 주제에 심지어 이런 데 떨어져서도 한다는 소리가, 뭐가 어쩌고 어째? 지금 헛소리가 입에서 나와?"

쥬스피앙이 화를 내고 있어도 이번만은 막시민도 야단맞는 학생다운 표정을 지을 수가 없었다. 당나귀의 뭉툭한 입술로 초고속 폭언을 퍼붓고 있으니 모양이 볼만했기 때문이다. 막시민은 시선을 허공으로 돌리며 아무렇게나 지껄였다.

"그건 헛소리가 아니라 실용적인 용도였습니다. 덕택에 당나귀의 정체가 바로 밝혀졌잖아요?"

"그래! 내 말이 그 말이야! 네놈의 적절한 헛소리 한마디 때문에 내 계획이 단숨에 망가졌다!"

"저 푸른 초원에서 당나귀 탈을 쓰고 저를 놀리시려던 계획 말입니까?"

"당나귀도 감지덕지한 줄 알아라, 이 당나귀 같은 놈아! 네 모진 관에 갇혀서 눈을 뜰 수도 있었어!"

"관이요? 어디였든 저번에 저를 데려가셨던 끔찍한 황무지에 비하면야 살 만하겠죠. 그나저나 제가 거기 끌려갔던 일 때문에 대마법사님께서 이 년간 기울이신 각고의 노력이 무위로 돌아가고 제가 네냐플을 없애버렸다든가 네냐플이 저를 없애버렸다든가 뭐 그런 일이 벌어졌다는 소식은 들으셨습니까? 그래서 그런가 날씨도 참 상쾌하군요."

"그래. 소식 잘 들었다. 아주 공교롭게 됐더라고."

불같이 화를 낼 줄 알았는데, 쥬스피앙은 단지 눈썹만 올려 보이더니 의외로 차분하게 말을 이었다.

“우연이 묘하게 겹친 결과였지만 어쨌든 널 킵에 데려간 건 내 선택이었으니까 내 책임이 있는 거지. 그래서 뒷수습하느라 골치가 잔뜩 아파졌는데 덕택에 다른 중대한 문제를 알게 됐으니 역시 내가 하는 일에 무의미한 것이란 없도다.”

“네?”

당혹스러운 시선을 보내려다가 불현듯 ‘중대한 문제’라는 말이 직감을 자극했다. 쥬스피앙이 알게 된 걸까? 그러니까, 아이언페이스에 대해서라든가, 오토마톤에 대해서라든가……. 하긴 그렇다. 이런 데로 오게 된 것도 회색 코트하고 순간 이동을 하는 사이에 쥬스피앙이 개입했기 때문이겠지?

“무슨 문제를 알게 되셨는데요? 일단 이 자연친화적인 풍경을 보아 하니 기름진 머리를 좋아하는 심볼리온의 소굴은 아닌 듯하고 아마도 대마법사께서 그놈들의 뒤통수를 때려서 저를 가로채신 거겠죠? 예전에는 켈티카까지 순간 이동 좀 시켜달라고 졸라도 이 핑계 저 핑계 대며 퇴짜만 놓으시더니 역시나 기분상의 문제였네. 맞다, 이스핀도 대마법사께서 데리고 계신 거겠죠?”

“아니야.”

쥬스피앙 당나귀는 고개를 숙여 풀을 한입 뜯더니 우적우적 씹으며 잠시 지체했다. 생각을 가다듬는 것처럼.

“전부 다 아니다. 이스핀? 너랑 같이 수배된 개는 심볼리온한테 잡혀 오지도 않았으니 내가 알 거 없고. 널 가로챌 수가 있었다면야 우리집 부엌에 넣어놓고 감자 껍질이나 벗기게 했겠지만 유감스럽게도 넌 ‘대기실’에 오게 됐다. 회의가 열리기 전까지 대기하는 곳이지. 마법사란 놈들이 모여서 뭘 하려면 시간이 엄청 걸려. 대륙 곳곳에 흩어져 사는데다 다들 일정도 많고 몇 년씩 들여다봐야 하는 실험 계획을 세워놨을 수도 있고, 하여튼 그럴 때 피의자를 대기실에 갖다 놓거든. 보통 수십 일 정도지만 일이 꼬이면 몇 년씩 놔둘 때도 있는데……. 어쨌든 간에 난 마법 문제로 헛소리를 안 해! 이건 순간 이동도 아니거니와 무엇보다 그때 네놈들은 마법 끄트머리도 모르는 무지렁이들이었잖냐!”

지금의 막시민이 여전히 마법 끄트머리도 모르는 건 둘째 치고 무지렁이라니, 막시민이야 시골 거지였으니까 그렇게 불러도 될지 몰라도 나머지 둘은 국제적 휴양지 출신의 세련된 재봉사와 아노마라드 2대 공작의 외아들이었는데 정말 너무한 작명이 아닐 수 없다. 그 점은 둘째 치고 이스핀이 심볼리온에 잡혀온 적이 없다는 말을 듣자 막시민은 마음이 크게 놓였다. 회색 코트 놈이 보여준 귀걸이에 속아넘어간 것이 불쾌하긴 해도 진실이었던 것보다는 훨씬 낫다. 그제야 풍경을 풍경답게 감상할 여유도 생겼다.

“그래서 여기가 대기실인가요? 이름치고 엄청 넓네요. 경치도 좋고.”

“대기실이 이렇게 생겼겠냐. 내가 만든 풍경이지. 죄 있다고 추정되는 놈을 가둬놓는 대기실이 뭐 그리 살기 좋겠냐. 아까 내가 관이라 했지? 사실 넌 관처럼 생긴 상자 속에 누워서 가사 상태에 빠져 있다. 난 네 머릿속에 잠시 들어온 거고. 물론 대기실에 있을 때 외부의 마법은 철저히 차단되지만 나는 뭐, 나잖냐.”

막시민은 미심쩍은 눈빛으로 다시 주위를 봤다. 이 풍경이 실제도 아니고 환각 마법도 아니고 결계 속도 아니고, 그냥 쥬스피앙이 막시민의 머릿속에 불어넣은 상상이라고? 어쩐지 예전에 쥬스피앙의 집에서 본 창밖 풍경하고 비슷한 것 같기도 하고.

“남의 머릿속에 뭔 경치 좋은 휴양지를 공들여 그려놓으셨대.”

“내가 만들었다고 내가 그린 풍경이 아니야. 알던 데가 멋대로 튀어나온 거지. 하필 여기라서 눈도 아프고, 머리도 아프고, 이래서 들어오기 싫었는데. 하여튼 난 대기실 제도 자체가 별로야.”

쥬스피앙이 인상을 찌푸리며 관자놀이를 눌러대더니 말을 이었다.

"여기 놔둔다는 건 인간의 삶을 몇 달이나 몇 년씩 제멋대로 삭제하는 꼴이지. 안 그래도 짧은데. 피의자란 놈들을 깨워서 심의회에 갖다 놓으면 자기는 바쁜 일이 있다는 둥 하는데 몇 년 전에 다 끝난 일이라고 그러면 다들 표정이 어떤 줄이나 알아?"

쥬스피앙은 놀랍게도 인격자 같은 말을 내뱉었지만 사실 인격자가 맞았고 다만 취향 타는 의견일 뿐이었다. 사람들이 관 같은 감옥에 갇혀 고통받는 쪽과 세상 모르고 잠들어 있는 쪽 중 어느 편을 선호할까? 아니지 잠깐만, 이건 사람들이 아니라 나한테 닥친 문젠데. 하루이틀이라면 실컷 자는 것도 괜찮을지 모르지만 언제까지 여기 있어야 되는데?

"그래서 얼마나 이러고 있어야 한다고요?"

"그건 몰라. 굼벵이 같은 놈들이 기어오는 데 걸리는 시간을 내가 알겠냐? 하던 실험을 마무리짓고 오겠다고 해놓고 반년 뒤에 나타나는 놈들도 있는 판에……."

"그럼 그 사람들이 그러는 동안 저는 이 벌판에서 계속 멀거니 서 있어야 합니까?"

"그럴 리가 없지. 이 풍경은 내 거니까 내가 네 머릿속에서 나가면 다 사라져. 그다음에는 네 녀석의 머릿속에 든 재료를 아무렇게나 섞어 만든 뒤죽박죽이 시작되겠지. 대기실이란 게 의식의 자가 환원 장치 같은 거라서 있었던 일들이 주로 반복되는데 꿈보다는 맥락이 있지만 현실보다는 말이 안 되고, 대강 그런 잡탕이야. 대기가 끝나면 거의 잊어버릴 거고 날 만난 것도 나중에 흐릿하게 생각나든가 안 나든가 그럴 거다. 뭘 보게 될지 궁금하면 네 녀석의 십구 년 인생을 되돌아봐. 낙천적일수록 견디기 좋을 테니까. 근데 네 녀석은 공짜 행운도 노려보는 성미를 타고났는데 어찌될지 모르겠네. 루시안 같은 녀석이었으면 걱정이 없을 텐데."

쥬스피앙은 루시안을 완전히 파악한 듯한 말을 남기더니 뒷발을 껑충거렸다. 조바심이 나는 것처럼.

"하지만 이런 제도까지 내가 이래라저래라 하긴 그래. 그 놈들은 내가 좀 정신이 나갔다고 생각하니까 더더욱 그렇고. 구경 온다는 놈들은 또 왜 이렇게 많은 건지. 네놈은 그동안 뭘 했는데 이렇게 인기를 몰고 다니는 거야?"

쥬스피앙이 심의회를 늦춘 자들을 하나하나 욕하고 있는 동안 막시민은 생각해보았다. 이런 꼴이 마음에 들진 않지만 불평을 한들 무의미하다. 쥬스피앙도 어떻게 해주지 못하는 걸 자신이 어쩌겠는가. 그럼 만약 여기서 일 년쯤 머문다면, 즉 자신이 일 년 동안 실종된다면 세상은 어찌될까.

그때쯤이라면 네냐플은 어떻게든 문제를 해결하고 도로 문을 열었겠지. 신학기에 나타나지 못한 자신은 학칙에 따라 제적될 테고, 동생들은 오빠인지 형인지 하는 인간이 편지를 보내도 답장도 안 준다고 투덜대겠지만 현실적으로 네냐플까지 찾으러 오진 못할 것이다. 친구들은 놀라긴 하겠지만 쥬스피앙이나 교수님들한테 대강 설명을 들을 수 있겠지.

모두 어떻게든 해결되어 흘러가겠지만 한 명만은 아니었다. 이스핀은 상황을 알 방법이 없으리라. 만약 네냐플에 문의한다 해도 네냐플이 마법사도 재학생도 아닌 외부인한테 이런 사정을 설명해줄 리 없다. 이스핀은 자신을 찾으려 할까? 언제까지? 단서도 없는 채로 일 년이면 포기할까? 그 집요한 애가?

또 한 명, 플레상스 경도 마음에 걸렸다. 그때까지 별일 없을 것인가. 진짜로 아이언페이스의 손아귀에 있다면 지나친 기대가 아닐까.

"그런데 대마법사께선 여기까지 절 만나러 오신 이유가 뭔가요? 그게 혹시 아까 말씀하신 중대한 문제 때문이라면, 제가 켈티카에서 하던 일, 그러니까 제가 뭘 찾고 있었는지 알고 계신 거라면……."

쥬스피앙은 성격답게 명쾌하게 내뱉었다.

"그럼 알지, 모르겠냐?"

막시민은 손뼉을 치다시피 두 손을 맞잡으며 외쳤다.

"진짜요? 그럼 좀 도와주시면…… 아니지, 도와주셔야만 할 것 같은 일인데요. 간단히 말씀드리면 어떤 무시무시한 범죄자가 있는데 대충 몇백 년쯤 살아왔고, 또 범죄 조직 같은 걸 만들어가지고 무고한 사람을 납치했는데, 그놈을 막을 방법을 안다는 애가 제 목숨 바쳐서라도 그놈하고 대결하려 하고 있거든요. 잡혀간 사람이랑 그 애랑 둘 다 구조가 필요한 상황인데 뛰어나게 윤리적인 대마법사께서 설마 이런 문제를 외면하시지는…….”

그런데 웬일인지 쥬스피앙은 평소처럼 잔소리를 퍼붓는 대신 침착하게 눈을 흘기며 잘라 말했다.

“아니, 안 돼. 그런 식으로 도와줄 일이 아니야.”

막시민은 단도직입적인 ‘안 돼’라는 말에 당황한 나머지 ‘그런 식으로’를 놓치고는 쥬스피앙을 빤히 봤다.

“진심으로 하시는 말씀입니까?”

“그래. 기다려.”

“언제까지요? 납치된 사람은 언제 무슨 일을 당할지 모르고, 또 그 애도 언제 그자와 마주칠지 모르는데…….”

“서두르다가 다 그르쳐. 네가 마법에 대해 뭘 아냐?”

“이게 마법에 대한 문제입니까? 시간 끌다가 사람이 죽으면요?”

“사람은 다 죽어. 너나 나도 내후년쯤 죽을지 알 게 뭐냐.”

이런 반응이라니, 믿기 힘든 나머지 막시민은 실망한 눈빛으로 쥬스피앙을 봤다.

"너무하시는 것 아닙니까? 저한테는 중요한 사람이라도 뭐 대마법사님한테는 안 중요할 수도 있겠지만 사람 목숨 살리자는 얘기에 대고 그런 식으로 말씀하시다니……."

"누가 살리지 말랬냐? 네가 빨리 나가서 할 일 마치고 가서 살려. 일이 그렇게 굴러가야 할 모양이니까. 심의회는 내가 쫓아가서 몇 명 엉덩이를 걷어차서 빨리 시작하게 해주지."

"그럼 여기서 일 년쯤 있을 필요는 없단 말입니까?"

쥬스피앙은 갑자기 발끈했다.

"뭐, 일 년? 네놈이 네냐플에서 낙제하며 허비한 이 년도 아까운데 거기다가 일 년을 더 날리게 만든다고? 그런 짓을 했다가는 내가 직접 한 놈씩 소환해서 거꾸로 처박아놓은 다음에 앞으로 회의는 무조건 내 집 뒷마당에서 열리는 걸로 정한다."

뭔가 관점이 다른 것 같긴 했지만 어쨌든 대마법사께서 장담하시는 걸 보니 일 년까진 안 걸리려는 모양이다. 다만 그 점을 떠올리는 바람에 쥬스피앙은 갑자기 후견인의 본성을 되찾고 막시민을 노려봤다.

"이 년이나 공들인 내 계획에 오차가 하여튼 끝도 없어! 이대로라면 신학기에 학교에 돌아갈 수나 있겠어? 이건 퇴학도 아니고 재학도 아니고 대체 무슨 상태냐? 만약 한가로운 관짝 생활이 너무 길어져서 네냐플에서 제적 처리되면 어쩔 참

이야? 물론 오를란느 왕립 마법 학교나 콜레기오 마곤 같은 데로 보내는 방법이 있겠지만……."

막시민은 눈을 커다랗게 떴지만 쥬스피앙의 다음 말을 듣고는 간신히 진정했다.

"……안타깝게도 그 학교들이 널 받아줄 것 같지가 않다."

이어 쥬스피앙은 그 학교들이 네냐플보다 수준은 낮아도 아무나 입학시키는 곳은 아니고, 네놈 수준은 딱 네냐플 퇴학에 알맞은 정도고, 그곳 교장들과는 이렇다 할 친분도 없고, 빚진 것도 없고, 무엇보다 네냐플에서 퇴학당한 학생을 입학시킨다는 것은 그 학교들의 자존심과 평판을 동시에 해치기 때문에 용납할 리가 없다고 투덜댔는데 모두 막시민의 마음을 가라앉혀주는 이야기뿐이었다. 듣자니 꽤 많은 마법사들이 쥬스피앙의 악명을 알고 있어서 쥬스피앙과 엮이기 싫어서라도 막시민을 데려가고 싶은 학교는 없을 듯했다. 이럴 땐 악명도 천만다행이랄까.

"최후의 대안도 불가능하다니 안타깝습니다만 제가 도와드릴 방법은 없는 것 같고……."

"그게 왜 최후의 대안이야? 네놈이 네냐플에서 쫓겨나면 내 조수로 삼아 인간성이 탈탈 털리도록 가혹하게 부려먹어서 차라리 네냐플 수석을 할 테니 살려주십쇼, 할 때쯤 재입학을 시킨다는 훌륭한 다음 안이 준비되어 있었는데."

"잠깐만요?"

괴담 같은 소리를 늘어놓은 쥬스피앙은 고개를 비스듬히 쳐들며 막시민의 표정을 감상하더니 말을 이었다.

"이젠 그 계획도 철회해야 할 판이야. 네놈이 이만저만 바빠야 말이지. 여기저기 아무데나 갖다놔도 쓸모가 많은 줄은 예전부터 알았다만 이젠 이웃나라까지 소문이 나 가지고. 그렇지만 십 년을 반복해도 실패하는 실험이 수두룩한데 그 정도야 감수 가능한 범위 아니겠냐? 내가 그까짓 난관에 좌절했으면 위대한 마법사가 되진 못했지."

"네?"

설마 이 태도…… 아버지가 딸에게 물려줬던 거야?

막시민은 쥬스피앙을 빤히 쳐다봤다. 쥬스피앙도 막시민을 봤다. 당나귀 모습이라서 표정에 기분이 나타날 리 없건만 착각인지 몰라도 막시민은 당나귀의 얼굴에서 결연한 의지 같은 것을 읽고 움찔했다. 이를테면 주인 놈이 등에 올려놓은 짐짝을 반드시 내팽개쳐버리겠다고 마음먹은 당나귀라든가. 불길해진 막시민도 당나귀 같은 표정이 되어 소리쳤다.

"아니, 제가 왜 당신의 실험 대상인데요!"

"아까 같은 개소리를 적절한 시점에 잘 내뱉어서 그런다. 상대방이 공들여 짜놓은 판을 간단히 뒤집어엎어서 네 방식대로 굴러가게 만들어버리잖아! 이래서 내가 네놈을 포기 못

하거든? 그만 포기해야겠다 하고 있으면 꼭 이런 짓을 하니까! 이 빌어먹을 똑똑한 놈아! 이러니까 적당한 관심과 애정을 기울이면 쓸모 있는 인재가 될 것 같은 망상을 떨칠 수가 없잖아!"

물론 그런 고도의 목적을 갖고 한 말일 리가 없다. 막시민이 하는 말 중에는 이렇게 나오는 대로 뱉었는데 뜻밖의 효과를 발휘하는 경우가 제법 있었지만 본인은 그것을 재능으로 생각하지도 않았고, 지금 같은 경우는 부작용에 가까웠으니 칭찬으로 들리지도 않았다.

"관심과 애정은 정중히 사양하고 망상은 마법으로 치유 바랍니다. 아, 대마법사잖아요? 뭔들 안 되겠어. 제 부탁 들어주실 맘도 없다고 하셨고, 전 이만 관짝 생활 하러 갑니다."

막시민은 휘적휘적 산길을 내려가기 시작했다. 빈손이라 몸은 가볍고, 경사는 점차 급해지고, 따가운 햇빛이 눈을 찔러오는 가운데 저만치 능선 사잇길에 사람 같은 형태가 눈에 띄었다. 흰옷을 입은. 하지만 자세히 보기도 전에 능선 밑으로 숨어버렸다. 빛이 어른거려 잘못 봤나.

그때 등뒤로 당나귀 발굽 소리가 바짝 따라붙었다. 막시민은 걸음을 빨리하며 소리쳤다.

"아, 왜 따라와요!"

"길도 모르면서 너 혼자 가긴 어딜 가?"

"여기 제 머릿속이라면서요! 자기 머릿속에서 길 잃는 사람도 있습니까?"

"왜 없어? 네가 네 머릿속에서 길을 잘 찾았으면 지금 이 모양 이 꼴이겠냐?"

말도 안 되는 소리라고 생각하면서도 막시민은 저도 모르게 발을 멈췄다. 그새 등뒤까지 온 쥬스피앙이 발굽 소리를 멈추며 말했다.

"평생 헤매도 못 찾은 길, 앞으로는 또 얼마나 헤맬지 모르는데. 점심 도시락은 있고?"

마침 시원한 바람이 불어와 들판을 쓰다듬었다. 막시민은 안경다리 틈새로 들어간 머리카락을 빼내며 마음속으로 약간의 각오를 했다. 동시에 되뇌어보았다. 점심 도시락이라…….

쥬스피앙은 저렇게 마주치기만 하면 소리를 질러대고 욕을 퍼부어도 사실은 상냥한 사람이다. 선한 사람이기도 하다. 그런 상대의 계속되는 호의를 떨치려면 본성대로 행동해서는 안 된다. 친구 놈처럼 연기라도 하는 수밖에 없다. 이제 쥬스피앙의 시간을 그만 낭비할 때다. 이건 대마법사의 취미 생활을 넘어섰다.

잠시 후, 막시민은 최대한 재수없는 표정을 지으며 뒤를 돌아봤다.

"점심 도시락이요? 진짜, 기가 막히네. 남이사 여물을 처먹든 말든 그만 신경 끄시죠? 제가 제 머릿속에서 길을 못 찾는다 치면 남이 대신 찾아주는 건 말이 됩니까? 이 년 동안 이쪽으로 가라, 저쪽으로 가라, 실컷 해보셨잖아요? 안 된다는 것도 아셨잖아요? 그런데 왜 납득을 못 하시죠? 그런 건 마법으로도 안 되나 보죠?"

곁으로 온 당나귀가 눈을 치뜨며 피식 웃는 것처럼 입술을 비죽이더니 막시민을 올려다봤다.

"너란 놈은 왜 누가 도움을 주려고 하면 뜨거운 불에 덴 것처럼 그렇게 펄쩍 뛰는 게냐?"

"그러거나 말거나……."

연달아 대꾸하려다가 막시민은 말을 멈췄다. 쥬스피앙이 한 말이 가슴속 어딘가에 숨어 있던 얇은 막을 푹 찌른 느낌이 들어서다. 막 안쪽에서는 희미한 쓴맛이 배어 나왔다.

"그런 주제에 남들은 또 도와주겠다고 덤비지? 내가 꽤 오래 살며 별놈을 다 봤지만 너처럼 웃긴 놈도 없었어. 가진 것 없이 태어났어도 사실은 세상에서 제일 잘났으니 늘 도와주는 역할만 해야 하고, 도움은 받으면 안 되고, 길바닥에서 빌어먹을지언정 남의 도움으로 잘 풀렸다는 소리 따윈 죽어도 듣기 싫고, 안 그래?"

그렇게 말하는 쥬스피앙의 어조는 비웃음을 띠기보다 침착했다. 막시민은 미간을 찌푸려 눈가가 움푹해졌을 뿐 바로 반박이 나오지 않았다.

“솔직히 말해 네가 마법사가 되든 말든 내가 알 게 뭐냐? 나한테는 나보다 뛰어난 마법사가 될 게 틀림없는 티치엘이 있는데 후계자를 달리 찾을 필요인들 있겠냐? 단지 나한테는 호기심이 있어서 네놈이 하는 짓이 제법 신기하기도 하고, 언제까지 버티려나 궁금해서 몇 년이나 두고 본 거야. 좋은 학교에 보내주고, 학비를 대주고, 학점을 망치든 말든 이 년이나 놔뒀다. 그러다 보면 어느 순간 남의 호의에 보답하겠다는 마음을 먹든가, 그게 아니면 적어도 이 기회를 이용해서 먹고 살 궁리라도 하지 않을까 했어.”

당나귀의 두꺼운 입술이 일그러지며 킬킬 웃는 소리가 났다.

“그런 정상인의 사고방식을 네놈한테 기대한 내가 잘못이지. 네놈은 달리 미래 계획도 없는 주제에 이 년 동안 그저 버둥대며 도망갈 궁리만 했는데 내가 기가 막혀서 네놈 입장에서 조금 생각해봤거든? 내가 널 알게 된 건 조슈아란 놈이 죽을 뻔한 일 때문인데 그때 네놈은 기를 쓰고 그놈을 살리겠다고 애쓰고 있었더란 말이야. 정말 열심히 하더라고. 저쪽에서는 살려달라고도 안 했는데. 그래서 아하, 다 알게 된 거야. 네놈은 거만하고 뻔뻔스러워서 남의 인생은 국자로 휘저어대는 주제에 자기 인생에는 후추 한 톨 뿌리는 것도 못 참는다는 걸."

"……."

너무 심한 말이었기 때문일지도 모른다. 어쩌면 사실이었기 때문일지도 모른다. 어느 쪽이었든, 막시민은 스스로를 이해하기 힘들 정도로 화가 치밀었다. 잠깐이지만 이성을 잃고 주먹이라도 날리고 싶었을 정도다. 쥬스피앙과 만난 날로부터 기상천외한 막말을 주고받은 역사가 하루이틀도 아닌데 이런 일은 처음이었다. 간신히 숨을 고르고 나자 왜 그렇게 화가 났는지 차근차근 따져보기도 전에 이런 말부터 튀어나왔다.

"네, 듣고 보니 정말 엄청난 얼간이네요. 구제불능이고요, 이중 기준 오지는 재수없는 놈이네요. 저라면 그런 놈을 멀찍이서 보기만 해도 달아나겠습니다. 대마법사께서는 왜 그런 놈한테 이렇게 시간 낭비, 돈 낭비, 기력 낭비를 하십니까?"

"야, 그만 안 해, 이 도망병자야? 남의 인생은 찔러보기 좋은 케이크인데 네놈 인생에는 철갑이 둘러져 있는 게 말이 되냐? 그렇게 꼭꼭 닫아 싸놓은 상자 속에 대체 뭐가 들었는데? 시시한 것들을 소중하게 요모조모 싸놨다는 걸 들키기가 싫은 것뿐이겠지, 아니냐? 잠깐 햇볕이라도 쪼여볼까 하다가도 누군가한테 '왜 그런 걸 싸놨어?' 하는 소리라도 듣게 되면 창피해서 자살할 것 같으니까 하수구처럼 축축한 상자 속에 처넣고 철판으로 둘둘 감아놓은 거잖아. 내가 그걸 왜 그렇게 잘 아는지 아냐? 나도 해봤거든?"

막시민은 쥬스피앙이 연달아 한 소리가 당혹스러운 나머지 마지막 말은 제대로 듣지 못했다. 그저 귀를 막고 싶을 정도로 불편했다. 소리 높여 반박하면 오히려 사실이 되어버릴 것 같은 불편함이랄까.

한때 친구의 인생에 친구라는 자격만으로는 용인되지 않을 만큼 깊이 개입했던 적이 있다. 반면 자기 자신은 텅 빈, 공기만 든 상자처럼 느꼈을 뿐 저런 음습한 구석은 상상해본 적이 없었다. 하지만 그 속에 뭐가 들었든 남에게 보여주지 않으려 한 것만은 확신할 수 있다. 그 속에 오물과 곰팡이가 들어찼든 먼지와 바람뿐이든 남의 손을 빌려 뚜껑 열고 청소하진 않는다. 특히나 공짜일 때는. 공짜 호의가 뒤집히면 환멸만 남지. 그런 걸 시작하고 싶지 않다. 당신들은 남이니까. 난 당신들의 가족도 뭣도 아니니까.

이런 깨달음도 그래, 조슈아 덕택이다. 사 년 전에 조슈아를 구하겠다고 뛰어들었을 때 자신은 온 세상 상식의 대변인이라도 된 양 제멋대로 온갖 판단을 내렸다. 그래도 되느냐고 물어보지도 않고. 제 생명에도 초연한 미친놈이라 살려내려면 어쩔 수 없다고 생각했는데 지금 생각해보니 엄청난 개입이었고 또 엄청난 용납이었다. 그걸 깨닫게 된 건 조슈아에게 자신이 더이상 필요하지 않게 된 뒤다. 입장이 바뀌자 자신은 도저히 그럴 수 없었던 것이다.

당시에는 왜 몰랐을까. 마음이 급해 막 내달리다 보니 그럴싸하게 해결되는 일들도 있어서 어느새 친구의 인생에 개입 가능한 범위를 넘어가고도 멈추지 못했던 것 같다. 하지만 행운이 언제까지나 계속될 리 없다. 조슈아가 칼에 찔려 의식을 잃고 반년 동안 깨어나지 못하는 동안 막시민은 생각했다. 자신은 별로 뛰어난 녀석이 아니라고. 제멋대로 친구의 운명을 휘젓고 이끌 정도로 전능한 존재가 아니라고. 남들이 보기에는 고귀한 우정이자 희생으로 보였을지 몰라도 어쩌면 자신은 조슈아를 구하며 제 자존감을 채우고 있었는지도 모른다고. 부자이고, 귀족이고, 데모닉이라 불리는 천재인 근사한 녀석을 구하는 대단한 자신에게 도취되어서.

그런 일이 시골 거지로 태어난 놈한테 가능할 리가 없었는데.

예상대로 자신은 실패했다. 그러면 물러나야 했는데 어찌된 셈인지 일은 그렇게 흘러가지 않아서 자신은 버릇처럼 조슈아 곁을 어슬렁대다가 난데없이 상을 타게 됐다. 제 몫도 아닌, 과분한 상을. 감히 네냐플에 입학하고, 수업료는 남이 내주고…….

도로 평범한 친구의 자리로 돌아가려 애쓰고 있다가 걸려든 올가미처럼 그 상은 자신의 목을 졸랐다. 이건 아니야. 진짜로 친구 사이여서 대가 없이 도우려 했다면 그런 상을 받아서는 안 됐어. 그런 걸 덥석 받는다는 건 그들이 친구가 아니었다는 뜻이잖아?

게다가 뭘 해냈단 말인가? 살리겠다고 우쭐대며 뛰어다녔지만 조슈아는 죽음 직전까지 갔다. 사실상 죽었다가 살아났다. 그를 살려낸 건 자신도 아니다. 조슈아를 살려냈던 켈스니티는 영원히 소멸됐다. 사라진 켈스니티 대신…… 자신이 상을 받는다고? 단지 안 죽고 살아 있다는 이유로?

살아 있는 게 벼슬이네. 죽은 자는 아무것도 모르지. 제 것을 가로채어 가는데 항의도 못 하네.

타고난 대로라면 감히 올려다보지도 못할 고귀한 존재를 자기가 구한다고, 자아도취에 빠졌던 대가로 잘도 학업과 취직자리를 알선받은 녀석의 모습을 떠올릴 때마다 뱃속에서 역겨운 감각이 스멀거렸다. 심지어 조슈아에게는 더이상 자신이 필요하지도 않다. 그건 잘된 일이다. 조슈아는 스무 살이고, 히스파니에는 가문의 후계자이자 정신적 아들이기도 한 조슈아를 위해 일찌감치 자신이 준비했던 것들을 하나씩 물려주고 있다. 그 사이에 자신이 끼어들 자리가 있을 리 없다…….

"뭘 하냐? 인생 되돌아보고 있냐?"

막시민은 퍼뜩 정신을 차리더니 인상을 팍 쓰며 대꾸했다.

“아뇨. 뭘 돌아봐야 할지 전혀 모르겠고요. 왜 남의 기분 갖고 소설 쓰고 그럽니까? 기분 더럽게.”

쥬스피앙은 다시 킥킥 웃었다.

“그래. 한 번 찌른다고 순순히 인정하면 막시민 리프크네가 아니지. 과연 쇠가죽 씹는 맛이야. 하지만 나라고 이런 귀중한 조언을 날마다 해줄 순 없거든. 내 머리가 아파서라도 오늘은 그만해야겠어.”

쥬스피앙은 인상을 찌푸린 채 주변을 살피더니 앞발로 한 곳을 가리켰다.

“저길 봐라.”

그쪽을 보자 조금 전까지 없던 것이 눈에 띄었다. 지붕과 벽을 갖췄다 뿐, 한 명 누울 크기밖에 안 되는 작은 오두막이었다.

“저기로 들어가면 그다음은 너 혼자만의 세계야. 가서 네가 꼭꼭 싸묶어놓은 네 인생의 축축함을 맛봐라. 난 이제 나간다.”

막시민은 오두막과 쥬스피앙을 번갈아 봤다.

“저거 외양간 아닙니까? 왜 나타났는지도 알겠네. 제 머릿속이라 하는 말인데 아까부터 당나귀를 어디다가 넣어버리고 싶더라고요?”

쥬스피앙은 들은 체도 하지 않고 오두막을 향해 턱짓했다.

"닥쳐. 나중에 뭐가 나왔나 보고나 해라."

"그럴 리가 있을까요? 안 들어가고 들판에서 낮잠이나 자야지."

쥬스피앙은 대꾸하는 대신 비웃듯 나귀 울음소리를 냈다. 그리고 더이상 말이 없었다. 막시민은 의심쩍은 눈빛으로 당나귀를 봤다. 쥬스피앙의 힘이 빠져나가서 진짜 나귀로 되돌아갔나? 아니구나. 머릿속 세계에 진짜가 어딨냐.

곧이어 세상에도 변화가 생겼다. 해가 져버렸던 것이다. 무슨 놈의 해가 중천에 떠 있다가 일 분 만에 져버리는지 알 수 없지만 그러고 나자 빛은 전혀 없고 달조차 없었다. 제작자가 퇴장하는 바람에 태초의 어둠으로 돌아갔나?

막시민은 당혹스럽게 오두막 쪽을 돌아봤다. 그리고 알았다. 쥬스피앙의 속셈을. 오두막에만은 불이 환하게 켜져 있었던 것이다.

"젠장……."

어쩔 수가 없었다. 아무것도 없는 데서 뭘 하겠는가. 어둠을 휘저으며 오두막 앞에 도착한 막시민은 문을 열려다 말고 투덜거렸다.

"이런 식으로 몰아가기 있냐고."

문짝을 잡아당기자 안에서 환한 빛이 쏟아져 그를 삼켜버렸다.

10 장

LEGACY

풍차 언덕의 두 사람

바람이 불어왔다. 멈춰 있던 풍차가 돌기 시작했다.

조슈아가 어려서 이곳, 코츠볼트에 잠시 머물던 때 설계했던 풍차다. 돈은 조슈아의 작은 할아버지가 댔다. 지은 건 기술자와 일꾼들이고 밀을 빻아 먹은 건 동네 사람들이다. 막시민하고는 별로 상관이 없었다.

아침 일찍 풍차가 있는 언덕을 지나던 막시민은 괜스레 언덕바지로 올라가 한 바퀴 빙 돌아보았다. 새로 세운 풍차에는 그을린 돌 하나 섞여 있지 않았다. 당연히 그렇겠지. 그 사람들은 제대로 된 것만 만든다니까. 돈도 물론 넘치고.

어렸을 때처럼 풍차에 들어가 뒹굴고 놀 시간은 없었다. 막시민은 출근중이었다. 걸어서 한 시간 반쯤 걸리는 소도시 읍내에서 필경사 조수 노릇을 하고 있었다. 필경사가 써야 하는 온갖 편지, 소장, 회의록, 발췌록 등을 종류와 중요도, 마감 일정에 따라 분류해 하루치씩 나눠놓는 것이 그가 할 일이었다. 글만 읽을 줄 알면 누구나 할 수 있는 시시한 일이다. 이런 시골구석에서 제법 고급 어휘로 적힌 글도 읽을 줄 알면서 학교에 다니지도 않고, 푼돈에도 일을 할 젊은이를 찾기가 힘들 뿐이다. 어쨌든 몸으로 때우는 일거리보다는 일당이 낫다.

필경사는 막시민이 장차 필경사가 되려는 줄 알고 직접 써보라며 덜 중요한 서류를 몇 장 건네줬다. 그러나 개발새발 글씨가 쉽사리 나아지지 않자 종이가 아깝다고 핀잔을 주며 도로 빼앗아갔다. '넌 대체 커서 뭐가 되려고 그러느냐'. 막시민이 여기서만 들어본 말은 아니다. 글쎄, 필경사가 될 수 있을 것 같지는 않은데.

그렇다면 무엇이 될지, 깊이 생각해본 적은 없었다. 깊이 생각하려 해도 마땅한 선택지가 없었다. 주변에 보이는 직업 중 어떤 것도 자신과 어울리는 것 같지 않았다. 콧대가 높아서는 아니다. 농부 노릇을 하려면 땅이 있어야 하고, 수도사가 되려면 신앙심이, 악사가 되려면 후원자가 필요하다. 석공이나 목수가 되자면 십 년 넘는 도제 노릇을 견뎌야 하는데, 그러는 동안 수입이 없다. 푼돈이나마 하루하루 아쉬운 막시민이 그런 선택을 할 순 없었다. 그러면 뭐가 남아 있을까. 하인, 마부, 사환…….

필경사가 어디서 일을 받는지 관찰해본 적이 있었다. 한 달치 일거리가 100이라면 이웃으로부터 3, 편지 대필로 5, 소송 건으로 4, 학교에서 6…… 그리고 필경사의 어머니의 사촌인 어느 남작부인이 보내주는 회고록 및 가문의 서류들이 80.

그렇다. 이것도 인맥 없이는 가질 수 없는 직업인 게다. 수도원에서 책만 잔뜩 빌려 읽었지 써볼 기회는 거의 없었던 막시민의 글씨가 쉽사리 나아질 수 없듯이.

막시민은 풍차에서 돌아섰다. 옛날 생각이나 하고 있을 때가 아니었다. 반시간 지각하면 하루치 일당의 절반이 날아간다. 셋째 녀석이 집에 돌아오지 않아서 새벽까지 마을 인근 들판을 헤집고 다니느라 두 시간이나 지각했던 다음 날 생긴 규칙이었다. 사고뭉치는 이튿날 옆 마을 양조장 창고에서 발견됐다. 그리고 막시민에게는 맛도 못 본 술 빚 열다섯 병이 생겼다. 세 병은 동생 녀석이 마신 게 맞는다는데 나머지 병은 왜 깨부순 건지 물어봐도 동생은 기억하지 못했다. 비싼 술인지, 그런 건 에라 모르겠다고 생각했다. 이 정도로 문제가 커졌을 때는 그래도 히스파니에 노인한테 손을 벌릴 염치가 있을 것 같다고, 노인이 돌아오면 슬쩍 떠봐야겠다고 생각을 굴리고 있을 때였다.

"얘! 나 좀 도와주라, 응?"

길게 자란 목초 틈에서 웬 아이가 머리를 불쑥 내밀었다. 멜빵 달린 바지에 녹색 펠트 모자를 썼다. 까맣고 동글동글한 머리가 언뜻 조슈아 같아 막시민은 흠칫했다가 곧 인상을 찌푸렸다.

"넌 누구냐? 그리고 나 바빠."

"아까부터 풍차 주변에서 어슬렁대는 거 보니까 별로 안 바쁜 것 같던데……. 그러지 말고 나 좀 도와줘. 목걸이를 잃어버렸어. 분명 이 근처에서 떨어뜨렸을 텐데."

사내애가 웬 목걸이? 하고 생각하며 쳐다보는데 아이가 배시시 웃어 보였다. 잘 봐달라는 것처럼. 웃는 얼굴을 보니 그제야 여자애구나 싶다.

"우리 엄마의 유품이거든. 내가 어제 천방지축 뛰다가 그만 걸쇠가 빠져버렸나 봐. 찾아주면 은화 두 닢 줄게. 어때?"

은화 두 닢이면 적어도 30엘소다. 막시민은 벌써부터 바닥을 두리번대기 시작하며 물었다.

"어떻게 생겼는데? 그리고 얼마짜리 은화가 두 갠데?"

"그야 물론 30엘소짜리지!"

그러면 60엘소 아닌가. 막시민의 일당이라 해봤자 그 반의 반도 안 된다. 9시가 되려면 아직 두 시간쯤 남았다. 일터까지 뛰어서 가면 한 시간이면 닿으리라. 한 시간은 이 일에 투

자할 수 있다.

"나중에 약속 어기면 가만 안 둔다. 근데 은화는 있고?"

"그럼."

아이가 주머니에서 은화를 꺼내 보여줬다. 이런 큰돈을 아이가 잘도 갖고 다닌다 싶다. 부잣집 아이인가? 근처에서는 본 적이 없는데.

"그럼 난 여기부터 여기까지, 넌 저기서부터 저기까지 찾자. 나 한 시간밖에 없으니까 네가 찾아도 빨리 말해라. 알았지?"

가느다란 금줄 목걸이라 그런가, 목걸이는 쉽게 눈에 띄지 않았다. 반시간쯤 주변 풀밭을 샅샅이 뒤졌는데 둘 다 찾지 못했다. 은근히 조바심이 난 막시민이 물었다.

"여기가 확실해?"

"응……. 만약 여기가 아니라면…… 내가 어제 뛰어다닌 데는 여기랑 그 주랑 사이밖에 없는데."

"무슨 주랑?"

"우리 고모할머니네 집 앞에 기둥들 죽 늘어선 데. 여기서 저쪽으로 가다 보면 나와."

아이가 가리키는 쪽을 보니 막시민의 출근길과 겹치는 방향 같았다. 어떤 데인지, 보기만 하자고 생각했는데 어느새 둘은 그곳에 도착해 있었다. 출근길과는 중간에 갈라져서 좁다란 목초지 사잇길을 한참 걸어왔다. 그리고 한 시간으로 계산했던 여유 시간은 이제 십 분밖에 남지 않았다.

집은 낡긴 했어도 제법 규모가 컸다. 막시민은 주위를 두리번대며 물었다.

"자, 여기서 어딘데?"

"저 끝 기둥에서 여기까지. 사촌이랑 달리기 했었어."

주랑 사이 바닥에는 체스판처럼 생긴 흑백 포석이 깔려 있어서 풀밭보다 살펴보기 쉬웠다. 여기저기 깨진 포석 틈을 꼼꼼히 살피며 한 바퀴 돌았지만 목걸이는 여전히 발견되지 않았다. 아이는 점차 울상이 되어갔다. 막시민은 목초지 사잇길을 되짚어 가려면 얼마나 걸릴까 머릿속으로 가늠하며 말했다.

"야, 아무래도 여긴 아닌 거 같다. 누가 주워 간 게 아니라면."

"누가 주워 갔을까? 여기 사는 사촌들일까?"

"그런 건 네가 물어봐. 이제 시간이 없다. 난 그만 간다."

"잠깐만! 이거 받아."

아이가 주머니에서 은화 두 닢을 꺼내 건네주려 했다. 막시민은 손을 뒤로 치우며 한 발짝 물러났다.

"못 찾았는데 왜 줘?"

"그래도 열심히 찾았잖아."

"열심히 찾았어도 못 찾은 건 못 찾은 거야."

"아니야. 고마우니까 주고 싶어."

손을 잡으려 하고 빼려 하는 실랑이가 잠깐 이어진 끝에 진짜로 시간이 없었던 막시민이 말했다.

"야, 알았어. 그럼 반만. 사실 이것도 줄 필요 없는데, 하여간, 음…… 그럼 간다!"

30엘소 은화 하나를 주먹으로 감아쥐고 막시민은 돌아서서 뛰기 시작했다. 속으로는 이까짓 수고로 30엘소라니 완전 거저먹기였다고 생각하면서. 역시 부자들은 씀씀이가 다르다니까.

그래도 목걸이를 찾아줬으면 더 좋았을걸.

숨이 턱에 닿도록 뛴 끝에 막시민은 간신히 일당 삭감을 면했다. 필경사 사무소에 뛰어든 직후, 9시 30분을 알리는 종소리가 울렸다. 필경사는 땀투성이가 된 막시민에게 눈을 흘기며 말했다.

"가서 세수하고 팔뚝까지 씻고 와라. 종이 더럽힐라."

시간이 묘하게 더디게 갔다. 마침내 퇴근 시간이 됐을 때 막시민은 웬일로 내일 일까지 마쳐놓고 재빨리 일어났다. 일을 많이 해두면 정시 퇴근을 해도 필경사가 잔소리를 하지 않는다. 남작부인에게 보낼 서류 표지를 공들여 쓰고 있던 필경사는 막시민의 인사에 대꾸도 하지 않았다.

발을 재게 놀렸다. 구경거리가 많은 시장 쪽도 기웃대지 않고 금세 읍내를 벗어났다. 어느새 풍차 언덕 근처까지 왔다. 일에 지쳐 느릿느릿 걸어올 때면 여기쯤 왔을 때 사위가 어둑한데 서두른 덕택에 아직 빛이 남았다. 막시민은 아이와 헤어졌던 지점으로 가서 다시 풀밭을 헤치기 시작했다. 풀숲이 우거졌으니까, 못 봤던 곳이 있을지도 몰라.

"어?"

풀숲 틈에서 아이가 튀어나오는 바람에 막시민이 더 놀랐다. 아이가 반색하며 웃었다.

"목걸이 찾으러 온 거야? 나둔데."

공짜 은화가 부담스러웠던 마음을 들킨 것이 열없었지만 막시민은 짐짓 아무렇지도 않은 체하며 말했다.

"금방 해 진다. 서둘러."

해는 진짜 금방 졌다. 어둑해진 들판을 휘둘러보며 아이를 부르자 아이가 뛰어와서 물었다.

"내일도 올 거야?"

"글쎄다. 이래 갖고 찾겠냐."

내일은 다른 수를 내봐야겠다고 생각하며 막시민은 대꾸했다. 아이는 막시민이 안 온다는 걸로 알아들었는지 아쉬운 얼굴로 돌아섰다.

이튿날은 사무소가 쉬는 날이었다. 막시민은 이웃에서 빌린 낫을 가지고 새벽녘부터 언덕에 올라가 풀을 베어냈다. 베어낸 풀을 소와 양을 키우는 집에 갖다주면 뭐라도 생기니까, 그렇게 자신을 설득하며 땀을 흘리고 있는데 벤 풀과 함께 허공에 뭔가가 반짝하며 날아갔다. 낫을 던지고 얼른 뛰어가보니 과연 가느다란 목걸이가 풀대 끝에 걸려 있었다. 집어 들자 밀알만 한 파란 꽃이 달랑거렸다.

이런 거니까 그렇게 못 찾았지. 숨을 헉헉대면서도 막시민은 무척 기뻤다. 이틀이나 찾다 보니 애착이 생겼는지, 은화를 당당히 받게 되어서인지, 딱 잘라 말하긴 어려웠지만 하여튼 뿌듯했다. 걔가 오면 나머지 은화도 달라 해야지. 그렇게 생각하며 막시민은 풀더미 틈에 벌렁 드러누웠다. 아침부터 힘을 썼더니 피곤해서 한잠 자고 일어날 참이었다.

정오 무렵 깨어나자 배가 고팠다. 아이는 온 기색이 없었다. 그제야 직접 찾아가면 된다는 생각이 났다. 참 나, 언제 올 줄 알고 기다리냐. 그런데 걔네 집을 모르네.

막시민은 마을로 내려가 강가의 빨래터를 찾아갔다. 그런 소식을 알 법한 아주머니들이 여럿 모여 있었지만 제법 돈 있는 집이 새로 이사 왔다는, 알아야 마땅한 소식을 아무도 몰랐다. 한 아주머니가 말했다.

"동쪽골에서 온 애 아니고?"

아, 그제야 막시민은 고모할머니 댁이라던 집이 동쪽골 가는 방향이었음을 떠올렸다. 이웃 마을이긴 해도 엊그제 이사 왔으면 여기서 소식을 모르는 것도 이상할 거 없지.

제법 먼 곳이다. 막시민은 가면 30엘소가 생기니까, 라고 자신을 설득하며 빵 한 덩이를 챙겨 출발했다. 고모할머니 댁이라던 집 쪽은 에둘러 가는 길이라 시간도 아낄 겸 바로 동쪽골로 가기로 했다. 거기가 아니면 달리 어디겠어.

하지만 초행길이라 몇 번 헤매다 보니 꼬박 세 시간이나 걸리는 길이 되고 말았다. 저녁 무렵 동쪽골 어귀로 접어드니 이미 인적이 드물었다. 사람이 보이는 대로 쫓아가 붙들고 물어봤지만 낯선 녀석이 묻는 질문이라 그런지 대답도 시원치 않았다. 그리고 막시민은 아이의 이름을 몰랐다. 그런 것도 안 묻고 뭘 했는지 이제 와서 후회해도 어쩔 수 없었다.

돌아갈 때도 헤매지 않으려면 해가 있을 때 돌아서야 한다. 허탕 친 꼴이 되자 모처럼의 휴일을 잘도 이런 일로 날렸다 싶어 부아가 치밀었지만 30엘소를 떠올리며 마음을 가라앉혔다. 나머지 30엘소를 못 받아도 이미 30엘소를 받았잖아. 걔는 본래 60엘소를 다 주려 했었어. 거절한 건 나였고. 그러니 마저 못 받게 됐다고 억울해하는 건 앞뒤가 안 맞아.

그렇게 끝내려 했지만 주머니에는 여전히 목걸이가 있었다. 울상을 짓던 아이의 얼굴이 마음에 걸렸다. 그래, 이렇게 된 거 고모할머니 댁이라는 집에 목걸이를 맡기도록 하자. 곧

잘 놀러오는 모양이니까 나중에라도 전해지겠지.

가는 동안 해가 꼴딱 져버리자 낮에는 뛰어갔던 길도 되짚어 가기가 쉽지 않았다. 완전히 캄캄해진 뒤에야 간신히 그 집 앞에 다다른 막시민은 지친 것은 둘째 치고 뭔가 이상한 기분이 들었다. 아무데도 불빛이 없었다. 여기 사람 사는 거 맞아?

한 바퀴 빙 돌다보니 문이 보였다. 문짝에 붙은 새 모양 노크 고리를 쥐고 두들겼지만 아무도 대답하지 않았다.

"여기 아무도 안 계세요!"

열 번쯤 외치고 나서 막시민은 발길을 돌렸다. 고모할머니네가 단체로 이웃 잔치에라도 갔든가, 모조리 아파서 내다볼 사람도 없든가, 하필 오늘 아침에 이사를 갔든가…… 본래 아무도 안 사는 집이든가.

집으로 돌아오며 막시민은 주머니 속 목걸이가 괜히 거슬렸다. 남의 물건을 훔치기라도 한 것처럼 마음이 편치 않았다. 왜지. 이대로라면 이 목걸이는 막시민 건데. 가늘긴 해도 금세공품이니까 전당포에서 못해도 100엘소는 쳐줄 것이다. 남의 눈이 신경쓰이면 좀 떨어진 소도시까지 가서 맡기면 된다. 혹시 나중에 다시 그 애를 만났는데 마음이 켕겨서 도저히 안 되겠으면 전당포 주소라도 알려주면 되지 뭐.

이만하면 갖다주려는 노력은 할 만큼 했다.

집으로 돌아와 자려고 누웠지만 둘째 일마가 좁다란 닭장을 지어놓고 키우는 닭들이 자리다툼을 벌이는 바람에 초저녁잠을 설치고 나자 덮어두려 했던 의문이 선명해졌다. 아이는 어디서 와서 어디로 사라진 걸까. 우리 마을에도, 동쪽골에도 그런 애가 없고 고모할머니 댁이라고 한 집은 빈집이었다면 그런 애가 정말로 있긴 했던 걸까. 혹시 혼자 꿈이라도 꿨던 건 아닐까. 그러면 이 목걸이는 뭐야. 풀 베다가 우연히 횡재한 것뿐이야?

그렇다 쳐도 이런 꿈은 왜 꾸었단 말인가. 누가 불쑥 나타나서 도와달라고 하는 상황이 간절했어? 왜? 동네에서 제일 대책 없는 가난뱅이인 주제에. 언제 사람들이 네 도움 같은 걸 기대했다고. 그런 일이라고는 일생 한 번도…… 한 번밖에 없었는데.

어쩌면 그게 문제였을 것이다. 그냥 지나쳐도 되는데, 괜히 마음에 걸려서 다시 들여다봤다가 남의 인생에 심하게 개입해버렸던 기억이 그를 망쳐놨는지도 모른다. 이 시시한 세상에 존재하는 줄도 몰랐던, 천국에나 있는 줄 알았던 반짝이는 사람들과 웃고 떠들고 친구 노릇을 했다. 그들은 모든 걸 가진 주제에 너그럽기까지 해서 시골 거지 꼬맹이에게 쓸데없는 착각도 안겨주었다. 그들이 하는 말은 어찌나 천사의 언어 같았는지 듣고 있으면 이 세상에도 찾을 만한, 손에 넣을 만한, 근사하고 아름다운 것들이 널려 있어서 그의 손에도 하나쯤 굴러들어올 듯했다.

착각은 이 년 뒤 끝났다. 그들이 떠나자 갑자기 세상은 열 배의 중력을 가진 듯 막시민을 내리눌렀다. 숨을 쉬고 걷는 것조차 힘들어서 공기 속에서 허우적거리며 그는 생각했다. 차라리 몰랐다면 나았을걸. 이 무거운 세상에서 새처럼 가볍게 날아다니는 사람들의 존재를. 그랬다면 발을 잡아당기는 이 진창의 무게를 몰랐을걸. 하지만 차마 그들을 미워하지는 못했다. 중력이란 말도 그들 덕택에 알았으니까. 그리고 그 여름은 꽤 괜찮았다…….

밤이라 그런가 한심한 생각이 꼬리를 물고 일어났다. 자신은 그런 요행을 또 찾고 있었던 것이다. 단맛을 못 잊은 개미처럼 아무데나 기웃댄 것이다. 누구든 도와줘서, 그런 식으로 쓸모 있어져서, 제 인생을 바꾸고 싶었던 것이다. 조금이라도, 어떤 쪽으로든, 이 모습만 아니라면. 결국 그 여름으로부터 벗어나지 못했기 때문에.

그런 일은 다시 일어나지 않는다는 걸 받아들일 때가 됐다.

새벽녘에야 잠이 든 막시민은 일마가 예닐곱 번쯤 걷어차 깨워줘서야 겨우 일어났다. 세수도 하는 둥 마는 둥, 반쯤 감긴 눈으로 집을 나서서 걷고 있는데 저만치 풍차 언덕이 보였다. 여전히 우아하고 약간은 괴상한 모습으로 돌고 있다. 그 아래로 자기가 풀을 베어낸 자국이 보였다. 저도 모르게 헛웃음이 나왔다. 천진난만한 놈 같으니. 네 인생을 누가 바꿔준다고. 인생을 바꾸고 싶으면 필경사가 망쳐서 버린 종이에 글씨 연습이나 해.

"야!"

뒤에서 누군가가 부른다. 막시민은 흠칫했지만 바로 돌아보지 않았다. 댓바람부터 웬 귀신이야.

"야! 잠깐만! 거기 서봐!"

"……."

아직 잠이 덜 깼나. 깼든 아니든 이런 꿈은 그만 꾸기로 했는데.

"가지 마!"

막시민은 몇 걸음 더 걸어갔다. 그러면서 생각했다. 다시는 돌아오지 않는다고 생각했지만 돌아오는 것도 있는 건가.

결국 아이는 막시민을 뛰어서 앞질렀다. 앞을 막아서고는 헉헉대며 빠르게 말했다.

"너 나 찾았다며? 근데 내 이름도 몰랐다며? 근데…… 나도 네 이름 모르더라. 아 뭐야, 비웃으려다가 피차일반 되고."

별로 웃긴 일도 아닌데 아이는 허리를 꺾어가며 킥킥 웃어댔다. 막시민은 그 모습을 물끄러미 보고 있다가 주머니에서 목걸이를 꺼내 내밀었다.

"자."

아이는 그럴 줄 알았다는 것처럼 놀라는 기색도 없었다. 대신 명쾌하게 말했다.

"고마워! 여기 네 은화도 받아!"

막시민은 은화를 받아들고 불퉁스럽게 말했다.

"엄청 당연한 것처럼 받아 가네. 찾느라 힘들었는데."

"어제 나 찾으러 다녔다며. 그래서 아, 목걸이를 찾아냈구나 싶었지. 그 얘기 처음 들었을 때 이미 신났지. 지금은 널 찾아서 신났고."

춤이라도 출 것처럼 몸이 들썩들썩하는 것이 아이는 진짜로 신나 보였다. 아마 목걸이를 되찾아서겠지만. 그걸 보고 있자니 막시민도 기분이 나쁘지 않았다. 어쨌든 돈도 벌었고.

"그래서 너 이름 뭔데?"

"이스핀. 너는?"

"막시민."

막시민이 다시 걷기 시작하자 이스핀은 그 옆에서 나란히 걸었다. 계속 따라올 기세여서 막시민이 물었다.

"넌 어디 가냐?"

"너 따라서 산책 가려고."

"넌 산책을 읍내까지 가냐."

"갈 수도 있지 뭘. 읍내에 시장은 열렸나?"

목초지 사이로 난 좁다란 길이라 나란히 걷자니 둘 다 옆구리로 풀을 쓸며 걷는 꼴이었다. 비죽 튀어나온 풀대와 꽃대가 팔을 스치고 녹색 벌레들이 펄쩍펄쩍 뛰어오른다. 언덕에서 바람이 달려 내려온다. 한달음에 어디든 닿을 것처럼. 읍내까지든, 그 어디까지든. 이스핀은 팔을 뻗어 블루세이지를 한 줄기 꺾더니 제 모자에 화관처럼 둘러보려 애를 쓴다. 하지만 꽃대가 너무 짧다. 막시민은 걸으면서 무심코 다른 꽃대가 없나 주위를 두리번거렸다.

넌 어디서 자꾸 불쑥불쑥 나타나느냐고, 대체 어디에 사는 거냐고, 고모할머니 댁에는 사람이 살긴 하느냐고 물어야 했겠지만 지금은 귀찮았다. 별로 중요한 문제도 아닌 것 같았다. 어차피 영원한 것도 없는데, 그냥 잠시 걸을 수도 있지.

그래도 좀더 길었더라면 좋았을까.

풍차 언덕을 벗어나 갈림길이 나오자 이스핀이 멈추어 서더니 어쩐지 맥빠진 어조로 말했다.

"아, 해야 되는 일이 생각났다. 깜빡했네. 그럼 다음에 또 봐."

말없이 걷던 막시민도 멈춰 섰다. 이스핀은 처음처럼 웃어 보이더니 옆길로 접어들어 손을 흔들며 천천히 뒷걸음질쳤다. 막시민은 그냥 쳐다보고 있었다. 또 보자는 말 같은 건 별 의미가 없던데. 몇 번이나 다짐하고 약속해도 안 돌아오던데.

바람이 느려졌다. 중력이 돌아온다. 이스핀의 걸음도 어쩐지 느린 것 같다. 너도 중력의 영향 같은 거 받냐. 나처럼 흙에 붙은 녀석만 잡아당기는 줄 알았는데. 너도 별들처럼 떨어지지 않는 종류인 줄 알았는데.

길이 꺾어지며 이스핀의 모습이 사라졌다. 막시민은 멍하니 서서 이 상황을 받아들이려 애쓰고 있다가 불쑥 허공에 대고 물었다.

"진짜 또 오냐?"

그러자 별로 멀지도 않은 풀 틈에서 이스핀이 머리를 불쑥 내미는 게 아닌가.

"사실은 못 와."

막시민은 갑자기 발끈해서 내뱉었다.

"못 오면서 왜 또 보자고 한 거야? 이게 숨바꼭질이야? 남이 찾아 헤매는 꼴이 재밌냐?"

"하지만 언젠가 또 보게 될지도 모르고……."

"그런 쓸데없는 소리가 어딨냐?"

이스핀이 풀숲에서 걸어나와 막시민을 향해 섰다. 길이라기보다 밟다 보니 난 자국에 가까운 샛길이 둘이 선 곳을 잇고 있었다.

"그래, 알아. 하지만 우린 또 만날 이유가 없어. 넌 내 목걸이를 고맙게도 찾아줬고, 그래서 용건은 끝이 난 거야. 우리에게 다음이란 어디선가, 언젠가, 우연히 마주치는 것뿐이야."

듣고 있는데 이상한 기분이 들었다. 뭔가가 자신에게 속삭여왔다. 너는 이미 이스핀과 헤어졌다고. 그리고 떠난 쪽은 이스핀이 아니라 너라고.

이스핀이 올 수 없는 건 당연하다. 오고 싶어도 막시민이 어디에 있는지 찾을 수가 없을 테니까. 눈앞에서 매정하게 말하고 있는 이스핀은 막시민의 머릿속에 든 존재일 뿐이다.

잘된 일일까? 이스핀은 똑똑하고 야무지니까 혼자서도 잘 해낼 것이다. 아니, 잘 해내지 못하더라도 막시민이 꼭 끼어들 필요는 없다. 남의 인생이니까. 제멋대로 남의 인생을 주무르려 들지 마. 그것도 일종의 자아도취지. 너만이 해줄 수 있는 일, 그런 건 없어.

막시민은 고개를 저으며 돌아서려 했다. 그러자 그때까지 막시민을 빤히 보고 있던 이스핀이 희미하게 웃더니 말했다.

"언제까지나 계속되는 진심 같은 건 없잖아."

난 너와 잘 지내고 싶어. 너무 깊이 파헤치지만 않으면.

친구라니, 하긴 참 사치스러운 거지.

탐정께서는 의뢰받은 사건만 해결해주고 깔끔하게 사라지면 된단 말이야.

이제 그만해. 거기서 멈춰.

황혼녘 거리에서 마주섰을 때, 카페에 마주앉았을 때, 수

렁으로 들어오지 말라던 이스핀을 향해 자신은 무어라 했던 가. 왜 그런 말을 했던가. 남의 인생에 개입한 걸 그토록 후회 했으면서 왜 또다시 시작하려 했지? 그 순간 그런 말을 했던 자신은 그전의 자신과 다른 사람이었단 말인가?

"잠깐만."

불러 세운다. 하지만 이스핀은 그대로 풀숲 속으로 걸어 들어갔다. 막시민은 흐릿한 샛길을 한달음에 달려가 풀숲을 헤쳤지만 처음부터 없었던 것처럼 주위에는 아무도 없었다. 대꾸하지 못하게 된 막시민은 답답해진 나머지 내뱉었다.

"그런 거 있거든?"

고작 한 달 남짓이니 이스핀에게 자신이 그런 사람이었다고 말할 순 없지만 적어도 그런 걸 받아봤다고 믿었다. 그러니 세상 어딘가에는 존재한다고 말해주고 싶었다. 찾아보라고, 찾을 수 있을 거라고. 그런데 그런 말을 하던 자신은 주변 사람들의 도움을 어떻게 봤던가. 건방진 참견을 참아줬을 뿐이라고, 파수꾼이 필요했을 뿐이라고, 자격도 없는데 받게 된 상이라고. 남이라고, 남이 준 거라고.

그제야 깨닫는다. 자신이 뭐라고 이스핀의 인생에 멋대로 개입했겠는가. 얼마나 대단한 자라고 남의 인생을 구원하려 들었겠는가. 상대는 대지나 바위가 아닌 인간이며 자신 또한 햇볕이나 빗물이 아닌 인간이다. 인간과 인간의 만남에서 한

쪽만 구원하고, 구원받는 일이 있을까?

자신이 남의 인생으로 한 발짝 걸어 들어가면 상대도 내 인생에 한 발짝 걸어 들어온다. 각자의 음영이 겹치며 새로운 색이 나타난다. 누구도 누군가를 일방적으로 구원할 수 없다. 남의 인생에 개입한 것이 실수였다고, 자만심이었다고, 착각이었다고, 후회하고 자책했던 자신은 자연스럽게 겹칠 음영을 겁내고 있었고…….

이런 곳이니까 처음으로 솔직히 말해본다. 친구에게, 네 음영이 너무 짙어서 난 무서웠다고.

겹쳐졌다가 내 쪽만 변해버릴 것 같아서, 네 삶에 소품처럼 포함되어 버릴까 봐, 그래서 벼랑으로 떨어지려는 너를 잡아 끌어당기자마자 황급히 손을 놓았다. 그런 선택에 지금도 유감은 없다. 이번에도 또 그럴지 모르지. 멍청이처럼 같은 노력을 하고 같은 후회를 하게 될지도 모른다.

하지만 이 세상에 겹쳐서 조금도 변하지 않는 색이란 없다면, 고스란히 두 번 반복되는 일이란 없다면, 그때도, 지금도, 내게도 무슨 일인가 벌어지고 있다면. 나는…… 이번에는 이 사건을 해결하게 될지도 몰라.

막시민은 이스핀이 서 있던 자리로 돌아왔다. 주변을 죽 둘러보고 나서 언덕 쪽을 올려다보며 말했다.

“난 맘먹으면 너 금방 찾아. 내가 탐정이 되기로 한 거 잊

었냐."

바람이 잤다. 잠시 후 풍차도 멎었다.

캐러멜라이즈

얼마나 길었는지 모른다. 얼마나 많은 것을 보았는지도 모른다. 불쾌하기도 하고 우스꽝스럽기도 한 꿈들이었다. 막시민이 한때 겪었던 온갖 일들과 온갖 사람들이 나타났다. 때로는 조금씩 변주되며 반복되었다. 수많은 일들이 제멋대로 결론이 났지만 어떤 일들은 네가 결론을 내라는 것처럼 막시민을 빤히 보고 있었다.

마지막 꿈에서 막시민은 네냐플로 돌아가 있었다. 하긴, 여기가 나오지 않으면 말이 안 되겠지.

더위가 시작된 오후였다. 역사학 담당인 휴 그레이플스 교수는 우스꽝스러울 정도로 짧은 앞머리와 아무것도 단언하지 않는 조심스러운 말투, 그리고 매미 소리를 싫어하여 여름에 창을 닫는 것으로 악명이 높았다. 그날도 몇 명이 덥다고 불평하자 그레이플스 교수는 바람 마법을 일으켜 강의실 안을 맴돌도록 해주고 다른 교수한테는 말하지 말라고 조그맣게 웅얼거렸다. 아마 목소리가 너무 작아서 매미와 목청 다툼을 벌이기가 싫었던 것 같다.

그렇듯 상냥한 교수였지만, 어느 학생의 입에서 "아노마라드의 위대한 역사"라는 말이 튀어나오자 보인 반응은 달랐다. 얇은 입술에 한껏 비웃음을 머금은 채로 그레이플스 교수가 말했다.

"저런, 그걸 아직까지 믿고 있었어. 자, 신입생 여러분. 지금까지 알았던 세계의 역사는 그만 잊어버리세요. 일껏 네냐플까지 왔잖아. 낙제할 땐 낙제하더라도 진실 몇 조각쯤은 알고 가야지."

이리하여 낙제를 예약해둔 막시민의 귓구멍에도 어처구니없는 진실이라는 것이 약간 들어가게 됐다. 가나폴리 이후의 세계란 얕은 흙에서 자란 꼬불꼬불한 이끼 같은 존재다. 어떻게든 자라보겠다고 잔뿌리를 어지럽게 뻗었지만 곧 단단한 돌바닥에 닿고 만다. 돌바닥이란 실은 지붕인데, 지붕 밑에는 오늘날의 상상력으로 떠올리기도 힘든 찬란한 문명이 잠들어 있지만 조금도 비집고 들어갈 순 없다. 왜냐하면 출입이 금지되었으므로.

위대한 왕국의 시체에서 양분을 빨아들이지 못했기에 이 세계는 빈약하기 짝이 없고 폭풍이라도 불면 필연적으로 쓸려갈 수밖에 없다. 그렇게 연약하다. 마치 황야를 뚫고 걸어가야 하는 녹색 비단신처럼.

모든 학생들이 어리둥절해했다. 누군가가 물었다. 가나폴리가 멸망하고도 그럭저럭 천 년이 아닌가요?

"천 년이 길어 보입니까? 가나폴리의 멸망 이후 황폐한 시기가 있었고, 또 소국이 난립한 혼란기가 있었지요. 왕국들이 왕국이라도 불러도 좋을 모습을 갖추기까지 삼백 년은 걸렸어요. 아노마라드력이 992년이나 되니까 엄청 오래된 것 같지요? '켈티카 왕국'의 역사를 합쳐놔서 그런 것뿐입니다. 요즘 기준으로는 왕국이라고 부르기가 부끄러운 규모였지만요. 아노마라드의 진짜 역사는 리샤르 1세와 초대 아르님 공작이 힘을 합쳐 왕국 아노마라드를 세운 해, 아노마라드력 341년부터 세어야죠. 한 왕국의 역사치고는 긴가요? 하지만 세계의 나이라고 생각하면 어떨까요?"

천 년보다 더 전으로 거슬러 올라가면 정식으로 기록된 역사가 없다고 했다. 입에서 입으로 전해지는 이야기들, 그런 것들의 채록본, 다른 용도로 쓴 책에 끼어 있는 조각난 사료들, 그런 게 전부다. 직접 연구를 해보려 해도 모든 유물과 유적이 필멸의 땅이라는 접근 불가 지역에 있으니 고작 변경에서 나온 부스러기나 암시장에서 사들여 뜯어보는 처지다. 다시 말하지만 이 세계는 얕은 흙에 서 있다.

반면 만 년쯤은 되리라는 가나폴리의 역사는 언제, 어떻게 시작됐는지조차 모른다. 그러니 세상 곳곳에 정체 모를 비밀들이 많을 수밖에 없다. 모두가 마법사였다는 가나폴리 사람들이 수천 년 동안 이 대륙에 무슨 짓을 해놓았는지 오늘날의 멍청이들은 이해할 능력이 없으니까.

뭔가를 아는 듯한 마법사들은 중요한 기록을 감추고 사람들에게 진실을 말해주지 않았다. 깊은 공부를 하지 않은 자들이 부분적 지식만 가지고 가나폴리의 역사를 파헤치게 놔둘 생각이 없었다. 왜 평범한 사람들이 역사를 배워서 미래에 대한 교훈을 얻으면 안 되느냐고?

위험하니까.

무심코 건드렸다가 끔찍한 결과를 초래하는 비밀들이 아무 곳에나 묻혀 있고, 심지어 탐욕스러운 자의 손에 들어가면 안 될 위험천만한 지식들조차 고작 먼지 한 겹을 들쓰고 반쯤 드러나 있으니까.

평범한 사람들의 일원이던 막시민이 네냐플에서 이 년을 보내지 않았더라면 이런 점을 이해하기는커녕 상상해보는 일도 없었을 것이다. 네냐플쯤은 온 사람들이나 알 수 있는 특권적 비밀이랄까.

"그러니까 가나폴리는 멸망했지만 사라진 게 아니에요. 이 대륙에서 우쭐대며 살아가는 온갖 인간, 왕과 귀족과 평민과 마법사 모두는 아궁이 뚜껑에 먼지가 좀 쌓였다고 그 위에 농사도 짓고, 성도 쌓고, 전쟁도 벌이는 중입니다. 뚜껑 밑에 재만 쌓여 있는지, 또는 용암 같은 비밀이 끓고 있는지도 모르면서……."

막시민은 문득 정신을 차렸다. 네냐플은 문을 닫지 않았던가. 이건 재작년의 일인데. 이런 게 왜 되풀이되고 있지? 여긴 어디지?

그러자 그레이플스 교수의 목소리가 스르르 사라졌다. 대신 다른 소리가 들려오기 시작했다. 사각사각, 또각또각.

눈앞에 장미나무로 만든 날씬한 책상이 나타났다. 책상 너머에 한 사람이 앉아 펜으로 무언가를 휘갈겨 적고 있었다. 커다란 천을 둘둘 감아 만든 희한한 옷을 입은 그자는 막시민을 본 체도 하지 않았다.

책이 가득 꽂힌 책장과 은색과 청록색이 섞인 양탄자, 창밖으로 해가 붉은 너울을 드리운 숲, 그리고 좌우에 솟아 시야를 가리는 판자가 있었다. 막시민은 오른쪽을 보고, 왼쪽을 보고, 한 발짝 걸어나온 다음 뒤를 돌아봤다. 이건 뭐야. 관처럼 생겼네.

남자가 쓰던 것을 마무리하고 펜을 꽂더니 막시민을 보았다.

"막시민 리프크네. 대기 종료. 저 문으로 들어가시오."

무슨 소리인지……. 아니, 무슨 소리인지는 명확했지만 막시민이 처한 상황은 조금도 설명해주지 않는 지시였다. 조금 전까지 네냐플 강의실에 앉아 있다가 갑자기 벽에 기대어놓은 관에서 걸어 나온 막시민은 모든 것이 헷갈렸다. 그래서 남자가 가리킨 문을 흘끔 본 다음 다시 남자를 봤다.

"그런데 누구시죠?"

남자는 대꾸하지 않고 다시 문을 가리켰다.

"여기는 어디죠?"

"……."

"오늘은 며칠이죠? 지금 몇 시죠? 대기란 무슨 뜻이죠?"

"……."

말이 통하게 생겨서 말이 안 통하는 상대만큼 막시민을 조바심 나게 하는 것도 없었다. 방금 공용어로 말해놓고 갑자기 귓구멍이 막혔다는 건 아니겠지.

"설명하기가 귀찮으신가요? 전 집에 가고 싶은데 그럼 역마차 타는 곳이라도 알려주시겠습니까? 켈티카행……."

말하다 말고 기억 몇 조각이 수면 위로 떠올랐다. 켈티카…… 그렇다. 자신은 심볼리온에 수배되는 바람에 네냐플을 떠나 켈티카로 도망쳤다. 그러다가 회색 코트 입은 남자에게 납치됐었지. 그럼 여기는 심볼리온 소굴인가? 회색 코트는 어딜 갔지?

막시민은 의심쩍은 눈초리로 남자를 쏘아봤다. 이자도 심볼리온인가?

"갑자기 이런 말씀 좀 그렇습니다만 심볼리온이라고 들어 보셨습니까? 거기서 사람을 멋대로 잡아가서 썰어다가 마법 재료로 만든다던데 이대로 괜찮은 걸까요?"

둘의 눈이 마주쳤다. 막시민은 상대가 '별 헛소리를 다 하네'라고 생각하는 걸 알아차렸다. 역시 말이 의사소통 방식의 전부는 아니다.

"그래서 하는 말씀인데 혹시 창밖으로 뛰어내려 도망치면 어떨지 의견 있으신지?"

"……."

드디어 반응이 있었다. 인상을 찌푸린 남자가 벌떡 일어나더니 막시민 뒤쪽으로 가서 문을 열고 누군가에게 신호했다. 막시민은 그 틈을 타 재빨리 창가로 성큼성큼 갔다. 다짜고짜 창턱에 오른쪽 다리를 걸치고 보는데 어느새 달려온 남자가 막시민의 왼쪽 다리를 움켜잡았다.

"이런 놈이니까 지명수배 같은 걸 당하는 거군."

그자는 막시민을 안쪽으로 끌어당기려 했지만 그때 마침 막시민은 뒤늦게 여기가 몇 층인지는 알아야 할 것 같아 바깥쪽으로 고개를 내밀던 참이었다. 그자가 반대쪽 다리를 잡아 올리는 바람에 균형이 무너진 막시민은 창턱에서 발레 비슷한 걸 하는 자세가 됐다. 그리고 인간의 구조상 무게중심이 바깥쪽에 있었으므로 그자는 사실상 제 손으로 막시민을 창밖으로 떠넘긴 셈이 되었다. 그야 머리와 오른쪽 다리가 창틀 너머로 넘어가 있었기 때문이다.

"어…… 어!"

사람이 너무 놀라면 마법을 쓸 생각도 못 하는 것인지 아니면 이자는 마법사가 아닌 것인지, 그는 비명을 지르며 막시민의 왼쪽 다리를 껴안았다. 그자에게 다리 한쪽만 붙들려 거꾸로 매달린 꼴이 된 막시민도 본능적으로 아래로 늘어진 상대의 옷자락을 움켜잡았다. 그런데 그놈의 옷이 만들다 말았는지 뭔가가 투둑 끊기는 소리와 함께 술술 벗겨지기 시작했다. 단지 과묵함에 항의하려다가 대낮에 엉뚱한 남자의 옷을 벗기게 된 막시민은 놀라 이렇게 외칠 수밖에 없었다.

"지금 뭘 하자는 거냐고 이 심볼……!"

이 모두가 마주친 지 삼 분도 안 되어 벌어진 일이다. 그 잠깐 사이에 둘은 할 수만 있다면 상대를 뻥 차버리거나 창밖으로 던져버리고 싶었지만 차마 그럴 수 없다보니 엉성하게 뒤엉켜서 멀어지려 애쓰고 있었다. 남자는 이 지명수배자 놈은 왜 무엇 하나 그냥 넘어가는 법이 없는지 알고 싶었고 막시민은 상의가 벗겨진 이 남자가 아래쪽 속옷은 입었는지 간절히 알고 싶었다. 아니라면 이제 그만 옷깃을 놔줘야 할 것 같았기 때문이다.

그때 누군가가 달려와 소리쳤다.

"아니, 튀오스! 거기서 뭘 해요?"

"뭘 하겠어요! 봤으면 좀……."

드디어 누군가가 마법 비슷한 것을 사용하는 것 같았다. 옷이 벗겨지는 중이던 남자는 창문에서 세 걸음 떨어진 곳으로 이동되었다. 그자는 남자가 창밖에서 괴한의 습격이라도 받았다고 판단한 듯했다. 그 결과 혼자 남겨진 막시민은 옷깃을 쥔 채로, 떨어졌다. 방안에 남겨진 남자의 속옷 착용 여부는 이제 몰라도 될 듯했다.

"으악!"

그리고 뭔가에 부딪쳤다.

그건 돌바닥도, 수풀도, 똥물이 고인 해자 바닥도 아니었다. 막시민이 떨어진 곳은 둥그렇고 푹신한…… 아니 푹신하다기보다 물렁하다고 해야 할 뭔가의 위였다. 크기는 대략 일인용 안락의자 정도인데 실은 물렁하다는 것도 정확한 표현은 아니고, 일종의 녹은 치즈 덩어리처럼 막시민의 몸에 휘감기며 들러붙더니 그의 몸을 구속해버렸다.

"어, 이게……."

몇 번 몸부림을 쳐봤지만 쉽사리 떨어질 분위기가 아니었다. 오히려 점점 더 들러붙어 움직일 수 있는 것은 고개, 발목, 손목 같은 곳밖에 남지 않았다. 고개를 쳐들고 보니 장소도 막시민이 내다봤던 들판인지 숲인지 모를 야외가 아니었다. 실내였다. 그것도 대형 홀이었다.

높다란 천장에 수백 년 된 성에나 있을 법한 정교한 패턴의 금빛 부조가 새겨져 있었다. 꽃 속에 별이, 별 속에 또 다른 별이 들어 있고 그런 모양이 끝없이 반복되고 있다. 수십 개나 되는 긴 창문들은 모조리 다마스크 커튼으로 가려졌다. 바닥에는 금색 무늬가 든 푸른 양탄자가 깔렸다. 각각 다르게 생긴 샹들리에가 다섯 개, 그 아래 서른 명쯤 둘러앉을 만한 긴 테이블이 놓여 있었다. 역시 예스러운 부조를 새긴 육중한 물건이다. 모든 것이 그랑도프 호텔의 세련됨과는 또 다른, 엄숙하고 장중한 분위기를 풍겼다.

막시민은 생각했다. 심볼리온인지 뭔지, 꽤 부자였네.

테이블 맨 끝까지 놓인 의자들은 사람들로 가득 찼다. 숫자는 대략 마흔 명쯤, 즉 정원을 열 명쯤 초과한 상태였다. 그들 모두는 막시민을 빤히 보고 있었는데 그야 갑자기 나타난 녀석이 이상하게 생긴 쿠션인지 캐러멜인지를 타고 앉아 있어서가 아닐까. 창밖으로 떨어졌는데 어쩌자고 이런 곳에 온 걸까. 이런 일이 처음은 아니지만 자꾸 겪는다고 익숙해지는 것은 아닌데.

그때 사람들 틈에 아는 얼굴이 보였다. 레오멘티스 교수다.

평소라면 어디서든 마주치고 싶지 않겠지만 지난번 보라색 방에서 봤던 날 인상이 달라지기도 했고, 무엇보다 이런 부담스러운 장소에서 만나니까 상당히 반가웠다. 달려가서 '혹시 허드렛일할 연구생 한 명 안 필요하세요?'라고 물어본 다음 뒤따라 네냐플로 가고 싶을 정도로…….

그런데 그걸 표현해도 되는지 헷갈렸다. 레오멘티스 교수도 막시민을 보고 있긴 했는데 시선이 묘했다. 막시민 너머의 뭔가를, 아주 크거나 높다란 것을 쳐다보고 있는 듯했다. 심지어 아주 별로인 기분으로. 함부로 말을 걸면 안 될 것 같은 분위기를 느낀 막시민은 때마침 학생의 예의라는 것을 떠올리고 말했다.

"안녕하신가요?"

그런 다음 주위를 둘러봤다. 테이블에 둘러앉은 모든 인간이 막시민을 보고 있었으므로 인사는 편리하게 마무리되었다. 저만치 킨 교수가 보인다. 로렐딘 교수는 그 맞은편에 앉아 있다. 호이오크 교수는 테이블 끄트머리에 반쯤 숨다시피 앉아 있다. 교수들을 보자 마음이 크게 놓였지만 동시에 겸연쩍기도 했다. 그렇게 신경써서 도망시켜줬는데 결국 붙잡혀 오다니.

그런데 다른 사람들은 누굴까? 이게 다 심볼리온?

그렇게 생각하기에는 쓸데없이 많은 인간들이었다. 막시민이 보물을 한 자루 짊어지고 도망친 것도 아닌데 그놈한테 벌을 주겠다고 이 많은 사람들이 모이다니, 미꾸라지 한 마리를 요리해 먹겠다고 마흔 명이나 포크를 들고 몰려든 거냐고.

사람들은 곧 저들끼리 쑥덕거리기 시작했다. 사람을 봐놓고 여기가 어디고 뭘 하려 한다는 최소한의 소개를 해주는 사람이 한 명도 없다. 모든 좌석이 평등한 형태라 저 가운데 의장은 누군지, 누굴 붙들고 호소해야 할지, 그런 것도 알 길이 없었다. 막시민은 아무나 붙들고 질문을 퍼부으려다가 그래도 교수들한테 무슨 생각이 있지 않을까 하는 모범생 같은 생각이 떠올라 좀 기다려보기로 했다. 그 와중에 주변을 관찰해보니 저 음지에 방치된 식물처럼 햇빛과 운동이 부족해 보이는 자들은 마법사가 맞겠는데 제복을 입은 자들은 군인인가? 심볼리온에 군인도 소속되어 있던가? 렘므 마법사들은 군인이랬던가? 그중 한 명이 아직도 막시민을 보고 있어서 자꾸 눈이 마주치는데 이런 꼴을 당하는 녀석의 뒷덜미에 붙어 있을 법한 멍청이 라벨을 찾고 있는 걸까?

그때 귓가에 목소리가 들려왔다.

「막시민 리프크네. 정신 차리고 잘 들어. 지금 '누구세요'라고 묻고 싶지? 그러지 말고 그냥 듣기만 해.」

"아……."

막시민은 어리둥절한 표정으로 눈알을 굴렸지만 막시민에게 말을 거는 사람은 보이지 않았다.

「왜인지 알겠지? 네가 대꾸를 하면 너한테 누가 마법으로 목소리를 보내고 있다는 게 들통나잖아. 아참, 난 잉그릿 캐틀이야. 네가 기억할지는 모르겠다만.」

물론 기억이 나지 않았지만 다행히도 대답할 필요는 없었다. 막시민을 알고 있고, 다짜고짜 이래라저래라 하는 말투로 보아 네냐플 조교 중 하나라는 것까지는 파악했다.

「아까 튀오스가 안내한 문으로 들어갔으면 거기서 설명을 들었을 텐데, 사람 말을 안 듣고 꼭 이렇게 다급하게 만들어야 했니? 누가 이쪽으로 가보세요, 하면 저쪽으로 도망가고 보는 것도 병이지 뭐니.」

그야 인간이 자꾸 쫓기다 보면 어쩔 수 없이 갖게 되는 버릇이 아닐까. 튀오스인지 하는 친구는 신뢰 가는 인상을 위해 속옷부터 입을 필요가 있겠고.

「하여간 그런 사정은 됐고 용건 얘기를 할게. 여긴 심볼리온의 사건조사심의회라는 곳이야. 넌 피의자 상태고, 심의회에서는 네가 무슨 잘못을 했기에 네냐플이 폐쇄에 이르게 되었는지 조사할 작정이야. 물론 심의회의 조사관들도 킵더스트와 프시키의 먼지가 합쳐지는 바람에 메타모르포시가 발생했다는 것까지는 대략 짐작하고 있겠지. 너야 그 둘 다 만들어낸 적이 없고 단지 그것들을 섞는, 뭐 국자 같은 역할을 했을 뿐이지만.」

이젠 낙제생도 퇴학 후보생도 아니고 국자가 되어서 그런가 막시민은 잉그릿의 이야기가 잘 이해되지 않았다. 방금 전까지 그랑도프 호텔에 있었는데, 순간 이동을 하자마자 다짜고짜 심의회가 열렸다니 이게 무슨 소리인가.

그리고 메타모르포시가 뭔지는 막시민이 오히려 몰랐다. 지금까지 모르게 될 줄은 막시민도 예상 못 했지만. 네냐플의 울타리 밖으로 나가보니 이런 걸 물어볼 만한 사람은 어디에도 없었다.

「그렇지만 이 작자들은 무조건 네냐플 문짝을 부수고 쳐들어가 조사하고 싶기 때문에 그러기로 결정이 날 때까지 널 놔줄 생각이 없어. 다시 말해 넌 인질이지. 얼마나 가치 있는 인질인가 하는 점은 내가 가늠하지 못하겠다만 하여간 아직은 네냐플 학생이고, 그런 너를 '첨탑' 같은 감옥에 처넣으려고 하면 우리가 달갑지가 않잖아?」

잉그릿은 자기가 하는 말에 그리 동의하는 것 같지 않았지만 하여튼 네냐플 전체의 견해는 그렇다는 뜻이리라. 보라색 방에서 만났던 교수들의 뜻이 그랬듯이.

「그런 이유로 교수님들께서는 여기 오기 전에 인질을 구조

할 방법에 대해 심도 깊은 논의를 거쳐 결론을 내렸어. 네가 할 일도 정했지. 두 가지밖에 없으니까 잘 들어. 첫 번째가 뭐냐면, 네냐플을 떠나 켈티카에 있는 동안 넌 온갖 일을 겪었겠지? 그래서 뭔가를 알게 됐겠지?」

그야 물론이다. 네냐플 교수들이 꼭 알아야만 할 것 같은 문제를 듬뿍 알게 됐고말고.

막시민은 비록 심볼리온에 끌려왔지만 이렇게 된 김에 모처럼 한자리에 모여주신 마법사들에게 이스핀이 하고 있는 일들, 특히 아이언페이스와 관련된 부분을 밝히고 해결을 촉구할 작정이었다. 사백 년이나 살아온 인간인지 프시키인지 모를 존재라 해도 이 테이블에 둘러앉은 각국 최고의 마법사들이 힘을 합친다면 대충 소풍 후 여흥거리 정도가 아닐까? 이스핀은 사람을 좀 못 믿는 것 같지만, 물론 자신도 별로 믿진 않는다만, 그래도 네냐플 교수들은 대충 도덕심이 있는 듯했고……. 물론 그러는 과정에서 막시민이 저질렀다고 저들이 오해하고 있는 일 정도는 자연스럽게 해결되지 않을까 싶었고.

그때 잉그릿의 목소리가 이어졌다.

「그중 어떤 것도 말해선 안 돼.」

"무슨 말도 안 되는……."

막시민은 당황한 나머지 그만 대꾸를 뱉고 말았는데 그러자 마법사들의 눈알이 굴러가는 것이 보였다. 막시민은 급히 이어 말했다.

"……물질로 만들었기에 일어날 수가 없는 거야?"

그사이, 심의회는 시작되어 있었다. 막시민이 잉그릿이 보내오는 목소리에 귀를 기울이며 듬성듬성 얻어들은 바로는 테이블 한쪽에서 누군가가 일어나 "바쁜 와중에 모여주신 어쩌고저쩌고들에게 감사드리며 누구의 고발과 누구누구의 재청으로 아무개가 제안한 제 몇몇 회 심의회를 시작하겠다" 같은 말을 했고, 어떤 사람들이 박수를 쳤고, 나머지는 시큰둥하게 아무 곳이나 멀뚱거리는 중이었다. 막시민과 가까운 곳에 앉아 있던 늙은 마법사가 말했다.

"'고트의 구속대'라고 하는 것이네."

"그런데 녹아서 몸에 붙은 것 같은데요?"

"본래 붙으라고 만든 거니까 그렇지."

막시민이 자신을 돕고자 하는 네냐플의 성의를 생각해서 '웃기시네, 인간이 반쯤 녹은 캐러멜에 들러붙어 있으면 기분이 어떤지나 아느냐고'라고 대꾸하는 대신 '아하, 이제 알았군요' 같은 표정을 짓고 있는데 속삭임에 가까워진 잉그릿의 목소리가 다시 들렸다.

「어휴, 여기가 암묵적으로 마법 안 쓰기로 합의된 곳이라 그렇지 누구 하나라도 감지 마법을 돌려보면 너랑 나랑 얘기하고 있다는 거, 바로 들통나. 그러면 심각한 오해를 사게 될 거고. 하여간 넌 그냥 아무것도 모르겠고 할말도 없다, 그러고 있으면 돼. 나머지는 우리가 알아서 할 테니까.」

말도 안 되는 답답한 요구를 받은 막시민은 정말로 대꾸하고 싶었다. 그러고 있으면 해결되는 게 맞습니까? 네냐플의 위대한 계획으로?

그리고 왜냐고도 묻고 싶었다. 막시민은 살아오며 수많은 문제를 혓바닥으로 해결해왔다. 가진 중 가장 쓸모 있는 것이라 해도 과언이 아니리라. 그런 막시민에게 입을 다물고 있으라니, 이건 좋은 전략이 맞을까? 심혈을 기울인 논변으로 자신을 보호하고 상대를 논점 일탈과 진퇴양난과 자승자박과 기타 등등으로 밀어넣을 필요는 없다는 거야?

잉그릿은 그런 막시민의 심정 따위 개의치 않고 말을 맺었다.

「뭐 어려울 건 없잖아. 그냥, 가만히, 있으라고. 멍청하게 보일수록 좋아. 그리고 두 번째는 뭐냐면, 시간 좀 끌어. 너 잘하는 헛소리 있잖아. 네가 반항하다가 바로 여기로 전송되는 바람에 심의회가 반시간쯤 빨리 시작하게 생겼는데 중요한 배역이 아직 도착을 못 했어. 그럼 걸리기 전에 마법 끊는다.」

목소리는 더이상 들려오지 않았다. 혼자 남겨진 막시민은 기가 막혀 눈을 몇 번 깜빡거렸다. 세상에서 가장 편한 피의자 노릇을 요청받은 건 알겠는데 베개 싸움 하다가 터져 나온 닭털만큼 할말이 많을 땐 얘기가 다르거든? 게다가 왜 그래야 하는지 모르니 더 기가 막혀!

생각할수록 분통이 터졌지만 거절할 수도 없었다. 대화 마법이 끊겨서만은 아니고, 막시민 한 명의 언변이 네냐플 교수들이 머리를 맞대고 궁리했다는 대책보다 낫다고 확신해도 될까? 그런 근거도 없는 자신감에 자신의 운명을 맡길 순 없었고…….

"……그렇게 호텔 안까지 들어가 체포에 성공한 것입니다. 하이스미스와 미코니스의 유능함과 집요함에 찬사를 보내며, 그럼 도망자의 진술을 들어볼까요? 어이, 거기 자네. 네냐플에서 무슨 일을 벌였던 건가? 미리 말해두지만 섣부른 거짓말은 자제하는 것이 좋아. 이곳에는 자백 마법쯤은 가능한 분이 아주 많네."

막시민은 이를 악물고 한숨을 한번 내쉰 다음, 의아한 눈빛으로 그자를 봤다. '그 치킨 제가 안 시켰는데요' 같은 상황에서 치킨 역할을 맡으면 될 눈빛이랄까.

"벙어리 흉내라도 낼 작정인가? 하이스미스의 보고로는 요리조리 지껄이는 말재주가 보통이 아니라던데, 위엄 있는 분들 앞에 오자 겁먹어 넋이 나가기라도 한 건가?"

그런 일은 막시민의 인생에 한 번도 발생한 적이 없었지만 해석은 맘대로 하라고 생각하며 막시민은 더욱 멍청하고 초점 없는 시선으로 그자를 쳐다봤다. 상대가 한 번 더 호통을 치자 거기에 놀라움과 두려움을 더했다.

그러자 킨 교수가 일어났다.

"잠깐만, 톨레인 조사관님. 보십시오. 고작 열아홉 살 먹은 학생입니다. 교수도 무서워 쩔쩔맬 나이인데 마법사들이 한 자리에 모여 자기만 노려보고 있고, 심지어 대답을 하라고 윽박지르니 겁을 먹지 않으면 이상한 일이죠. 순간 이동의 충격도 있겠고, 대기 기간의 후유증도 있는 것 같고, 잠시 안정을 취하게 놔둡시다. 네냐플에서 일어났던 일이니 교수인 내가 더 잘 설명할 수 있지 않겠습니까?"

킨 교수는 막시민이라는 녀석을 충분히 알 텐데도 '교수도 무서워 쩔쩔매는 열아홉 살'로 잘도 포장하여 좌중의 마법사들로부터 동의의 눈빛을 얻어냈다. 톨레인 조사관이 자리에 도로 앉으며 투덜거렸다.

"아니, 네냐플에서 진작 그렇게 나왔으면 우리가 이럴 필요까진 없었지 않습니까?"

"그 점 유감스럽게 생각합니다. 그간 네냐플에서 바쁜 일이 좀 있어서요."

"아, 드디어 인정하시는 겁니까? 네냐플에서 광범위한 메타모르……."

킨 교수는 상대방의 말을 막듯 목소리를 약간 높였다.

"작년 11월 29일, 네냐-야플리아 학교에서는 비밀리에 중대한 실험이 진행되었습니다. 여기서 그 내용을 모두 밝힐 수는 없으나 일차적 개요를 공개하자면 네냐플과 오를란느 왕립 마법 학교, 그리고 킵 사이에 이동망을 구축하고자 하는 목표로써 실험의 핵심 설계자는…… 여러분도 잘 아실 앨베리크 쥬스피앙 님이었습니다."

뭐, 누가 무슨 실험을 해?

멍한 눈빛으로 킨 교수를 쳐다보던 막시민의 머릿속에 그날 밤의 일이 떠올랐다. 그랬지. 쥬스피앙이 막시민을 멋대로 어딘가로 이동시켰는데 그곳이 킵이라고 했었지. 그런 '정통 쥬스피앙풍'의 방약무인한 행동을 어떻게인가 잘 포장하면 이동망 구축 실험이 되는 건가.

회의장에 모인 마법사들은 쥬스피앙이라는 이름을 듣자 '그러면 그렇지' 같은 표정이 되었다. 보아하니 이들은 쥬스피앙의 명성은 물론 기행에 대해서도 알 만큼 아는 듯했다.

"역시나 그분답구만."

"네냐플에서 그만한 문제가 생겼는데 그분이 빠질 수 없지."

킨 교수는 사람들의 반응을 눈으로 재빠르게 훑고는 말을 이어갔다.

"아시다시피 네냐플에는 안고니나의 커튼이 있으므로 그

것을 깨뜨리지 않은 채로 이동망을 구축하기란 간단한 과업이 아닙니다. 저희도 한 번에 성공하리라고는 예상하지 않았지요. 그런데 실험 과정에서 그만 약간의 사고가 발생하여 학교 내부의 마력장에 변이가 발생하게 되었습니다. 마침 그날은 방학이 시작되는 날인지라 저희는 이렇게 된 김에 학생들을 내보내고 총체적으로 마력장을 손보는 것이 좋겠다고 판단했습니다."

그때 누군가가 질문했다.

"그러면 저 학생은 왜 쫓긴 겁니까?"

킨 교수는 기다렸다는 듯 무시무시한 미소를 지었다.

"막시민 리프크네는 그날, 문제의 실험을 돕기 위해 지정된 조수로서, 연구생도 많이 있지만 특별히 리프크네가 지정된 이유는…… 뭐, 아는 분은 아시겠지만 쥬스피앙 님께서 특별히 애정을 갖고 입학을 추천했던 학생이라서요."

킨 교수는 차마 '쥬스피앙의 제자'라고 하지 못하고 기묘하게 돌려서 설명했는데 대마법사의 제자한테 기대되는 수준이란 게 있어서였을 것이다. 하지만 듣는 사람들은 알아서 같은 이야기로 이해했다.

"아하, 역시 그랬군. 쥬스피앙 님의 하나뿐인 제자라는 소문을 들었어."

"마법 유물을 맡겼을 정도로 애지중지하는 제자라면서?"

킨 교수가 말을 이어갔다.

"하지만 아직 어린 학생이라 그만 약간의 실수를 저지르게 되었고, 그것이 사고로 이어졌던 것입니다. 하지만 네냐플은 학생이 실수를 했다 해서 모든 책임을 덮어씌우는 학교가 아니므로 내부에서 논의한 끝에 학생에게는 무기한 정학이라는 징계만을 내리고 다른 책임은 묻지 않기로 했습니다."

그런데 이 발언만은 마법사들의 반응이 갈렸다.

"역시 네냐플다운 처사로군. 학생한테 그 이상의 책임을 물을 순 없지."

"아니 잠깐만, 무기한 정학이라는 충분히 가혹한 처사를 해놓고 저런 말을 해도 되는 건가?"

"글쎄. 졸업에 지장만 없다면 오히려 관대한 처사 아닌가요? 학생들은 학교에 오래 머물기를 싫어한다고요."

"하지만 정학이라는 조치에 실질적 의미가 있는 거요? 방학이라며?"

막시민이 마지막 의견이 매우 예리하다고 생각하고 있는데 톨레인 조사관이 인상을 찌푸리며 일어났다.

"이야기가 이상하게 굴러가는 것 같은데, 그렇다면 어째서 네냐플은 아직도 폐쇄된 상태인 겁니까?"

그러자 킨 교수가 느긋하게 대꾸했다.

"폐쇄라니요? 방학인데요?"

"아니, 그…… 분명히 학생들을 모두 내보냈다고……."

"방학이니까요."

정학과 폐쇄가 방학이라는 단어 속으로 빨려들어가 자연스럽게 공존하는 광경에 막시민은 놀라며 생각했다. 네냐플 교수들한테 맡겨두는 것도 꽤 괜찮은 생각이었나 본데. 막시민도, 쥬스피앙의 기행도, 정학도, 네냐플 폐쇄도, 킨 교수 손에 걸리자 모조리 그럴싸하게 포장되어 나오는 중이었다.

"그럼 개학은 언제요? 그땐 확실히 열리는 거요?"

"개학은 올해의 경우 2월 28일로 예정되어 있습니다. 원래 겨울방학이 긴 편이지요. 그런데 네냐플의 개학일에까지 깊은 관심을 갖고 계십니까? 혹시 입학을 하려는 생각이 있으신지?"

주변에서 웃음이 터져 나오자 화가 난 톨레인 조사관은 킨 교수를 향해 무어라 떠들어댔고, 그사이 다른 사람이 손을 들었다.

"이야기를 이상하게 얼버무리는 느낌이 드는데 그럼 이스핀 샤를은 누구요? 설마 모른다고는 하지 않겠지요?"

그러자 맞은편에 앉아 있던 로렐딘 교수가 기다렸다는 듯 응수했다.

"아, 그 사람 말이군요. 그 부분이야말로 전부터 심볼리온에 물어보고 싶었습니다. 페론 사무국장님이라면 답변을 해주시기에도 적당하겠네요. 대체 이스핀 샤를은 왜 지명수배한 거죠? 그쪽은 네냐플 학생도 아니고, 그저 오를란느 왕립 마법 학교에서 이번 실험에 필요한 물건을 전달하느라 왔던 학생이었을 뿐입니다. 일이 끝나고 돌아갔으니 찾을 길도 없었겠죠. 사람을 지명수배씩이나 할 때는 좀더 세심한 근거가 필요한 것 아닌가요?"

페론 사무국장이 일어나며 대답했다.

"교수님, 근거야 당연히 있었습니다. 막시민 리프크네와 마찬가지로. 그 두 사람이 함께 작당하여 네냐플 앞의 어떤 술집을 박살내지 않았습니까?"

로렐딘 교수도 일어섰다.

"그건 맞는데 네냐플 학생들이 간식이나 사 먹으러 들르는 조그마한 마을에서 벌어진 사고를 이 먼 곳의 분들이 어찌 아셨을까 정말 놀랍습니다. 요새 심볼리온에서는 술집 주인의 진정도 해결해주십니까?"

또다시 웃는 사람들이 있었지만 사무국장은 까딱도 하지 않고 대꾸했다.

"마법적으로 중대한 사건은 당연히 우리의 귀에 들어오기 마련입니다. 그러라고 존재하는 심볼리온이니까요."

그 말이 로렐딘 교수의 심기를 건드린 듯했다.

"저런, 누가 심볼리온에 그렇게 중대한 역할을 부여했죠?

백번 양보해 관심을 가질 자격은 있다 치더라도 네냐플 앞마당에서 일어난 일인데, 그 정도 문제의 해결은 네냐플에 맡겨두는 것이 심볼리온의 일익을 담당하는 기관을 합당하게 존중하는 행동이 아닐까요?"

"심볼리온이 네냐플을 존중하지 않는다는 말씀이라면 참으로 유감스럽습니다. 심볼리온이 네냐플의 권위를 너무 존중한 나머지 일이 여기까지 흘러왔다고 생각하지 않으십니까? 그리고 그 둘의 이야기로 돌아가서, 그들이 학생다운 마법 주문이나 또는 몽둥이로 술집을 부쉈다면 저희의 관심사가 아니었겠지요. 하지만 두 사람이 이용한 것은 프시키였습니다. 듣기로는 술집 전체가 프시키의 먼지로 뒤덮일 정도로 수많은 프시키를 소멸시켰다고 하더군요. 술집 주인의 진술을 직접 듣고 온 자가 있으므로 이는 명백한 사실입니다."

프시키인지 곡마단 원숭이인지, 딱 한 마리를 때려잡으려고 죽을 고생을 했던 기억을 떠올린 막시민은 어처구니가 없어졌다. 그러나 그의 반박은 금지되어 있었으므로 사무국장은 계속 말을 이어갔다.

"그들이 어떻게 그 많은 프시키를 찾아냈는지도 의문이지만 그건 두 피의자를 조사하다 보면 차차 알게 될 일이고, 네냐플 교수님께서 의문을 가지시니 적어도 이 점은 분명히 해야 하겠습니다. 막시민 리프크네와 이스핀 샤를은 프시키를 소멸시킨 뒤 의도적으로 네냐플에 들어가 메타모르포시를 일으켰고, 그 결과 네냐플은 폐쇄되었습니다. 이는 우리가 킵에서 수행중인 전쟁의 배후를 교란하려는 중대한 방해 공작이었을 가능성이 있죠. 누군가의 지시를 받았을지도 모르고요. 이만한 일을 심볼리온이 모른 체한다는 것이 오히려 의무 방기가 아닌가 싶은데요."

조금 전까지 킨 교수가 열심히 포장해 설명한 내용은 듣지도 못한 것처럼 처음의 주장이 고스란히 반복되자, 보기보다 다혈질인 로렐딘 교수의 입에서 신경질적인 한숨이 튀어나왔다.

"하. 이보세요, 사무국장님. 지금까지 얘기를 듣긴 하신 건지 의문이지만 이것만은 저도 분명히 합시다. 심볼리온에는 그런 의무가 없습니다. 사실 아무런 의무도 없죠. 그러니 당연히 권리도 없습니다. 무슨 권리인가 하면 바로 남의 일에 참견할 권리죠. 네냐플 앞마당에서 벌어진 일에 참견할 권리? 물론 없죠! 네냐플이 그대들의 도움이 필요한 곳이던가요? 네냐플을 조사하고 싶어서 별것 아닌 문제를 자꾸 침소봉대하시는데, 그게 그쪽의 말대로 진짜 심각한 문제라면 심볼리온이 그걸 해결할 능력인들 갖고 있을까요? 말이야 바른 말이지, 얼마 전까지만 해도 친목 워크숍이나 기획하는 모임이 아니었던가요?"

로렐딘 교수의 입에서 해묵은 논쟁거리가 튀어나오자 테이블을 둘러싼 사람들의 얼굴로 불안감이 빠르게 번져갔다. '심볼리온은 무엇을 해야 하며 무엇을 하지 말아야 하는가? 심볼리온은 공평한 견제 기관인가 갈등의 불씨인가? 심볼리온의 제재 권한은 어디까지이며 그것은 누가 정하는가?'

언제 어디서 거론되든 한 번도 합의에 도달한 적이 없는, 한마디로 진절머리 나는 주제다. 이걸로 사흘 밤낮을 싸우다가 결론 없이 헤어졌던 적도 있다. 그걸 또 끄집어내다니, 이번 심의회도 사흘짜리가 되는 건가? 원래 하려던 이야기는 어쩌고?

몇몇 사람들이 자제해달라는 시선을 보냈지만 로렐딘 교수는 모르는 척 무시했다. 실은 이 모두가 의도된 발언이었기 때문이다. 오늘의 주인공을 무대 위로 올리기 위한. 누군가는 결론 없는 말다툼이 논제를 삼켜버리는 꼴을 참을 수 없을 것이다. 성질이 급하고, 긴 회의를 싫어하며, 특히 그 사흘 밤낮에 말려든 적이 있는 사람이라면.

페론 사무국장이 무어라 대답하는 사이 한 사람이 벌떡 일어나 막시민 앞으로 왔다. 막시민이 흘끔 보니 예순 줄에 키가 크고 자세가 꼿꼿한, 제복 차림의 군인이었다.

"자네가 말하도록."

무엇을? 막시민은 킨 교수가 둘러준 포장지를 떠올리며 눈만 둥그렇게 떴다. 늙은 군인은 개의치 않고 말을 이었다.

"열아홉 살이라 했나? 아노마라드에서는 교수의 보호가 필요한 어린애일지 몰라도 렘므에서는 응당 자신의 행동을 책임질 나이다. 교수들의 입을 빌릴 것이 아니라 자네가 네냐플에서 뭘 했는지, 참여했다는 실험에서 담당한 역할이 뭐였는지 직접 말하도록."

막시민은 하고 싶은 말이 많았지만 교수님들이 그럴싸한 시나리오를 짜서 잘 진행하고 계신데 입을 열었다가 일을 망쳐버리는 것 아닐까 걱정스러웠다. 그러니까 뭐랄까, 말을 할 줄 안다는 사실을 공개하면 안 될 것 같은데.

"내 말이 들리지 않는 건가?"

"……."

막시민이 멍청한 눈빛만 다채롭게 바꿀 뿐 대답하지 않자 그자의 얼굴이 붉어지며 노기를 띠었다. 상명하복에 익숙한 장성급 군인과 명령에 가타부타 대답도 없는 학생. 불씨가 없어도 폭발할 조합이다.

"이 중대한 상황에서 어린애 흉내라니, 자신이 얼마나 위험천만한 행동을 저질렀는지 자각이 있는 건가? 얼마나 특혜를 누리고 있는지는 아는가? 만일 자네가 네냐플 학생이 아니었다면 이곳에 불려와 자신을 변호할 기회가 주어지지도 않았을 것이다. 그러는 대신 제 목으로 대가를 치렀어야 했겠지! 전쟁 도중 아군의 후방을 교란한 자는 첩자로 간주되는 것이 마땅하니까!"

군인의 눈에는 이 심의회가 배신자를 처단하려는 군법 회의쯤으로 보이는 모양이었지만 듣던 마법사들은 저들끼리 의아한 눈빛을 교환했다. 이게 그런 문제였나?

"그런 특별 대우를 받으면서 말도 제대로 못 하다니! 대체 아노마라드는 젊은이를 어떻게 키우는 겐가? 중대한 임무로 바쁜 분들이 자네 하나 때문에 모였거늘, 겁을 집어먹고 있었던 일도 설명하지 못하는 멍청이가 학교를 다닌들 뭘 배울 수나 있겠는가? 기껏해야 낙제나 면하면 다행이겠지!"

아니 이런 식으로 갑자기 진실을 폭로하다니? 지나치게 잘 넘겨짚어진 막시민은 갑자기 화가 났다. 내가 낙제한 건 그래서가 아니라고.

하지만 거기까지였다면 참아넘길 수도 있었을 것이다. 그런데 뒤이어 도저히 참아넘길 수 없는 말이 튀어나왔다.

"저따위 학생을 입학시키는 네냐플의 한심한 수준도 알 만하지 뭔가!"

아, 이건…… 진짜로 안되겠네.

학교를 공짜 여관처럼 사용해온 입장에서 막시민은 네냐플이 자신을 어떻게 평가하든 불만이 없었다. 반면 이런 놈을 가르치려 애썼다는 이유로 네냐플의 수준까지 싸잡혀 욕을 먹다니, 그건 안 될 일이다. 호이오크 교수가 뭐랬더라. 네냐플의 명예를 지하실에 처박으러 나왔을지라도 학교를 욕하는 인간의 엉덩이는 걷어차고 봐야 한다고 그랬지?

막시민은 늙은 군인을 지그시 보다가 고개만 까딱, 해보였다. 이유는 그 이상 움직일 수가 없어서였지만 어쩐지 건방져 보이는 동작이 되었다.

"그런데 누구시죠?"

여기 모인 인간들은 저들끼리도 알고 당연히 막시민이 누군지도 알겠지만 막시민에게 자신을 소개해준 사람은 없었다.

"누구시든 간에 썩은 사과 한 개 달렸다고 과수원을 통째로 태우실 분이네. 네냐플 좀 아세요? 와보셨어요? 거기 어떤 애들이 있는지 아세요? 앞을 보면 마법 천재, 뒤를 보면 검술 천재, 위층 아래층에는 그냥 천재가 넘치는데 하필 이년 연속 유급중인 놈을 보고 학교의 수준을 파악하려 하시면 맞는 답이 나오겠습니까, 안 나오겠습니까?"

막시민은 어깨를 으쓱하며 양손을 펴 보이려 했지만 역시 손목만 움직일 수 있었기에 한층 놀리는 것처럼 보였다.

"그나저나 네냐플 학생한테 떨어지려던 목도 붙여주는 특혜가 주어지는 줄 알았으면 어떻게든 좀더 버텨볼걸. 아주 조금 후회되네요. 그런데 만사 분명히 하랬다고 실은 지난번 시험에서 5등급 답안지를 내서 이미 퇴학 확정입니다. 그럼 제

목은 붙어 있어야 하나요, 떨어져야 하나요? 퇴학 확인서가 나올 때까지는 유보해주십니까?"

"……."

늙은 군인은 막시민을 뚫어져라 보다가 저놈이 갑자기 정신이 나갔다고 생각했는지 레오멘티스 교수를 돌아봤다. 줄곧 무표정하던 레오멘티스 교수는 상대가 자신을 보자 시선을 약간 움직이긴 했지만 그자가 기대하는 반응은 없었다. 학생을 야단치거나 변명을 하기는커녕 '넌 또 뭔데?'라는 것처럼 쳐다봤으므로 늙은 군인은 분노로 턱을 떨며 다시 막시민을 봤다.

"네냐플은…… 학생이 다 이따위인가? 도대체 어떻게…… 당장 엎드려 빌어도 시원치 않거늘……."

그때 테이블 끄트머리에서 익숙한 목소리가 대꾸했다. 호이오크 교수였다.

"아하, 그게 가끔은 지나친 경향이 있기도 하죠. 천재들이 원래 조금 정신이 나가 있을 때가 많고 그렇죠. 피스커 부사령관님께서 약간의 이해심만 발휘하신다면……."

호이오크 교수는 이런 상황에 끼어드는 성격이 아니었지만 레오멘티스 교수 대신 무슨 말이라도 해야겠다고 생각한 듯했다. 농담을 좋아해서 평소 심각한 어조로 말하는 법이 없었는데 제법 노력한 기색도 엿보였다. 하지만 흥분한 부사령관에게 약간의 이해심 같은 것은 없었다.

"그 말인즉슨 내게 저런 경박한 무례함을 참아 넘기라는 뜻이오? 윗사람이 아랫사람 대신 참으라고? 저자가 공작 가문 출신이라도 되나? 렘므에서였다면 저런 자는 즉시 태형에 처했을 것이오."

그러자 호이오크 교수도 고개를 갸웃했다.

"그런가요? 네냐플은 학생을 때리거나 하진 않아서요."

"흥. 그러니까 저런 학생이 멀쩡히 학교를 다니고 있겠지."

"멀쩡히 다니고 있진 않습니다만? 그리고 막시민이 학교를 멀쩡히 다니고 있느냐 아니냐 하는 것은 오늘의 사안과 아무 관계가 없습니다만?"

호이오크 교수는 호인다운 둥글둥글한 얼굴을 쳐들고 눈도 둥그렇게 뜬 채 정말로 놀란 표정을 했다. 네냐플 출신들만이 이 순간 '화내는 법이 없는' 호이오크 교수의 진짜 기분을 알아보았을 것이다.

피스커 부사령관은 당연히 알아보지 못했다.

"뭐라고? 학교가 제대로 학생을 가르쳤더라도 네냐플 폐쇄와 같은 중대 사태가 일어났을 거라고 생각하는 거요?"

"다시 말씀드리지만 그런 중대 사태는 일어난 적이 없습니다. 막시민은 정학중이고 네냐플은 방학중이라니까요?"

"심의중인 사안에 대해 그런 소리를 잘도 내뱉다니, 이 자리에 모인 자들은 심의의 기본도 모르는가! 여기가 렘므의 군사 법정이라면 즉각 배심 자격을 박탈했을 것이다! 저 주제도 모르는 학생은 의자가 아니라 형틀에 앉아야 했겠지!"

회의장 곳곳이 술렁거리기 시작했다. 호이오크 교수는 젊어 보여도 네냐플의 마스터 중 하나였다. 마스터에 대한 존중은 학교의 명예와 직결되는 가치였다. 측근으로 보이는 자들이 슬슬 눈치를 보며 다가가 말했다.

"조금 지나치십니다."

"불필요한 다툼은 자제를……."

그때 킨 교수가 끼어들었다.

"렘므에 인권 개념이 희박하다는 소회는 잘 들었습니다."

그 말은 렘므 출신들에게 보내는 참전 통지서나 다름없었다.

"잠깐, 지금 뭐라고 그랬죠? 렘므가 어떻다고요?"

부사령관을 말리던 측근 중 하나가 고개를 쳐들며 킨 교수 쪽을 쏘아봤다. 킨 교수도 반쯤 벗겨진 길쭉한 머리를 쑥 내밀며 대꾸했다.

"저한테 하실 말씀이라도?"

그다음은 시장 바닥에 흔히 볼 수 있는 광경이었다. 흔히 난장판이라고 불린다. 모임 구성원의 배경이 다양할 때, 다수가 예의와 논리를 중시할지라도 아무 말이나 내던지고 보는 자들이 몇 명만 있으면 쉽사리 탄생하는 경향이 있다.

"네냐플에 천재적인 후레자식들이 많다는 말씀은 잘 알겠습니다."

"렘므에서는 손님이 오면 의자 대신 형틀을 내놓는다는 걸 알게 되어 견문이 넓어졌습니다."

"잠깐만요. 손님 대접이라면 오를란느 왕립 마법 학교가 최고입니다."

"그런데 그건 왜 왕립이에요? 오를란느에 왕도 없는데?"

"구전에 따르자면 오를란느는 대륙에서 가장 오래된 왕국으로……."

"어허, 루그란의 콜레기오 마곤이야말로 대륙 최초의 마법 학교요. 가나폴리 시절부터 존재한 파사드는 추정 연대가 이천 년 전이고, 아무데나 놓인 의자도 삼백 년은 기본으로……."

본래 막시민은 종종 건방지고 신랄해져 수많은 사람들을 화나게 만들곤 했고, 드물게 문제를 해결하기도 했고, 단지 친구들의 속을 시원하게 해주기도 했다. 하지만 오늘 같은 결과를 유발한 적은 없었다. 막시민은 무시당했고 싸움은 엉뚱한 인간들끼리 하는 중이었다. 그런데 여기 모인 마법사들은 평소에도 서로를 별로…… 아니, 전혀 좋아하지 않았던 듯했다. 다시 말해 장작을 한아름씩 떠안고 멀뚱대고 있다가 지나가던 막시민이 불씨를 던져줬더니 갑자기 이때다 하고 캠프

파이어를 시작한 상황이랄까.

격전지와 몇 걸음 떨어진 변방의 캐러멜에 붙어 있다 보니 싸움에 끼어들 방법도 없었다. 아니 시간을 끌라고 했던 것 같긴 한데…… 어쩌다 이렇게까지 효과적으로 해낸 거냐고.

그 꼴을 보며 뒷머리를 긁고 있던 호이오크 교수가 일어나 슬쩍 막시민 앞을 지나가며 말했다.

"하여간 리프크네 너란 놈은 싸움을 붙이는 데 뭐가 있어. 존경한다."

특별 공연의 귀빈

난장판 속에서 본의 아니게 혼자만의 시간을 갖게 된 막시민은 이 회의가 대체 어떻게 되어가려는 건가 생각하다가 불현듯 중요한 사실로 되돌아갔다. 그래서 지금은 언제인가?

제 머릿속의 기억을 따르자면 자신은 그랑도프 호텔에서 순간 이동을 해서 바로 튀오스 앞에 나타난 듯했다. 하지만 생각할수록 미심쩍었다. 그 잠깐 사이에 어떻게 네냐플 교수들이 막시민이 잡혀간 상황을 알아내고 논의를 했다는 것이며 또 순식간에 심의회로 달려올 수가 있단 말인가? 네냐플 교수들뿐 아니라 다른 참석자들도 마찬가지 아닌가? 막시민이 언제 잡혀올 줄 알고 모여 앉아 기다려?

그러다가 튀오스가 "대기 끝"이라고 했던 말을 다시 떠올린 막시민은 당혹스럽게 생각했다. 자신은 어딘가에서 이 심의회를 위해 대기를 하고 있었단 말인가? 잠들거나 그런 채로? 얼마 동안?

교수들이 예전과 딱히 달라 보이지 않는 것으로 보아 그다지 긴 시간이 흐르지 않았을 거라고 추리하려 했지만 네냐플 교수들의 외관은 실제 나이와 일치하지 않는다던 이야기가 떠올라 다시 초조해졌다. 설마 십 년쯤 지난 건……. 그때 녹색 로브를 입은 중년 여자가 슬그머니 의자 하나를 끌어와 곁에 앉더니 막시민에게 말을 붙였다.

"안녕? 난 블랑슈 로셰트라고 하는데 이렇게 만나서 반가워. 너야 여기서 누굴 만난들 반가울 일이 없겠지만 난 네 정체가 많이 궁금했거든. 참, 대마법사께선 잘 지내셔?"

평소 같으면 '대마법사께서 잘 계신지는 대마법사 본인만이 알 거고 난 그분의 제자가 아님'이라고 대꾸했겠지만 마침 막시민은 존재론적 불안에 사로잡혀 있었기에 의외로 상식적인 사교인의 대답이 나왔다.

"아, 네."

"잘됐네! 그분의 안부를 물어볼 만한 사람이 생긴 것도 오랜만이야. 아, 물론 네냐플 재학중인 그분 따님이 있지만 난 네냐플에 못 들어가거든. 오를란느 왕립 마법 학교 출신이라서 말이야. 너 그거 아니? 오를란느 왕립 마법 학교 졸업생은 네냐플에 출입 못 하는 거.”

“네?”

“예전에 분란을 일으킨 적이 있어서 아예 출입을 못 한단다. 교직 임용이 안 되는 건 물론이고. 하여간 네냐플도 꽤 쩨쩨한 학교지 뭐니. 이러니까 저런 싸움이 끝나질 않는 거야.”

블랑슈는 낯부끄러운 학교 자랑 경쟁을 벌이고 있는 사람들을 손가락질하더니 다시 은근한 말투로 물었다.

“근데 너, 진짜로 네냐플에 메타모르포시를 일으켰어? 너 혼자서? 아직 2학년이라고 들었는데 너무 대단한 거 아니야? 역시 대마법사의 제자라 그런가?”

막시민은 갑자기 긴장했다. 아까 잉그릿이 말을 하지 말라고 한 것이 이런 사람들 때문이었구나. 교수들이 열심히 얼버무린 진실을 어린 녀석을 살살 구슬려 자백하게 해보겠다는 거지.

이런 식으로 회의장에서 싸우고 있는 마법사들과 다를 것 없는 편견을 쌓기 시작하며 막시민은 대꾸했다.

“메타…… 뭐요? 뭐더라?”

“메타모르포시…… 잠깐, 너 이게 뭔지도 모르는 거야?”

“아, 네. 아까부터 궁금했는데 그게 뭔지나 좀 압시다. 마침 잘됐네요. 드디어 알게 되겠네.”

블랑슈는 황당한 눈빛으로 막시민을 봤다. 막시민은 낙제생의 자부심을 한껏 부풀리며 '그까짓 거 모르면 뭐 어쩌라고' 하는 자세를 취했다. 결국 블랑슈가 미심쩍게 입술을 짓씹으며 대꾸했다.

"메타모르포시는⋯⋯ 변화라는 뜻인데, 킵더스트와 프시키의 소멸 먼지가 합쳐질 때 일어나는 변화로 알려졌지만 그게 전부는 아니야. 왜냐하면 이 변화가 좀 별나. 마법도 환경 일부는 곧잘 바꾸잖아? 날씨나 지형도 바뀌고 물, 불, 바람을 불러일으키기도 하고. 하지만 그런 변화는 일시적이잖아. 그와 달리 메타모르포시는 뭐랄까, 일종의 혼돈이야. 이를테면 야생마들을 가둬놨던 목책이 무너지면 말들이 사방팔방으로 도망칠 것 아니야. 그걸 발로 뛰어서 도로 잡아올 수 있을까? 기다린다고 제자리로 돌아올까? 그것처럼 한번 트리거가 당겨지면 지속적인 변화가 일어나고 점점 빨라져. 놔두면 걷잡을 수가 없어지지."

블랑슈는 눈덩이 같은 것이 점점 빨리 구르는 시늉을 해 보였다.

"그걸 멈추려면 어마어마한 마력을 빠르게 퍼부어야 해. 내리막길로 굴러떨어지는 바위를 받아내는 것처럼 지체될수록 기하급수적으로 힘들어지지. 네냐플에 벌어진 메타모르포시가 어느 정도 규모였는지 모르지만 반경 오십 미터 넓이가 하룻밤만 오염됐어도 네냐플 교수급 마법사 두 명 이상이 사력을 다해야 했을걸."

막시민이 네냐플에 킵더스트를 흘리고 다닌 범위를 상상해 보니 그 정도는 훨씬 넘을 듯했다. 하지만 막시민은 블랑슈가 친절한 설명을 해주면서 슬그머니 메타모르포시의 발생을 기정사실로 만드는 걸 알아차리고는 감탄한 눈빛으로 대꾸했다.

"오, 엄청난 일이군요. 그런 걸 누가 어떻게 한 걸까?"

"누구긴 누구야! 너라잖아!"

"저란 인간을 너무 과대평가하시는 것 같네요. 전 메타 뭐시기가 뭔지도 모르는데."

"네가 어디선가 프시키의 먼지를 몸에 묻혀서 네냐플에 들어갔겠지!"

"아…… 그런 건가? 그런데 프시키는 뭐더라?"

블랑슈는 막시민을 째려봤다.

"너 네냐플 2학년 맞아?"

"드디어 하나 알아내셨네요. 이 년 다녔다고 다 2학년은 아닌 것이 네냐플 재학의 고통스러운 진실로써……."

"그래 알았어! 하지만 몰라도 사고는 칠 수 있잖아!"

막시민도 블랑슈를 째려봤다.

"제가 프시키를 소환하는 마법이라도 썼다 그겁니까? 우와, 배운 적도 없는 주문을 써대는 천재가 어딘가에는 있다던데 그게 나였다니, 기쁨의 춤을 춰야 할지 조기 졸업을 요구해야 할지 모르겠는데 왜 지금은 이 캐러멜에서도 못 달아나는지 모르겠네요?”

블랑슈는 막시민을 좀더 째려봤으나 막시민의 강경한 ‘어쩌라고’ 눈빛이 결국 이겼다. 한숨을 내쉰 블랑슈가 말했다.

“프시키는 소환하는 게 아냐. 아무데나 있거나 또는 없을 뿐이지. 그런데 메타모르포시가 일어나면 프시키도 변해. 마치 벌침에라도 쏘인 것처럼 정신 나간 변종으로 변해서 주변을 공격하고, 그 변화 역시 불가역적이야. 그리고 다른 메타모르포시는 그나마 마력을 집중해 멈출 수가 있는데 프시키가 그렇게 되면 소멸시킬 수가 없어. 이곳의 그 누구도 못 하지. 필멸의 땅에서는 이런 변종들이 계속 늘어나고 있어.”

막시민은 주위의 마법사들을 둘러보았다. 여기에 네냐플의 마스터 중 네 명이 있다. 틀림없는 사실이다. 이들도 그 변종이란 걸 못 없앤다고?

블랑슈는 막시민의 마음을 읽은 것처럼 덧붙였다.

“너희 학교 교수들? 물론 못 하지.”

그렇다면 지금쯤 네냐플은 어떻게 되었을까? 이왕 애교심을 품은 김에 막시민은 상상해보려 했다. 이 년 동안 친구들과 부대끼며 재밌는 일도, 어처구니없는 일도 많았던 학교가 불길에 휩싸였다가 물바다가 밀어닥치더니 잡동사니가 높다랗게 쌓이고 변종 프시키인지 뭔지는 여기저기 덕지덕지 붙어서 떨어지지 않고…….

그간 자신이 겪어본 재해와 네냐플을 결합해보니 이상할 정도로 자연스러웠는데 그야 팔십 년 전만 해도 최첨단이었다는 상하수도 시설과 보일러 시설에서 살아남은 생존자라서 그럴 것이다. 그래서 막시민은 그런 감상적인 시도는 일찌감치 내던지고 자신이 보여야 마땅한 반응에 집중하기로 했다.

"우리 학교 교수님들이 그걸 왜 합니까? 아무 일도 없었는데."

블랑슈가 벌떡 일어났다. 막시민은 블랑슈가 화가 나서 캐러멜이라도 걷어차려는 줄 알았지만 블랑슈는 허리를 굽혀 막시민의 귀에 대고 속삭였다.

"좋았어. 이만하면 배역 이해가 잘됐네. 그대로 쭉 해라."

블랑슈가 돌아서더니 어딘가를 향해 신호를 보냈다. 그러자 누군가가 문으로 나가고, 교대하듯 다른 한 명이 안으로 들어왔다. 새로 들어온 자는 막시민을 발견하고 인사라도 하듯 어깨를 들썩했다.

누구지?

체구로 보아 여자인 것 같았지만 그 이상은 알 수 없었다. 두건과 복면으로 얼굴 절반을 가리고 있었기 때문이다. 여자가 주변을 기웃거리며 뭔가를 찾고 있는 동안 막시민은 불쑥

잉그릿이 했던 말을 떠올렸다. '아직 중요한 배역이 도착을 못 했어.'

그게 저 여자인가? 그럼 다른 배역도 있나? 잠깐, 그게 혹시 난가?

그때 귓가에서 새로운 목소리가 들려왔다.

「안녕하십니까, 막시민 리프크네 씨! 저는 마리 다니엘 틸랑드라고 합니다. 다들 정신이 나간 틈을 타서 목소리로만 인사를 드리게 된 점 양해를 구합니다. 하지만 그건 아주 좋은 생각이죠. 왜냐면 전 오를란느 왕립 마법 학교의 부교수이고 당신은 네냐플 학생이니까 지금 누가 우리의 대화를 엿듣는다면 크나큰 오해를 초래할 테니까요. 아참, 대답은 하지 않으셔도 됩니다.」

지금은 대답을 한다 한들 아무도 신경쓰지 않을 것 같다는 건 둘째 치고 오를란느인이 왜 또 말을 걸어오는 거지.

「비상식적인 의사소통에 짜증나시겠지만 제가 오늘 공연의 연출을 맡은지라 이 기회에 관객과의 소통이 필요하지 않나 싶어서……라기보다는 그냥 알고 보면 더 재밌는 오늘의 공연! 이 작품으로 말씀드리자면 관대한 후원자와 영감 넘치는 예술가가 손을 잡고 다국적 배우들을 아낌없이 출연시킨 대작인데 당신의 친구들이…… 아니, 제작자와 극작가가 아쉽게도 직접 올 수 없어 제가 임시로 연출을 맡게 되었습니다.」

공연…… 그리고 친구?

딱히 결합될 이유가 없는 두 단어가 만나면서 막시민의 머릿속에서 불쑥 수상한 생각이 떠올랐다. 설마…….

「이미 시작된 마당에 갑작스럽지만 하나뿐인 특등석 귀빈께 공연의 개요를 말씀드리죠. 억울한 누명을 쓴 당신…… 그러나 주인공이 아닙니다! 그저 불쌍한 인질이죠. 주인공은 세상을 구하겠다는 사명감을 가지고 당신의 비밀을 캐내고자 공격하지만 그만 숨겨왔던 당신의 정체가 밝혀지는 바람에 수포로 돌아가고, 홀연히 떠나가는 당신을 노려보며 다음 대결을 다짐하는 걸로 마무리되는…… 오우, 어쩐지 후속편까지 기대되는 내용입니다. 물론 후속편은 없어야겠지만요. 그런데 이거 대본 쓰신 분이 범상치 않은 것 같아요. 관객 겸 배우라는 개념부터가 신선하잖아요? 더 재밌는 건 주인공도 출연 사실을 모른다는 건데…….」

상대방은 재미난 놀이를 앞둔 것처럼 들뜬 분위기였다. 하지만 막시민은 심의회가 왜 공연이 되는지도 모르겠고, 그게 왜 신나는지도 모르겠고, 오를란느인이 막시민의 일에 개입하는 이유도 모르겠고, 그러므로 이자가 누군지부터 알아내려고 주위를 두리번거렸다. 그때 오를란느 왕립 학교가 왜 왕립이라는 이름을 버릴 수 없는지에 대해 일견 논리가 정연하면서 감동적인 요소도 곁들인 연설을 막 마친 마법사가 막시민을 흘끔 봤다.

「저를 쳐다보시면 안 되죠.」

연설을 하면서 동시에 대화도 할 수 있다니, 이 마법사 수준 어찌된 일이야.

「그럼 다음 장면으로 들어갑니다! 즐거운 관람 되십시오.」

마리 다니엘이 고개를 돌리자 어느새 테이블 맞은편 끝에가 있던 블랑슈가 일어났다.

“잠깐, 잠깐만요. 파우리아 의장님? 전 오늘 여기 구경이나 온 입장이지만 듣다 보니 아무래도 이상한데…….”

로랑은 오늘 정말 놀라운 구경을 한다고 생각했다. 조직, 진행 방식, 모인 사람들의 행동까지, 상식적인 것은 한 가지도 없는 각국 최상급 마법사들의 회의 말이다.

돌이켜보면 의장이 개회를 선언할 때부터 딴전을 피우는 사람이 반절이었다. 의전 절차라는 개념도 없고, 순서도 없이 자유 발언을 하는데 통제하는 사람도 없다.

에투알은 흔치 않게 수평적인 군대였지만 그래도 단장의 권위는 절대적이었고, 에투알 간의 신뢰나 존중도 조직 유지를 위해 중요한 요소였다. 여기처럼 다국적인 조직이라면 당연히 더 까다롭게 예의를 갖춰야 할 것이라 생각했다. 그런데 이자들은 평소 연구하다가 쌓인 짜증을 풀러 오기라도 한 것처럼 겁도 없이 아무 말이나 떠들어대고 있다. 예전부터 오를란느 마법사들을 모아놓으면 누가 더 고리타분하고 불편을 잘 참는지 경쟁하는 분위기가 되곤 했는데 다국적으로 모이자 똑같이 잘난 체하는 것도 어리둥절한 일이었다.

최소 수십 년에서 수백 년간 마법을 연마한 뛰어난 인물들이 단지 모아놓았다고 해서 이런 상태가 되는 이유는 뭘까? 그들의 내면에 평소 표현 못 한 갈증이 있어 동족을 만났을 때만 발현된단 말인가? 그중에서도 가장 놀라운 인간은 로랑이 이 먼 곳까지 구하러 온 사람인데, 하긴 이 심의회가 열린 이유부터가 이자였지.

로랑은 막시민 리프크네가 캐러멜에 올라탄 어처구니없는 모습으로 나타났을 때부터 그를 유심히 봤는데 상대가 어떤 사람인지 파악할 필요가 있었기 때문이다. 그가 막시민에 대해 들은 정보는 콜레트에서 조안느, 다시 다비드를 거쳐 오며 심하게 열화되어 한 인물에 대한 이야기가 맞나 싶을 정도로 수상쩍어진 상태였다. 대마법사의 제자라면서 어째서인지 마법과 무관한 탐정 노릇을 하고 있고, 돈을 밝히고 상류계급만 친구로 사귀는 속물한테 공녀님이 일을 시킬 만한 재주는 있고, 심볼리온에 혼자 붙잡혀갈 의리는 있지만 연애에 실패한 죄밖에 없는 여자를 감옥에 가두는 등 냉혹한 행동을 일삼는…….

단 이자가 공녀님이 애타게 찾던 오토마톤 권총을 찾아낸 것, 그것만은 틀림없는 사실이다. 그 정도면 쓸모 있는 인재가 아니겠는가? 그렇다면 최선을 다해 공녀님께 데려가면 된다.

그런데 이 지점에서 또 한 가지 정보가 엇갈렸다. 공녀의 명령은 '막시민 리프크네를 구하라'일 뿐, '데려오라'가 아니었다. 공녀는 막시민을 심볼리온의 손아귀에서 구하거든 가고 싶다는 곳으로 보내주라고 했다. 충분한 보상도 주어서.

샤를로트 공녀는 막시민 리프크네의 역할이 거기까지라고 판단한 걸까? 그렇다면 그냥 명령대로 하면 될 일이다. 그런데 왠지 이상했다. 일찌감치 이곳, 트레비조의 '별의 에팔란트 학술관'에 도착한 로랑은 마리 루이의 형인 마리 다니엘을 만나 이른바 '대본'이라는 것을 받아보았다. 끝까지 읽고 나니 대본의 맨 끝에 작가가 덧붙인 듯한 메모가 있었다.

'네가 어떤 이유를 찾았든 너를 지지한다. 새로운 항해에도 내 자리를 남겨주길.'

로랑은 대본을 쓴 사람이 누구인지 들었다. 진짜로 직접 썼는가는 모를 일이라고 생각했지만 어쨌든 이것이 친구에게 보내는 메모라면, 그는 막시민의 할 일이 끝났다고 생각하고 있지 않았다. 오히려 무언가가 시작되리라 기대하고 있지 않은가?

뒤죽박죽된 정보 속에서 부딪치는 내용이 이것뿐은 아니었지만 로랑은 이 부분에 중요한 시사점이 들어 있다는 느낌을 받았다. 왜냐하면 자신은 하필 먼 곳에 있어서 샤를로트 공녀와 막시민 리프크네가 어떻게 협력하고 신뢰했는지 정확히 알지 못한 채 주군의 명을 받들어야 하기 때문이다. 그럴 때 겉으로 드러난 지시가 전부가 아닌 경우는 꽤 많다. 진짜 핵심은 주군의 본심이 무엇인가이다.

그런 의문을 품고 막시민이 샤를로트 공녀에게 어떤 평가를 받았을지 판단해보려 했던 로랑은 현재 의문에 사로잡혀 있었다. 이런 자가…… 정말로 공녀님께 쓸모가 있었어?

처음에는 멍청이 흉내를 내다가 그다음에는 건방지게 군 것이 막시민이 한 일의 전부였고 그 두 가지를 쓸데없이 잘해낸 결과가 이꼴이다. 곁에서 오를란느 마법사들이 학교 뒷마당의 토끼들까지 자랑하는 소리가 들려온다. 네냐플 출신이 토끼란 남부 품종이 최고라고 적혀 있다는 무슨 책을 암송하는 소리도 들려온다. 렘므 출신이 그건 스튜에 넣었을 때 맛이 좋다는 얘기일 뿐 토끼의 우월함은 달리기를 기준으로 해야 마땅하다고 반박하고 있다…….

그 곁에서 네냐플 교수들과 심볼리온 간부들, 그리고 구경꾼들이 네냐플에 메타모르포시가 일어났느냐 아니냐 갑론을박하며 배경 음악을 깔고 있다. 조금 전, 네냐플 교수들이 평소에도 문제 학생임이 틀림없어 보이는 막시민을 구하려 애쓰는 광경은 눈물겹기까지 했는데 그것도 막시민이 유능하다는 증거가 되는 건 아니었다.

의문에 답은 없고, 마법사들의 정신 사나운 말다툼 틈바구니에서 머리가 산란해진 로랑이 이자를 구하긴 하되 공녀의 첫 명령을 따르는 것이 타당하겠다는 결론을 내리고 있을 때였다.

「좀 정신이 없으시죠? 에투알이 보기에는 이게 무슨 닭장을 들쑤신 꼴인가 싶으실 텐데 이해합니다. 마법사들은 여러 생각을 한꺼번에 하는 편이라 직접적으로 흥미를 느끼지 않으면 동시에 다른 생각이 떠올라 집중을 못 합니다. 그래서 뛰어난 마법사일수록 약간 제정신이 아닌 듯 보이는 거예요. 모아놓고 회의 같은 걸 하면 곧잘 이런 꼴이 되니까 다들 익숙할 거예요. 그래도 마법사들이라 기억력은 좋으니까 크게 염려하실 건 없고요.」

오를란느 왕립 마법 학교의 부교수인 마리 다니엘은 오늘의 역할이 무척 만족스러운 듯했다. 그가 자신을 연출이라고 부른다고 진짜로 연출을 맡은 건 아니고 다자간 대화 마법을 맡았을 뿐이지만 그걸로도 충분히 재미있는 모양이었다.

반면 로랑은 아까부터 마리 다니엘이 아무때나 걸어오는 이야기에 대꾸를 못 해 유감이었는데 지금만은 허공에 중얼대는 꼴일지라도 대꾸하고 싶었다. 이런 사태를 일으키는 인간이라면 구해내더라도 어디 사람 없는 조용한 사막 같은 데 놔둬야 안전한 것 아니냐고.

하지만 로랑이 입을 열기 전에 마리 다니엘이 통보했다.

「그럼 9페이지에서 A루트로, 들어갑니다.」

출연진들의 배역이 자기 자신인 것을 감안해 대본은 구체적 대사를 생략하고 대신 상황 설정과 조건형 지시문으로 되어 있었다. 예상 밖의 상황을 대비해 몇 가지 분기가 있었지만 지금까지는 예외 없이 A루트로만 진행되었다. 블랑슈 로셰트가 일어나 의장을 불렀다.

"잠깐, 잠깐만요, 파우리아 의장님? 전 오늘 여기 구경이나 온 입장이지만 듣다 보니 아무래도 이상한데, 네냐플에서 대규모로 메타모르포시가 일어났다는 주장을 증명할 의무는 심볼리온에 있는 것 아닙니까? 네냐플은 그런 일이 없었다고 하는데 계속 아니라고 주장할 거면 무슨 근거를 갖고 와야죠. 추측만 가지고 같은 멤버인 단체가 거짓말을 한다고 몰아가면 화합은 물 건너가고 심볼리온의 존립 근거만 불안해지는 게 아닙니까?"

파우리아 의장이 느릿느릿 말을 받았다.

"아니 그건…… 분명히 증거가 있기 때문에……."

"아, 증거가 있어요? 그럼 보여주셔야죠."

"보여줄 수는 있지만 참고로 간단한 일은 아니라서……."

그렇게 말하며 파우리아 의장은 레오멘티스 교수의 눈치를 보았다. 뭔가 준비는 했지만, 한마디도 참견하지 않고 침묵하는 네냐플 최고의 마법사에게 무슨 속셈이 있을 것 같아 망설여지는 모양이었다.

하지만 블랑슈는 그런 눈치 따위 보지 않고 졸라댔다.

"제시 못 하는 증거가 증거입니까? 그럼 네냐플에 메타모르포시는 일어나지 않은 거니까 심의회는 여기서 끝내야죠. 안 그래요?"

몇몇이 동조하기 시작하자 파우리아 의장이 눈짓으로 누군가를 불렀다. 그자는 손에 작고 납작한 상자를 들고 막시민 앞으로 갔다. 막시민은 저런 상자를 어디서 본 것 같다고 생각했다. 뭐더라?

그자는 상자를 열어 막시민 앞에 내려놓고 물러났다. 막시민은 상자를 들여다봤지만 그냥 빈 상자처럼 보였다. 희미한 연기가 흘러나오고 있을 뿐이었다.

파우리아 의장이 말했다.

"저 안에는 네냐플 기숙사 인근에서 채취한 먼지가 들어 있습니다. 문제의 메타모르포시가 일어났다고 추측되는 날, 하루 전의 것이죠. 이 안에 킵더스트가 함유되어 있다면 다음 날 벌어졌을 메타모르포시의 증거가 될 것입니다. 왜냐하면 네냐플 아랫마을의 오렌지나무 술집 주인의 증언에 따르자면 저 학생, 막시민 리프크네가 전날 프시키의 먼지와 접촉한 것은 분명하기 때문이죠."

로렐딘 교수가 손을 들고 질문했다.

"그런 걸 누가 채취한 거죠?"

파우리아 의장은 바로 대답하지 않고 일단 보라는 것처럼 상자를 향해 손짓했다. 당장은 아무 일도 벌어지지 않았다. '궁극적 토끼'를 가리는 논쟁 같은 걸 벌이고 있던 자들은 그쪽을 보지도 않았다. 다만 몇몇이 어디선가 연기가 흘러오는 것을 느끼고 불평했다.

"누가 이런 데서 담배를 태워?"

로렐딘 교수가 물러서지 않고 의장을 쏘아보자 페론 사무국장이 대신 대답했다.

"그야 뭐…… 일종의 제보가 있었던 게지요."

"제보자라면 첩자를 심어놨다는 말씀이신가요? 어쩐지 그간 네냐플 안에서 일어난 일들을 너무 빨리 알아챈다 했습니다. 예의상 하루 정도 간격도 안 두고 바로 따지고 들더니 결국 여기서 공개하시는군요. 그 정도 염탐은 아무것도 아니라고 여기셨던 모양입니다. 하지만 알고 계실 텐데요. 마법사들 간의 염탐은 수십 년 전부터 금지된 사항입니다. 십사 년 전에 그 일로 제명된 마법사도 있었던 걸 기억하시나요?"

심볼리온에 소속되지 않은 마법사들이 웅성대며 말을 얹기 시작하자 사무국장이 허둥지둥 덧붙였다.

"그, 그런 게 아니고 그냥 제보자가 있었단 겁니다! 네냐플의 일원 중에, 어, 그래, 공익을 위해 제보한 사람이 있었다는 거지, 첩자를 심어놓다니 그게 무슨 당치 않은 말씀입니까?"

"네냐플 사람이 심볼리온에다가 공익 제보를 한다고요? 네냐플을 아신다면 그런 말씀은 하시지 않을 것 같습니다만. 그리고 공익과도 상관이 없겠고요."

물론 마법사들은 '공익'이라는 말도 매우 거슬려했다. 차라리 학문 탐구나 진리를 위해서라고 했다면 좀더 잘 통했을 것이다. '염탐이 맞다', '진짜로 제보자가 있을지도 모르지 않느냐', '그게 첩자랑 뭐가 다르냐', '심볼리온은 회의체니까 십사년 전 남의 주문을 훔친 사례와는 다르다' 등등 시끄러워지고 있는데 갑자기 쿵, 하는 소리와 함께 테이블이 울렸다. 누군가가 테이블 위에 육중한 상자를 내려놓았던 것이다.

"뭐야?"

테이블에 기대어 있던 모든 사람들이 그쪽을 보았다. 뒤늦게 들어왔던, 두건을 쓴 여자가 상자 옆에 서며 절을 했다.

"저는 프리실라 포사다라고 합니다. 아르님 공작 가문에서 몇 가지 일을 맡아보고 있습니다."

마법사들은 의아한 기색이었다. 누군가가 물었다.

"아노마라드의 공작 가문이요? 그 가문이 우리 일과 무슨 상관입니까? 그리고 당신은 여기 어떻게 들어왔소?"

프리실라가 질문자를 향해 다시 정중히 절을 했다.

"직접적 관계는 당연히 없습니다. 다만 네냐플로부터 증언 요청을 받은 관계로 중대한 논의중이신 분들 앞에서 감히 실례를 범하게 되었습니다."

프리실라는 구멍만 드러난 은혈자물쇠에 열쇠를 꽂았다. 뚜껑이 열리자 시선이 집중됐지만 안에는 별다르게 많은 것이 들어 있지 않았다. 이목을 끌기 위해 준비한 소품답게 크기가 크고, 겉모양이 고급스럽고, 충분히 무거웠을 뿐이다. 프리실라는 상자 안에서 두루마리 형태로 말린 종이를 꺼내 펴더니 읽어 내려갔다.

"992년 4월 12일. 심볼리온 서남부 지부에 소속된 돈 말크레디, 루시 스투아가 노아질베르 수운을 이용해 야플리아 강으로 들어와 선착장에서 하선. 4월 13일부터 20일까지 헤이마치 마을의 여관에 투숙. 이후 아모치아 시에서 5월 10일에 발견됨. 992년 9월 8일. 심볼리온에서 서기직을 맡아본 바 있는 일라이아 켐튼이 역시 노아질베르 수운을 이용, 같은 선착장에서 하선. 헤이마치 마을에서는 20일에 발견됨. 이후 10월 2일에 아모치아를 거쳐감."

사람들은 얼떨떨한 표정으로 프리실라를 쳐다보고 있었다. 저런 정보가 어디서 어떻게 수집된 것인가?

"필요하시다면 노아질베르 수운을 이용한 심볼리온 마법사들의 명단, 네냐플 근교 마을의 숙박부도 드릴 수 있습니다. 아, 그리고 993년에 네냐플을 공식 방문했던 히포디온이라는 분이 통행용 패를 잃어버리셨을 겁니다. 그 뒤로 그 물건이 어디로 갔는지는……."

이어지려는 말을 막듯 한 사람이 벌떡 일어나며 물었다.

"거기 적힌 내용이 다 사실이라고? 그렇다 치더라도 당신이 한 행동도 염탐 아니오?"

프리실라가 웃었다.

"그건 맞는 말씀입니다. 그런데 마법사 간의 염탐은 금지되어 있으나 저는 마법사가 아니므로 해당 사항이 없겠습니다."

"당신이 문제가 아니라 그 가문에는 마법사가……."

"아르님 가문에 마법사는 한 분도 안 계십니다."

마법사 간의 규칙은 마법사 아닌 사람에게 적용되지 않는다. 사무국장이 물었다.

"그렇다 해도 992년이면 이 년 전인데 그때 이런 일이 있을 줄 알고 조사한 건 아닐 테고, 이유가 뭐였습니까? 그 뒤로도 계속 조사한 겁니까?"

"조사 기간은 992년부터 994년 현재까지입니다. 건별로 헤아려 보면 약 마흔 건 정도 됩니다. 물론 이런 일이 없었더라면 절대 공개될 일이 없었을 정보죠. 왜 수집되었느냐고요?"

프리실라가 사람들을 죽 둘러보더니 막시민에게서 시선을 멈췄다. 막시민은 침을 꿀꺽 삼켰다. 상대가 누구인지 기억났기 때문이다. 조슈아의 작은할아버지, 히스파니에 폰 아르님의 심복인 렘므 출신의 여자.

"아르님 가문의 소공작께서 네냐플에 입학하신 해가 992년입니다. 그후로 네냐플 주변에서 목적이 불분명한 자들의 움직임을 조사해왔습니다. 공작 가문의 후계자께서 먼 곳의 학교에 재학하고 계시니만큼 그 정도의 경호는 기본이 아닐까 합니다."

프리실라를 처음 만났던 이 년 전, 프리실라는 조슈아에게 먼저 절을 하고 나서 막시민과도 인사를 나누었다. 그런 뒤로 다시는 만날 일이 없었다. 히스파니에는 한두 번 만났지만 그저 은퇴한 노인처럼 평화로운 모습이었다. 막시민이 잠깐 보았던, 아노마라드의 모든 항구에 입항이 금지된 악명 높은 해적선 '악마를 뒤쫓다'를 타고 남부에서 켈티카 앞바다까지 누비던 모습은 어디론가 사라지고 없었다.

그런다고 히스파니에가 시골 할아버지가 될 리 없다는 거야 알고 있었지만 무엇을 하는지 깊은 관심을 갖지는 않았던 것 같다. 하지만 히스파니에는 그후로도 네냐플 일대를 철저히 감시해왔다. 조슈아가 다시는 위험해지지 않게 하려고. 하긴 그럴 만했지. 조슈아의 목을 손에 쥔 적도 있던 암살자는 네냐플 근처까지 나타났었다. 그자가 얌전히 물러갔든 어쨌든, 안고니나의 커튼이 네냐플을 지키고 있든 아니든, 같은 실수를 두 번 반복할 사람이 아니지. 히스파니에 폰 아르님은.

그렇게 차곡차곡 쌓아뒀던 정보를 일부 꺼내 막시민을 위해 쓰려고 하는 것이다. 히스파니에가…… 어쩌면 조슈아일지도 모르지. 어느 쪽이든.

그런 생각을 하는데 이상하게 맥이 탁 풀리며 공기며 불빛이 어지럽게 느껴졌다. 꽉 매지도 않은 크라바트가 답답해 저절로 손이 목덜미로 갔다. 상대가 호의를 갖고 맛도 영양도 완벽한 요리를 권하는데 너무 입맛이 없어서 문제인 사람처럼.

심볼리온 측은 이 뜻밖의 상황에 제대로 된 반응을 하지 못하고 당혹스럽게 눈만 깜빡거렸다. 저들은 네냐플을 염탐하려 했지만 그런 저들을 누군가가 지켜보고 있을 가능성은 생각해보지 않은 모양이었다.

"그런 중요한 정보를…… 왜 지금 여기 와서 풀어놓는 겁니까?"

"저는 지시를 이행할 뿐인지라 왜인가를 대답할 권한은 없습니다. 답을 꼭 듣고 싶으시다면 아르님 가문에 직접 문의해주십시오."

프리실라가 상자를 닫고 물러나려 하자 뒤늦게 정신을 차린 몇몇이 항의했다.

"아무리 공작 가문이라 해도 남의 행적을 저렇게 추적하고 있었다니, 지나치게 음험한 행동이 아니오?"

"그걸 심지어 공개적인 자리에서……."

"누가 한 나라의 귀족에게 저런 엄청난 권한을 준 거요?"

그러자 프리실라가 그자들을 바라보았는데 복면 안쪽으로 희미한 비웃음이 감돌았다.

"권한이라. 저희는 그저 위험에 대비하고 있으며 위험에 대비할 권한은 누구에게나 있지 않을까 합니다. 과거 소공작을 해치려던 자들이 꾸민 음모로 위험천만한 사건을 겪었던 아르님 가문이 같은 잘못을 반복하지 않고자 하는 노력이 음험한 것일까요? 또한 저희는 아무나 마구잡이로 조사하지 않습니다. 네냐플 주변에 얼마나 많은 사람들이 오가겠습니까? 그 가운데 지역적 연고도 없고, 방문 목적도 불분명하며, 특히 신원을 숨기려 하는 자들만이 저희의 관심을 끌게 되지요. 솔직히 말씀드리자면 이건 헛물 켠 조사 명단이고 저희 업무에 큰 방해가 되었습니다. 네 명쯤 추적했을 즈음에는 짜증이 나서 심볼리온에 공식 항의를 하고 싶을 정도였어요."

"……."

다들 뭐라 대꾸해야 좋을지 몰랐다. 공작 가문이 암살자의 접근을 막고자 쳐둔 그물에 걸려든 엉뚱한 물고기들이라니.

굴욕적이긴 한데 어떤 점에 항의해야 할지 애매했다.

"헛물을 너무 심하게 켜는 바람에 조사록의 내용은 이보다 방대할뿐더러 다소 민감한 부분들도 포함되어 있습니다. 그러니 이쯤에서 멈추는 편이 좋을 것 같습니다. 이 상자 안에서 더 많은 것이 튀어나와 여기 모인 전 대륙의 마법사분들께서 과연 심볼리온이라는 단체가 존재할 필요는 있는 걸까, 그런 의구심을 품게 되어서야 곤란하겠지요."

그 말은 협박이었지만 동시에 교묘한 협상이기도 했다. 저 안에 무슨 내용이 있는지는 프리실라만이 안다. 문서에 이름이 언급된 사람들은 이 자리에 없다. 그러니 그들이 무슨 짓을 했든 안 했든 지금 당장 증명할 방법은 없다. 하필 구경거리를 찾아 전 대륙의 마법사들이 모인 가운데 '다 공개해봐라, 겁나지 않는다'고 간 크게 내질렀다가 진짜로 큰 추문이면 어찌할 것인가? 차라리 심볼리온이 빨리 잘못을 인정하는 편이 낫지.

프리실라는 절을 한 뒤 테이블 뒤쪽으로 물러나 벽에 붙여 놓인 의자 중 하나에 앉았다. 많은 사람의 눈이 프리실라를 흘끔거렸다. 아르님 공작 가문 말이야, 수상한 정보망을 갖고 있다는 소문이 있던데, 해적하고도 닿는다고…….

파우리아 의장도, 페론 사무국장도, 반론을 펴지 못하자 몇몇은 "이제 심의회를 끝내도 되는 것 아닌가?" 하고 수군거렸다. 네냐플에서는 메타모르포시가 일어나지 않았다 하고, 막시민의 실수는 정학이면 응분의 처분이고, 심볼리온은 염탐이라는 금지된 행동을 했다는 증거가 나왔는데, 그런 기관이 네냐플 일에 끼어든다는 것은 어불성설이니까…….

그러는 동안 막시민 앞에 놓인 납작한 상자에서는 여전히 아무 일도 벌어지지 않았다. 톨레인 조사관이 슬금슬금 다가와 상자를 치우려고 하는데 막시민의 귓가에 불쑥 끔찍한 속삭임이 들려왔다.

'무서워, 무서워, 무섭다.'

'부른다, 부르니, 부르고 있다.'

'죽인다, 죽는다, 되살아난다.'

'살려줘, 살려줘, 살려줘, 살려줘…….'

진실의 잔해

막시민은 눈을 부릅뜨며 생각했다. 이게 뭐야? 설마…….

속삭임은 점점 커졌다. 거의 비명이나 다름없었다. 수백 명이 질러대는 비명이었다. 막시민은 귀를 막고 싶었으나 팔이 캐러멜에 붙어 있어 그럴 수도 없었다. 하지만 귀를 막는다 한들 소용이 있었을까. 그 소리는 잉그릿이나 마리 다니엘이 보낸 목소리처럼 오직 막시민의 귀에만 들려오는 듯했다.

소리에 압도되자 눈앞에 보이는 사람들이 움직임을 멈춘 듯, 시간이 멈춘 듯, 비명 같은 외침 말고는 아무것도 흐르지 않는 듯했다. 소음의 우물에 빠져 서서히 익사하듯 숨이 막혀오는 가운데 막시민은 이상한 점을 깨달았다. 저만치 한 사람, 그만이 자연스럽게 움직이고 있었다.

누구지.

모르는 사람이었다. 지금까지 한 번도 발언하지 않았거니와 눈에 띈 적도 없었던 것 같았다. 키가 아주 크고, 갈색 로브를 입었고, 안경을 썼다. 곱슬곱슬한 금색 머리를 길러 묶었다. 그는 막시민을 보고 있지 않았다. 자기만의 흥밋거리에 빠져 어딘가를 바라보며 혼자 미소를 짓고 있었다.

그러는 동안 납작한 상자에서 무럭무럭 솟아오르던 연기가 훅 짙어졌다. 그자의 모습은 연기로 가려지고, 놀란 사람들은 불이라도 났나 하고 허둥거렸다.

"뭐야, 이 연기는?"

그때 연기 속에서 붉고 가느다란 것이 튀어나왔다. 깃털인가, 또는 날개인가?

불길이었다.

그러나 진짜 불길과 달리 움직임이 느리고, 붓으로 긋듯 기묘한 궤적을 그렸다. 흡사 당초무늬 같은 불길이 사방팔방으로 자라났다. 마법사들은 제일 먼저 주변을 살폈다. 누가 벌인 일인지, 시전자를 찾으려는 합리적인 반응이었다. 그러나 찾아내기도 전에 날카로운 소음이 회의장을 뒤덮었다. 철필 수십 개로 철문을 긁어대는 듯한 소리였다.

"으……."

사람들은 본능적으로 이를 악물며 귀를 틀어막았다. 사방에서 앞다투어 주문을 외우는 소리가 울렸다.

"블로카레테 틴 퀴일리!"

"빠고스떼 또 쁠라스마!"

"아포칼립스테 토 프라그마티코 쉬마 사스!"

주문도 제각각, 발음도 제각각이었다. 그러나 어쨌든 모조리 효과가 있었다. 그들 모두는 상당히 뛰어난 마법사였기 때문이다. 그 결과 대략 십여 가지나 되는 주문이 동시에 힘을 발휘하면서 심지어 중첩되자…….

"물러서!"

콰광!

폭발음과 함께 테이블 위에서 네 가지 색깔의 섬광이 치솟았다. 그건 티치엘의 헛간 실험실에서 곧잘 보던 '합성 실패 폐기물'에서 나오는 것과 비슷했지만, 그것보다 열 배 정도는 파괴력이 있었다. 무엇이 폭발했는지 몰라도 뿜어내는 잔해의 규모는 그랬다. 세숫대야 규모의 화산이 코앞에서 폭발한 꼴이었다.

폭발은 적어도 한 가지 쓸모 있는 효과를 가져왔다. 막시민의 머릿속을 울리던 속삭임이 멈췄다. 제정신으로 돌아온 그는 피하려 했다. 그러나 벌떡 일어나면서 캐러멜을 짊어지기라도 하지 않는 한 도망칠 방법이 없었다. 캐러멜은 땅띔도 될 기미가 없었고, 별수없이 그는 양팔로 머리를 감싸며 웅크렸다. 머리가 깨지지 않기만을 바라면서.

그런데 어찌된 셈인지 아무 일도 없었다. 부스러기 하나 닿는 느낌이 없었다. 막시민은 살그머니 고개를 들고 주위를 엿보았다.

그건 굳이 비유하자면 밤송이를 담은 상자가 폭발한 것 같은 광경이었다. 온 사방에 알밤만 한 불덩이들이 흩어져 타고 있었다. 밤 가시처럼 뾰족뾰족한 조각들이 주위의 벽과 커튼에 박혔고 몇몇 사람의 옷깃에도 박혀 있었다. 반쯤 갈라진 테이블 위에는 시커먼 얼룩이 생겨났다.

사람들은 모두 화가 나 보였다. 테이블 근처에 있다가 잔해를 덮어쓴 자들은 물론이고 한눈을 팔다가 모자에 불이 붙거나 몸에 가시가 박혀 비명을 지른 사람들은 더더욱 그랬다. 체면이 상했던 것이다.

막시민은 제 몸을 내려다보고 뒤통수도 쓸어보다가 문득 곁을 봤다. 아까 테이블 중간쯤에서 자신을 주시하던, 그러니까 멍청이 라벨을 찾던 군인이 그의 앞을 막으며 왼손을 뻗은 것이 보였다. 그 손 주위로 반투명한 방패 같은 것이 펼쳐져 있었다.

그러나 고맙다는 말을 꺼내기도 전에 손을 오므려 결정 방패를 슥 없애버린 로랑이 심각한 표정으로 막시민을 봤다.

"지금 무슨 짓을 한 겁니까?"

왜 내가 했다고 생각하는데?

막시민은 나를 천재로 보는 미친 짓을 다들 그만할 수 없느냐고 외치려 했다. 그러나 로랑은 둘의 대화를 누가 목격할세라 얼른 물러나버렸다. 동시에 교대라도 하듯 속삭임이 돌아왔는데 이번엔 노래였다. 박자도 음정도 안 맞고 속도조차 제각각인 그것을 노래라고 불러도 좋다면 말이지만.

'여왕이여 저희를 구해주세요.'

'당신의 자매이고 딸이니까요.'

'떠나간 형제는 잊어버리세요.'

'어차피 은혜를 모르니까요.'

'그자가 우리를 삼키러 와요.'

'부수고 짓밟고 태우러 와요.'

'그자를 송곳니로 찢어발겨 들판에 뿌려주세요.'

'아아 여왕이여 제발 그렇게 해주세요.'

문법 놀이가 끝나고 제대로 된 문장을 구사한 것에도 놀랐지만 내용은 더더욱 이해할 수가 없었다. 여왕은 누구고, 잡아먹으려는 건 누구고…… 하여간에 듣는 사람은 막시민뿐인데 이게 다 뭔 소리냐고.

이들이 프시키라는 것만은 명백했다. 조금 전에 나타났던 불길도 이스핀이 바이올린에서 프시키들을 끌어내려 했을 때와 규모만 다를 뿐 비슷했다. 누가 또 이놈들을 억지로 끌어내기라도 한 거야? 대체 어디서…….

불현듯 막시민은 뭔가를 깨닫고 주머니에 손을 넣었다. 이스핀이 잘라서 줬던 바이올린 E현이 손끝에 잡혔다. 끄집어내자 팅, 소리를 내며 금속 현이 풀어졌다. 이스핀이 끝을 꼭 묶어서 넣어줬던 것 같은데. 그러면서 말했었지. 호신용이니까 갖고 다니라고. 호신은커녕 크나큰 오해의 소지가 생긴 것 같다만.

이 안에 여전히 숨어 있었던 건가? 그런데 왜 갑자기 난동을 피우기 시작한 거야? 저 상자에 들어 있다는 먼지 때문에?

회의장의 어수선한 상황은 오래가지 않았다. 그들은 뛰어난 마법사였으므로 순식간에 불붙은 것들을 꺼버리고 웬만한 상처도 없애버렸다. 그들은 다소 짜증이 났기 때문에 모든 일을 지나치게 빨리 했다.

"누가 한 짓이야! 미친 거 아니야?"

누군지 알려줄 사람은 없었다. 그들 모두였기 때문이다.

이 와중에 몇몇은 표본을 채취하겠다고 핀셋을 꺼내들고 돌아다녔고, 홧김에 가시나 불덩이를 없애버린 자들과 입씨름도 했다. 그러나 더 많은 사람들이 테이블을 바라보고 있었다. 그중 한 명이 말했다.

"이걸 어쩐다."

그들 정도의 마법사들이라면 쪼개진 테이블쯤은 순식간에

말끔하게 붙여버릴 것 같았지만 아무도 그러지 않았다.

"이것참…… 어쩌다가 이렇게 된 거야?"

"주문이 몇 개나 겹친 건지 모르겠네요."

"이 테이블이 루실 아를레티의 마법이 봉인된 유물인 걸로 아는데 그런데다가 되는대로 마력을 퍼부으면 어쩌자는 거야? 주문이 뒤섞이면 무슨 일이 날 줄 알고?"

"복구하려 해도 마찬가지예요. 특히 마지막에 저 시커멓게 태워먹은 주문 쓴 게 누굽니까? 제정신이에요?"

"쪼개진 걸 보니 그것 때문만은 아닐걸요? 저건 뇌전 계열의 영향 같은데."

"뇌전계 하나만으로는 저렇게 안 되지. 누가 앞서서 다른 걸 썼겠죠. 테이블 다 젖은 거 보십쇼."

따지고 보니 놀란 나머지 순간적으로 헛짓거리를 한 인간이 한둘이 아니었다. 이런 식으로 단 한 명의 귀책을 찾아내지 못하게 됐으니 이어질 양상은 뻔했다. 헛짓거리 1, 2, 3, 4가 있는데 그중에 3이 제일 나빠. 왜냐고? 너희 학교가 3을 했으니까!

"탄 건 어떻게 수습 가능하다 쳐도 쪼개진 건 곤란한데."

"누가 저렇게 물을 퍼부어놓지 않았으면 뇌전이 그렇게 세게 먹혔을 리가 없죠."

"그래요. 다 맞는 말씀입니다만, 제가 보기에는 대응 주문을 잘못 고른 실수보다 소환 실수가 더 큰 문제 같군요?"

"그렇다 쳐. 그럼 소환을 취소시키면 되는 걸 가지고 왜 불이고 번개고 퍼붓는 거야? 어디서 온 멍청이들인지 몰라도 그 학교는 기본도 안 가르쳐?"

드디어 학교가 나왔다. 모두가 싸늘하게 주위를 둘러보는 가운데 로렐딘 교수가 한쪽 눈썹을 올려 보이며 반문했다.

"그 멍청이가 당신네 학교에서 왔을 가능성은 왜 배제하시죠?"

2차전이 발생할 위기가 고조되는 가운데 생기를 되찾은 파우리아 의장이 어디선가 의사봉을 꺼내 들고 두드렸다. 그에게 의사봉이 있다는 사실도 방금 알았다.

"자, 다 보셨을 겁니다! 이게 바로 네냐플에서 벌어진 일입니다. 네냐플에서 채취한 먼지와 저 학생이 만나자 그대로 또 벌어졌죠. 메타모르포시의 양상은 다양합니다. 방금 나타날 뻔한 그것이 뭔지는 모르겠지만 네냐플에서는 더한 일이 벌어졌겠죠. 왜냐하면 이 상자 속에 들어있던 먼지는 한 줌이지만 네냐플에는 수천 배로 깔려 있었을 테니까요."

조금 전의 일로 놀란 사람들은 어딘가 말이 안 된다는 것을 즉각 깨닫지 못한 채 네냐플이 엉망진창이 되는 광경을 상상하며 긴장했다. 그럼 네냐플은 거짓말을 했고, 심볼리온의 우려는 사실이었단 말인가?

그때였다.

레오멘티스 교수가 일어나 반으로 갈라진 테이블에 두 손을 얹었다. 그러자 테이블이 덜덜 떨리며 빛나기 시작했다. 흠칫 놀란 마법사들은 모두 테이블에서 물러났다.

"지금 무슨……."

뒤이어 커다란 진동이 밀어닥쳤다. 민감한 몇몇은 머리를 싸매거나 귀를 막았다. 당장 느껴지는 진동뿐 아니라 마력의 흐름 자체를 잘 느끼는 자들이 마법사가 되기 때문이다. 거대하게, 빠르게 몰려들고 있다.

곧 놀라운 변화가 일어났다. 조금 전 일어났던 일이 시간을 거꾸로 감기라도 한 듯 고스란히 정반대로 벌어졌다. 테이블은 살아 있는 것처럼 도로 붙고, 젖은 것은 마르고, 갈라졌던 흔적조차 스르륵 지워졌다. 검게 탄 자국도 물 마르듯 사라져 버렸다. 모두가 말문이 막힌 가운데 희미하게 삐걱대는 소리만이 홀을 채웠다.

이윽고 사방에 떨어졌던 불똥이며 가시 따위도 마찬가지로 싹 사라지자 모든 것이 주문을 쓰기 전과 똑같아졌다. 그 과정에서 막시민이 붙어 있던 캐러멜도 스르르 녹아 사라져버렸다.

침묵 사이로 소곤거림이 퍼져나갔다.

"와…… 이거 전체 역주문이지?"

"조금 전 우리가 쓴 거 전부 되돌려버린 거죠?"

"열 가지 넘지 않았어요? 그걸 다? 그럼 테이블은?"

"루실 아를레티가 삼백 년 전에 보호와 재생의 힘을 봉인해놓았다던데, 그걸 되살렸나 봐요."

"역주문 걸려면 대상 주문의 기전을 완벽히 알아야 되지 않습니까? 온갖 인간들이 동시에 터뜨린 십수 가지 주문을 단번에 꿰뚫어 봤다고요?"

"그것도 그거지만 이 정도 역주문에다가 아를레티의 주문까지 동시에 재생해버리면 엄청난 시전 후폭풍이 밀려올 텐데 그것도 한꺼번에 상쇄할 수가 있단 말입니까?"

누군가가 불쑥 대꾸했다.

"네냐플 최고의 마법사 수준을 이제 아셨습니까?"

조금 전까지 제 나름대로 잘난 체하던 마법사들은 급속도로 의기소침해졌다. 눈앞에서 이 정도로 수준 높은 마법을 본 건 그들도 수십 년 만이었다. 레오멘티스 교수가 네냐플의 마법을 대표하는 존재임을 알고 있어도 실력을 볼 일이 좀처럼 없어 어느 정도 착각하고 있었던 듯했다. 대마법사라고 불리려면 저들보다 좀 나은 정도가 아니라 압도적으로 뛰어나다는 것을.

킨 교수가 일어나 파우리아 의장을 불렀다.

"의장님, 저 상자를 가지고 이 자리에 의도적으로 메타모르포시를 일으키려 하신 거라면 매우 유감스럽습니다. 뛰어난 마법사들이 많이 와 계시니 어떻게든 해결되리라 생각하셨던 모양이지만, 네냐플 마법 마스터의 정제된 마력을 고작 이런 일로 소모해야 했습니까?"

"그건, 네냐플에서 일어난 일을 증명할 방법이 이것밖에 없었기 때문에……."

"아뇨, 아무것도 증명되지 않았습니다. 오히려 다른 점이 증명된 것 같군요. 네냐플에서 무슨 일이 있었든, 남의 도움 없이 직접 해결할 힘이 있다는 사실 말입니다."

그 점만은 확실히 그랬다. 회의장에 모인 마법사들은 엄청난 주문을 눈앞에서 목격한 여파로 네냐플의 일에 참견할 의욕을 잃었다. 레오멘티스 교수도 그런 의도가 있었을 것이다. 메타모르포시가 있었든 없었든, 네냐플이 심볼리온을 비롯한 다른 마법사들의 도움이 필요하지 않다는 사실을 가장 효율적으로 증명하는 방법이었다.

"하지만 네냐플의 먼지와 저 학생이 접촉하니까 조금 전에……."

호이오크 교수가 고개를 갸웃하며 지적했다.

"글쎄요. 막시민 리프크네가 네냐플을 떠난 지 두 달이나 되었는데 술집에서 묻었던 프시키의 먼지가 아직도 남아 있었을까요?"

"……."

어처구니없지만 실질적인 지적을 받은 파우리아 의장은 말문이 막혔다.

"그, 그럼 조금 전에 일어난 반응은 대체 무엇 때문에……."

"글쎄요. 이 회의장 안에도 프시키가 있었던 모양이죠."

"하지만 프시키를 소멸시켜야 먼지가 나오는데요?"

"그건 모르겠네요. 하지만 이곳에 위대한 마법사들이 많이 모여 계시니만큼 테라스에서 담뱃불을 붙이려다가 불쏘시개 삼아 한둘 잡았을 수도 있겠죠?"

감히 네냐플의 일에 왈가왈부하겠다고 모인 것이 머쓱해진 마법사들은 웃음으로 얼버무릴 기회를 놓치지 않았다. 호이오크 교수가 누구보다 잘하는 방식이기도 했다. 분위기가 풀리려는 그때, 피스커 부사령관이 말했다.

"외람되지만, 마스터께서는 그렇게 엄청난 힘을 갖고 계시면서 왜 킵에서는 아무 작전도 못 하게 하십니까?"

레오멘티스 교수의 기분을 모를 무표정에 약간의 짜증이 서렸다. 지금 나와 그런 이야기를 굳이 나눠야겠느냐는 것처럼. 사실 회의가 시작된 후로 레오멘티스 교수는 줄곧 회의장 안에 앉아 있었지만 영혼이 다른 데 가 있는 사람처럼 한마디도 하지 않았다. 중요한 발언은 로렐딘 교수와 킨 교수가 주로 맡았고, 레오멘티스 교수가 한 일은 조금 전의 주문 시전

뿐이었다. 평소 말이 많은 사람은 아니었지만 이쯤 되면 뭔가 다른 이유가 있지 않나 싶을 만한데, 부사령관은 그런 생각은 전혀 하지 않는 듯 이번에야말로 대답을 듣고 말겠다는 기세였다.

결국 레오멘티스 교수가 잠시 눈을 감았다가 뜨더니 말했다.

"피스커 부사령관님, 네냐플은 킵에서 무엇을 하고 무엇을 하지 않아야 하는지 압니다. 그리고 그것에 대해 설명도 드렸지요."

어쩐지 쉰 듯한 목소리로 그렇게 말하더니 말을 그쳤다. 부사령관이 빤히 쳐다봤지만 설명이 다 됐다는 듯 더이상 아무 말도 없었다. 부사령관은 감히 대마법사에게 화를 내지 못하고 입술을 짓씹으며 다른 마법사들을 보았다.

"설명이라. 가만히 있으면 된다고 하시긴 했지요. 놀러 나가려는 아이들을 타이르는 유모처럼 말이죠. 대륙의 위대한 왕국들이 파견한 모든 군대가 네냐플 앞에서 어린아이 취급을 받았죠. 대체 네냐플은 무슨 생각인가? 필멸의 땅에 창궐한 변종 프시키를 어쩔 작정인가? 왜 자세한 설명을 해주지 않습니까? 킵에 각국 군대와 마법사들이 주둔한 지 일 년인데 네냐플의 반대로 아주 간단한, 기초적 주변 조사조차도 못했습니다. 그곳의 모든 사람들은 킵 밖에 나가보지도 못하고 시간과 비용만 쓸데없이 소모하고 있습니다. 그렇다고 네냐플에서 이유를 말해줬습니까? 말해봤자 못 알아들을 것이다, 그런 생각이십니까?"

킨 교수가 부사령관을 향해 손짓했다.

"네냐플이 아무것도 설명을 안 했다고요? 그렇게 사실을 과장해도 되는 겁니까?"

"대체 무슨 설명을 했다고……."

"했죠. 명백하게 설명을 해드렸습니다."

킨 교수는 거기서 말을 그치려 했으나 피스커 부사령관이 기가 막힌다는 듯 하, 하는 헛웃음을 뱉었기 때문에 로렐딘 교수가 대신 덧붙였다.

"지금 상태로 나가면 다 죽는다고요."

"뭐……라고요?"

부사령관의 얼굴만 붉어진 것이 아니었다. 그곳에 모인 수많은 마법사들이 당황한 눈빛으로 로렐딘 교수를 보았다.

"죽는다고?"

"마법사들이 프시키한테?"

"그게 진짜로 네냐플에서 나온…… 공식 입장입니까?"

결국 로렐딘 교수가 자리에서 일어났는데 얼굴에는 짜증이 서려 있었다.

"공식 입장이고 뭐고, 이 말을 정말로 처음 들으십니까? 그간 밖에 나가서 뭘 해보자는 주장이 나올 때마다 네냐플에서는 몇 번이나 말했어요. 위험하다고. 아직 준비가 안 됐다고. 우리가 지금껏 킵 밖으로 나가면 안 된다고 하는 이유가 그럼, 밖에 보물이 있어서 네냐플이 독차지하려고 그러는 줄 알았어요?"

파우리아 의장이 손을 내저었다.

"그럴 리가 있겠습니까? 그리고 위험하다고는 했지만…… 그야 본래 필멸의 땅은 위험하고……."

"위험하긴 하겠지만 나처럼 뛰어난 마법사에게는 해당 없겠지, 그렇게 받아들이셨습니까? 아닙니다! 그게 아니라는 말도 몇 번이나 했어요! 변종, 즉 '메타모르포시키 프시키'는 우리가 흔히 보던, 유용한 연료나 남기고 사라지는 프시키와 다르고 현재 우리가 가진 마법으로는 일시적으로 제압할 뿐 소멸시킬 수가 없다고, 작년의 심포지엄에서도 얘기했고 킵에서도 설명했지요."

"하지만……."

"그래요, 하지만! 여러분이 그 말을 곧이듣지 않는 것도 알고 있었어요. 방금 심볼리온이 벌인 일을 보니 예전부터 해온 추측이 확실해진 것 같은데, 다들 한 번쯤 은밀히 실험실에서 작은 메타모르포시를 일으켜보셨죠? 저희가 모를 줄 아셨습니까? 그렇게 생성된 이 변종들을 손쉽게 죽여 없앴다고 생각하셨겠죠?"

상당수의 마법사들이 움찔하며 주변의 눈치를 살폈다. 로렐딘 교수는 냉담하게 그들을 쏘아봤다.

"그것들은 없어지지 않았습니다. 그러는 대신 여러분이 상상도 못 할 곳에서 되살아났죠. 우린 그걸 셀 수도 있었어요. 궁금하신가요? 정확히 스물여섯 번이었네요."

네냐플만 알던 비밀에 놀란 마법사들이 웅성댔지만 피스커 부사령관은 마법사가 아니었기에 여전히 기고만장한 태도로 로렐딘 교수를 보았다.

"아, 그래요. 그런 주장에 대한 증거는 가져오셨습니까? 이번에도 또 네냐플이 그렇다 하면 그런 줄 알아라, 그러시려는 건가요? 아시다시피 킵에는 마법뿐 아니라 군사력도 준비되어 있습니다. 그리고 기록에 따르자면 이 변종 프시키들은 마법이 부여된 무기로 없앨 수가 있다고 하지 않습니까? 하지만 네냐플은 군대의 힘도 무시하지 않았습니까?"

"아하, 그 얘기가 왜 안 나오는가 했지요. 군인 여러분이 무기를 사랑하는 마음은 잘 알겠지만 이건 그런 문제가 아닙니다. 그리고 이 점을 설명하기 위해 한 시간에 걸쳐 마법식을 써드릴 수도 있겠지만 과연 그걸 원하실지 모르겠네요."

피스커 부사령관이 지지 않고 내뱉었다.

"그런데 제가 알기로 교수님은 약초학 마스터가 아니시오? 과연 진짜로 그런 수식을 쓰실 수가 있으신지?"

놀랄 만큼 모욕적인 말에 주위의 마법사들이 당황해 수군거렸다. 부사령관이 렘므에서의 지위를 믿고 일개 마법 학교의 교수쯤은 무시해도 좋다고 생각하는 것인가? 하지만 여기는 마법사들의 회의 자리 아닌가?

로렐딘 교수는 잠시 그를 쏘아보고 있더니 냉담하게 되물었다.

"궁금하신가요? 그럼 저는 그걸 써드리고, 부사령관님은 심볼리온에 뇌물을 써서 군사작전을 시작하려 한 걸 인정하시고, 그러면 서로 셈이 딱 맞겠군요."

부사령관은 순간 뒤통수를 맞은 것처럼 멍해지더니 얼굴을 찡그리며 노성을 내뱉었다.

"그게…… 무슨 망발인가!"

로렐딘 교수는 턱을 약간 당기며 귀를 막고 싶은 표정을 지었다. 흥분한 부사령관은 삿대질까지 하며 연달아 소리쳤다.

"감히, 렘므의 군대가, 뇌물 같은 것을 써서…… 이 말은 렘므의 국왕 폐하에 대한 모욕이나 다름없다! 방금 한 말을 증명하지 못한다면 당신이 네냐플의 교수든 뭐든 렘므로 가서 국왕 폐하 앞에 직접 사죄해야 할 것이다!"

그렇지 않아도 놀라서 조용해졌던 회의장은 아예 얼어붙었다. 국왕 모욕죄는 렘므에서 중죄로 알려져 있었지만 그렇다고 네냐플의 마스터를 렘므로 소환하겠다니. 지금껏 모든 마법사들 사이에서 암묵적으로 인정된 네냐플의 권위를 쓰레기 통에 처박는 발언이 아닌가?

네냐플 출신의 늙은 마법사 한 명이 눈썹을 찡그리며 일어났다.

"이보시오, 여긴 마법사 회의요. 손님은 손님답게 처신하시기 바라오. 왕국이니 군대니, 마법 세계의 눈으로 보면 일시적인 현상에 불과하오. 렘므의 국왕 폐하께서 할말이 있다고 해서 네냐플의 마법사를 자국으로 소환할 권한이 있겠소?"

그러자 별비군 소속의 젊은 장교가 바로 일어나 그쪽을 노려봤다.

"세상 모든 마법사들이 네냐플 출신들처럼 생각하는 줄 아십니까? 렘므에서 마법사란 지위고하를 막론하고 국왕 폐하를 섬기는 존재입니다. 그리고 폐하께서 할말이 있어서 부르시는 것이 아니지요. 폐하를 모욕한 죄가 있으면 마땅히 소환되어야지요!"

또 다른 네냐플 출신이 벌떡 일어나 그쪽을 봤다.

"국왕 폐하에 대한 모욕이란 그쪽의 일방적인 주장 아니오? 그럼 망발이라는 말은 로렐딘 교수님을 모욕한 것이 아니란 말이오?"

"그럼 망발이 아니라는 걸 증명하시든가요! 뇌물 수수의 증거를 지금 당장 내놓으시면 되겠네요. 그럴 수 없다면 그건 망발이고 모욕이지요!"

말을 하는 자들뿐 아니라 나머지도 분위기가 험악해졌다. 이대로는 네냐플과 별비군 사이에 정면충돌이 벌어질 기세였다. 심볼리온 의장이 중재해보려 몇 마디 했지만 이미 자존심 싸움에 돌입한 터라 어느 쪽이든 귀도 기울이지 않았다. 그때 한구석에서 다비드가 슬그머니 손을 들어올렸다.

"안녕하십니까? 갑작스럽지만 두 분의 의견 불일치와 관련해서 중요한 말씀을 드려야 하겠습니다. 저는 오를란느 추밀원의 비서관으로 일하고 있는 다비드 드 도벨이라고 합니다. 현재는 킵에서 오귀스트 드 캉페슈 참사관의 보좌관 임무를 맡고 있습니다."

그러자 네냐플 측, 별비군 측 할 것 없이 모두가 다비드를 쏘아봤다. 오를란느는 또 무슨 참견이냐는 것처럼. 다비드는 움찔하더니 이마를 문지르면서 당혹스럽게 웃었다.

"아니, 다들 그런 눈으로 보시니까 막중한 책임감이 느껴지는데…… 그런데 실제로 그런 내용이긴 합니다. 본래 이런 식으로 밝힐 생각은 없었습니다만 이대로 양측이 다투다가 동맹이 와해되는 것보다는 나을 것 같네요. 얼마 전에 저희 참사관님께서 감사를 진행하다가 신기한 것을 발견하셨는데……."

다비드는 일어나면서 뒤적뒤적 종이 한 장을 꺼내 들었다.

"약 두 달 전에 여섯 명의 군인이 무단으로 킵을 이탈하여 필멸의 땅으로 나갔다가 실종된 사건이 있었습니다. 실종자는 오를란느군 세 명, 아노마라드군 한 명, 렘므군 두 명이고요. 그들이 남긴 소지품을 검사하는 과정에서 오를란느의 누와예 자작이 렘므의 하이뫼 중령과 주고받은 편지가 여러 통 나왔습니다. 제가 여기서 이것을 읽어드릴 수도 있지만……."

다비드는 일부러 말을 멈추고 사람들을 죽 둘러보더니 말을 이었다.

"그로 인해 명예에 치명상을 입을 만한 분도 계시니 간단히 개요만 말씀드리자면 킵에서 올해 안에 군사작전을 시작하기 위해 지난해부터 약 80만 엘소에 달하는 뇌물이 살포되었다는 내용 되겠습니다. 돈이 효과를 발휘한 결과 네냐플을 무시하고라도 군사작전을 시작해보자는 공감대가 형성되었고, 그 분위기에 휩쓸려 여섯 명이 제멋대로 사전 조사를 하고자 나갔다가 그만 돌아오지 못하는 몸이 되고 말았죠. 그래서 돈은 돈대로 쓰고 군사작전은 개시되지 못한 그런 사연이라 하겠습니다."

"뭐라고?"

어조만 평이했지 대형 비리의 폭로였다. 마법사들로서는 도무지 이해할 수 없는 내용이기도 했다. 킵에서, 필멸의 땅에서, 네냐플의 의견을 무시하고 군사작전을 시작해? 뭘 믿고?

별비군 장교가 더듬거렸다.

"그, 그런 말도 안 되는 애기를…… 그 문서의 진위를 당장……."

"참사관의 조사 결과를 부인하시려면 대공국 추밀원에 정식으로 이의를 제기하시기 바라며 해당 문서는 심의회가 끝난 뒤 개별적 회람을 통해 진위 여부를 확인시켜드리겠습니다. 이상입니다."

다비드는 싸움판에는 되도록 끼어들지 않는다는 주의였으므로 재빠르게 마무리하고는 도로 앉았다. 캉페슈 참사관은 어느 조직에든 재앙 같은 존재였지만 친분을 가리지 않고 누군가의 추문을 들추는 것을 좋아해서 감사에는 또 적격인 인물이기도 했다. 이번에는 특히 로랑이 그간 여단 창고에서 숫돌 하나라도 빼돌리지 않았는지 꼭 알아내고 싶어서 쌓인 서류를 열심히 뒤졌던 것 같지만 엉뚱하게도 다른 성과를 올리게 되었다.

"말도 안 되는 소리! 감히 렘므를 모함하려고 가짜 문서를…… 그런 식으로 거짓을……."

이제 피스커 부사령관이 무슨 말을 하든 뇌물 수수 문제를 뒤집기는 힘든 상황이었다. 그러다가 부사령관은 문득 한 명을 주시했다. 캐러멜이 사라졌는데 빈 의자도 없어서 테이블

앞에서 엉거주춤하고 있던 막시민이었다.

"그렇다! 저자야! 저자 때문이야!"

막시민은 테이블을 짚은 채 기가 막혀 고개를 꺾으며 부사령관을 올려다봤다. 왜 또 나냐고. 조금 있으면 천지창조도 했다고 할 판이네.

"자네가 대마법사 쥬스피앙과 함께 돌아다니며 소란을 피웠던 것을 다 알고 있다. 그 뒷수습을 하느라…… 군인들이 킵 밖으로 나갈 수밖에 없었던 것이다. 그 폐허에서 나왔던 수상한 인형! 그것 때문에 갑자기 변종 프시키가 거대한 무리를 이루지 않았던가! 너희가 인형을 건드리는 바람에 그 꼴이 됐다는 걸 모를 줄 아는가?"

막시민은 눈을 둥그렇게 뜬 채 그 말을 들었다. 쥬스피앙과 자신이 친구 사이라도 되는 것처럼 어딜 가서 소란을 피웠다니, 무슨 소릴 하는지 처음에는 이해가 가지 않았지만 곧 한 장면이 떠올랐다. 쥬스피앙과 그가 단둘이 어딜 간 일은 한 번밖에 없었으므로.

그럼 소란은 뭐야? 혹시 그 날아오던 쇳덩이들을 없애버린 일? 수상한 인형은 또 뭐야?

"그 인형이 폭발하면서 대폭 증식한 변종 프시키가 킵을 맴돌며 위협하고 있는데 우리가 구멍 속의 쥐처럼 숨어서 구경만 해야 하는가? 당연히 위험을 무릅쓰고라도 문제를 해결하려 시도해야 하지 않는가? 그런 노고를 두고 감히 뇌물을 받았기 때문이라고 모함하다니!"

이어 부사령관은 문제의 폐허를 발견한 뒤로 아무도 접근하지 않기로 뜻을 모았는데 쥬스피앙과 막시민이 함부로 그곳을 건드렸기 때문에 일이 이렇게 된 것이고, 이는 네냐플 측의 중대한 협약 파기라고 주장했다. 이곳에 쥬스피앙이 있는 것도 아니고, 목격자가 있는 것도 아니고, 진위를 증명할 수 없는 비난에 여기저기에서 난잡한 의견이 튀어나오는 동안 부사령관이 떠들어댄 소리가 막시민의 머릿속에서 새로운 정보의 형태를 띠기 시작했다. 수상한 인형이 폭발해서…… 변종 프시키가 증식했다고?

이스핀은 프시키들이 꿀을 찾는 벌들처럼 오토마톤 속의 심장 조각에 끌린다고 했다. 혈관이 든 다섯 정의 권총 말고도 심장 조각이 든 오토마톤은 수십 개에 달한다. 헬레나가 건드렸던 음악상자처럼, 그 안에 든 왕국의 쇠가 힘을 잃으면 프시키는 몰려든다. 그리고 검은 초콜릿 같은 물질이 생겨나고, 터져 나온다…….

"말씀을 듣자니 그 폭발했다는 인형에 대해 궁금한 것이 있는데요."

막시민은 허리를 펴며 부사령관을 봤다. 부사령관도 그를 보았다. 동시에 마리 다니엘이 보내온 다급한 목소리가 귓가를 울렸다.

「아니, 이보세요! 당신은 주인공이 아니에요! 가련한 인질답게 가만히 계시라고요! 아무 말도 안 하기로 했잖습니까?」

지금은 그럴 수 없다. 로랑처럼 막시민 역시 대꾸하지 않아도 되어서 편하다고 생각하며 부사령관을 보았다.

"그건 혹시 오토마톤이었습니까?"

이스핀은 말했다. 아이언페이스는 어쩌면 프시키일지도 모른다고.

이스핀의 오빠는 그자에게서 심장을 빼앗았다. 조각낸 심장을 넣은 오토마톤들은 대륙 곳곳으로 흩어졌다. 이스핀은 그것들을 도로 손에 넣으려 했다. 그자를 제 앞으로 끌어내기 위해. 복수하기 위해. 자신에게 주어진 '블러디드'의 힘으로 그자를 상대할 수 있으리라고 믿기 때문에.

아니, 어쩌면 믿어서는 아니리라.

하지만 상관없다. 어쨌든 이스핀은 그자와 싸울 것이다. 그자가 오빠를 어딘가에 감금하고 있을지도 모르니까. 그럴 리 없다고? 상관없다. 맞든 틀리든 그자를 찾아내고, 추궁하고, 마침내 죽일 것이다. 그래야 하는 이유는 도저히 이대로는 살 수 없었기 때문이다. 어쩌면 그건 아주 우회적인 방식의 자살인지도 모른다…….

막시민은 그런 짓을 막겠다고 생각했다. 누구일지라도 그런 일을 할 필요는 없다고 말해주려 했다. 하지만 실제로 한 일은 반대였다. 이스핀을 도와 정보를 캐고, 추리하고, 마침내 오토마톤을 찾아내어 건네준 건 자신이었다. 물론 그게 아이언페이스의 손에 들어갔다면 훨씬 위험했을 것이다. 그렇지만 이스핀에게 준 건 자살하려는 사람에게 칼을 쥐여준 꼴은 아니었을까?

여기서 네냐플 교수들과 심볼리온이 설전을 벌이는 광경을 막시민은 저도 모르게 학생다운 기분으로 구경하고 있었다. 위기감은 점차 사라졌다. 스승님들은 정말로 훌륭해서 그가 진짜로 멍청이 흉내만 내고 있어도 여유 있게 구해주고 떠날 것 같았다. 그러다가 뭔가를 깨닫는다……. 여기 모인 이 많은 마법사들과 군인들이 킵에 모여 누구를 상대하고 있는가를.

그건 아이언페이스다.

그들은 이스핀과 같은 일을 하고 있다.

다른 점은, 저들은 상대가 누구인지 모른 채 표면적 현상과 싸우고 있다는 점뿐이다. '변종 프시키의 갑작스러운 증식'이라는 현상. 그러나 그 뒤에는 그걸 일으키는 자가 있다.

쥬스피앙에게 이끌려 킵에 갔을 때 막시민은 날아다니는 쇳조각들을 봤다. 이제 그것들이 변종 프시키였다는 걸 안다.

쥬스피앙은 그것들을 퇴치한 것처럼 보였지만 로렐딘 교수의 말대로라면 일시적 추방이었을 것이다. 그 과정에서 발생한 킵더스트가 막시민의 몸에 묻어 네냐플로 왔다. 그러므로 킵더스트의 정체는 변종 프시키의 잔해다.

킵더스트에 프시키가 소멸될 때 나오는 먼지가 합쳐져 메타모르포시가 일어난다. 메타모르포시는 다양한 양상이 있다지만 한 가지는 분명한데, 프시키를 변종 프시키로 만든다는 것이다. 그런데 부사령관은 폐허에서 나온 인형이 폭발하여 변종 프시키가 대폭 증식했다고 주장하고 있다. 그 인형이 오토마톤이라면, 막시민은 그 폭발이 무엇인지 안다. 심장 조각을 발견한 프시키들이 폭주하면서 초콜릿이 터져 나왔겠지. 이 또한 메타모르포시란 말인가?

심장이 든 오토마톤을 박살낼 때마다 몰려든 프시키가 변종 프시키로 변하고, 변종 프시키들이 떨어뜨린 킵더스트는 또다른 메타모르포시를 불러일으키고……. 연쇄 현상이다. 인과를 발견하자 막시민의 사고는 빠르게 시작점으로 거슬러 올라갔다. 심장 조각이 든 오토마톤을 찾아내어 박살내고 있는 아이언페이스. 그자가 이 모두를 시작했다면?

그렇다면 킵을 둘러싼 필멸의 땅은 아이언페이스가 제 심장을 되찾기 위해 사용한, 거대한 실험실이란 말인가?

큰 사실이 맞춰지자 크고 작은 의심들이 물밑에서 하나씩 솟아올랐다. 변종 프시키는 왜 쇳조각의 모습을 하고 있었을까? 아이언페이스의 얼굴이 쇳빛이었던 건 단지 심장을 잃었기 때문이었을까? 쇠의 왕, 아이언페이스라는 이름은 정말로 광부들이 부른 별명에서 시작됐을까? 아니, 애초에 그자가 광부였던 것은 우연일까? 그자가 칠십 년 전에 몸담았던 곳은 왜 하필 철강 길드였을까?

무엇보다 그자의 심장이 뿜는 힘을 유일하게 차단할 수 있었던 물질은 가나폴리에서 온 왕국의 쇠가 아니던가. 왜? 그자가…… 가나폴리 시절부터 살아와서?

킵더스트도 아닌 아이언페이스의 심장 조각이 왜 메타모르포시를 일으키는가. 이것이 연쇄 작용임을 생각한다면 답은 하나밖에 없다. 그자 자체가 변종 프시키이기 때문에. 아니, 변종 프시키들이 그자의 일부이기 때문에. 그자에게서 떨어진 킵더스트가 거대한 무리를 지어 필멸의 땅을 날아다니고 있다…….

의식 밑바닥을 떠돌던 부유물들을 건져 빛 아래 늘어놓자 같은 사건의 잔해였음이 드러난다. 뼈대를 그려 자리를 찾아주자 한 가지 진실을 이룬다. 자신이 남의 일처럼 안이하게 바라보던 킵의 문제는 이스핀이 목숨을 걸고 대결중인 문제였다. 이곳의 누구도 이스핀을 모른다. 이스핀도 이들이 무엇을 하는지 모르리라. 안개 장막 너머로 솟아오른 뾰족하고 가

파른 윤곽이 빙벽인지, 버려진 성인지, 괴물인지, 양쪽을 오가며 처음으로 목격한 사람이 된 막시민은 오한과 동시에 안개로 목이 막히는 듯했다. 자신에게 중대한 역할이 주어져 있으리라고 생각한 적은 없다. 그런 걸 원한 적도 없다. 할 수만 있다면 도망치고 싶다. 그런데 목격자가 자신밖에 없다.

이스핀이 같은 말을 한 기억이 났다. 자신만이, 몇백 년에 걸친 이 미해결 사건의 유일한 목격자라고.

이제 그게 무슨 말인지 알겠다. 네가 그 사건의 목격자라면 난 그런 널 발견한 자였다. 네가 포기하지 않듯, 나도 포기해선 안 된다.

입술을 깨물며 눈을 꽉 감았다 떴다. 부사령관의 얼굴이 흐릿하게 떠올랐다가 분명해진다. 그자는 회심의 미소를 짓고 있었다.

"호오, 궁금한가? 그럼 자네가 대마법사 쥬스피앙과 함께 저지른 짓을 인정할 텐가?"

"아뇨."

"아니라고? 그때 킵에서는 네냐플의 금지로 누구도 밖에 나가지 못했다. 오직 멋대로 쳐들어왔던 쥬스피앙과 자네 말고는 그 폐허에 접근 가능했던 자가 없다. 그런데 발뺌을 하겠다고?"

막시민은 고개를 저었다. 마음속에서는 도망치고 싶다는

목소리가 종을 치듯 울리는데 그러지 못하는 자신이 평소와 어딘가 다른 인간이 된 듯했다.

“그런 건 관심 없습니다. 어차피 중요한 문제도 아니고. 그 인형이 오토마톤이 맞는다면 그걸 어떻게 하셨습니까?”

“중요한 문제가 아니라고? 그걸 자네가 결정해?”

곁에서 누군가가 불쑥 말했다.

“그게 뭐였는지 아는 걸 보니 정말로 그 폐허에 갔던 모양이군.”

막시민은 고개를 저었다.

“그럴 필요는 없습니다. 그런 오토마톤은 거기만 있는 것이 아니거든요. 생각보다 여러 개죠. 적어도 수십 개는 될 겁니다. 그게 무엇이고 왜 거기에 있었는지 알고 싶으십니까? 그렇다면 문제의 인형이 정말로 오토마톤이었는지, 발견했을 때 어떤 모습이었는지, 지금은 어떻게 됐는지 말씀해주십시오.”

다른 마법사가 물었다.

“자네가 그런 걸 어떻게 알지? 대마법사께 들은 건가?”

“아뇨.”

막시민은 저도 모르게 손아귀에 힘이 들어가는 것을 느끼며 덧붙였다.

“하지만 대마법사께서도 알고 계시길 진심으로 바랍니다.”

쥬스피앙이라면…… 그분이라면 이런 문제를 모르는 체할 리 없다. 예전에 조슈아를 도와주기 위해 자신의 역작인 하늘을 나는 배를 내주었던 쥬스피앙이라면, 열아홉 살짜리가 혼자 아이언페이스와 맞서도록 내버려둘 리 없다. 그렇게 생각하면서 스스로도 놀랐다. 자신이 쥬스피앙을 이토록 믿고 있었던가?

피스커 부사령관과 막시민은 대여섯 명의 사람을 사이에 두고 서로를 보고 있었다. 한쪽은 킵 주둔 별비군의 총책임자였고 다른 하나는 퇴학 위기의 학생이었지만 묘하게 대등해 보이는 눈빛이었다. 그 점 때문에 당황한 부사령관이 인상을 찌푸렸다.

"감히, 피의자이자 학생 주제에 내게 대답을 요구하다니……."

"그걸 알아야 설명이 가능합니다. 싫으시면 다른 분이 대답해주셔도 됩니다."

막시민은 주변을 휘둘러봤다. 그때 사람들 틈에서 조금 전, 프시키들의 소음으로 머리가 마비됐을 때 보았던 남자가 다시 눈에 들어왔다. 눈에 띈 이유는 줄곧 사람들 뒤로 모습을 감추고 있던 그가 상체를 내밀고 있었기 때문이다. 흥미로운 이야기를 놓치기 싫다는 것처럼.

그도 막시민을 보았다. 눈이 마주쳤다. 눈이 무슨 말인가를 하는 듯했다. 아니, 실제로 말했다.

'궁금한가?'

닫힌 문 너머에서 들려오는 속삭임처럼 희미했지만 틀림없이 목소리였다. 마리 다니엘도, 잉그릿도, 프시키들도 아니었다.

'그렇다면 직접 오라. 곧 많은 것을 보게 될 테니…….'

목소리는 점차 작아지더니 지워져버렸다. 대신 부사령관의 목소리가 들렸다.

"좋다. 그것은 오토마톤이었다. 일곱 살쯤 먹은 아이 크기의 인형이었다. 발견했을 때부터 작동하지 않아 어떻게 움직이는지는 알 수 없었다. 이미 인형 뱃속의 기계 장치가 파괴된 상태였으니까."

"그 주변에 검은 물질이 묻어 있었습니까? 그러니까, 녹은 초콜릿 같은?"

부사령관의 눈이 커지며 이마에 핏줄이 섰다.

"그렇다. 그 주변이 온통 그런 것투성이였다. 어떻게 알고 있나? 역시 그걸 건드렸던 게로군?"

마리 다니엘의 필사적인 목소리가 귀를 울렸다. 더이상 말하지 마십시오! 모든 일을 망치게 됩니다!

"그럴 필요는 없었습니다. 이미 다른 데서 몇 번이나 봤으니까요. 이제 필멸의 땅에서 무슨 일이 벌어지고 있는지 알겠군요. 원인이 무엇인지도, 누가 저지른 일인지도."

"뭐라고?"

오늘 회의장에서 온갖 놀라운 이야기가 나왔지만 이 말만큼 모든 사람을 충격에 빠뜨린 것은 없었다. 네냐플조차 해결하지 못하고 온갖 나라에서 파견한 군대들이 일 년 동안 대기만 해야 했던, 아무도 이유를 몰랐던 위기의 원인을 네냐플에서 정학 처분받은 학생이 알아냈다고?

막시민은 경악한 사람들의 시선을 즐기고 있지 않았다. 말을 잇는데 저도 모르게 양손이 움켜쥐어졌다.

"그러나 그게 뭔지 밝히기 전에 꼭 하고 싶은 말이 있습니다. 여러분이 막고자 애쓰는 그 문제를 사 년 전부터 알고 막으려 애써온 사람이 있거든요. 정체도 모르고 확인도 안 된 힘이 자신에게 있다는 이유 하나로, 남들은 못 하고 자기가 해야 한다고 억지를 부리고 있는데, 여기 모인 여러분께서는 그 짐을 기꺼이 나누어 가져가주시겠죠? 혼자 목숨을 걸도록 놔두지는 않으시겠죠? 여러분이 바쁜 와중에 이 자리에 모인 이유는 저 같은 녀석 하나를 빌미로 주도권 다툼을 하려는 것이 아니라 진짜로 대륙적인 위기를 해결하기 위해서니까. 그렇죠?"

"……."

누가 대답해야 할지 모르기 때문일까, 선뜻 대답이 나오지 않는 가운데 레오멘티스 교수가 일어나면서 막시민을 보았다.

막시민도 교수를 보았다. 이 년 전에 처음 만났을 때 동정심이나 공감력 같은 게 있을까 의심쩍은, 얼음 조각상 같던 교수였지만 그때도 교수는 제 앞의 학생들을 도와주었다. 하지만 그건 마법사의 필수 덕목이라는 도덕심 때문일 거라고, 그렇게 생각했는데…….

"물론 그렇다."

막시민은 맥이 탁 풀리는 느낌으로 그 말을 들었다. 그래, 이제 다 잘될 거야. 이 문제는 우리 손을 떠났어.

그리고 말을 이으려 했다.

"그 초콜릿이 든 오토마톤은……."

막시민은 '메타모르포시의 원인이다'라는 말을 잇지 못했다. 목소리가 나오지 않았다. 그저 입술만 움직였을 뿐이었다.

"……."

다시 한번 말해봤지만 소용없었다. 막시민은 당황했지만 그걸 보던 사람들은 마법사들이었으므로 금세 상황을 알아차렸다.

"음성을 지웠잖아? 누구야?"

"회의장에서는 마법을 쓰지 않는 게 불문율 아닌가?"

"그렇게 말하면 아까 레오멘티스 교수님께서도……."

"그건 어쩔 수 없었던 거고 이건 얘기가 다르죠. 누구든지 빨리 복구를……."

별비군의 군인 한 명이 수인을 맺으며 허공에 손을 뿌렸지만 막시민의 목소리는 돌아오지 않았다. 그자보다 더 강한 마법사가 건 주문이라는 의미였다. 한두 명이 더 시도해봐도 되지 않자 다른 군인이 말했다.

"감지를 해봅시다. 누가 한 짓인지."

"해본들 나올까요? 아주 강력한 마법사가 한 일 같은데."

몇몇은 레오멘티스 교수를 흘끔거렸지만 교수는 일어나 있었으므로 사람들의 눈에 띄지 않게 주문을 외우거나 수인을 맺는 것은 불가능했다. 그렇다면 다른 누군가가 시선을 피해 은밀히 한 짓일까? 렘므 측 군인들은 저들끼리 수군거리더니 어쨌든 네냐플에서 한 일로 단정짓고 분위기가 험악해졌다. 피스커 부사령관이 외쳤다.

"누구든 빨리 저자에게 걸린 마법을 풀라!"

두 명이 더 시도했지만 소용없었다. 피스커 부사령관은 얼굴이 시뻘게져서 발을 굴렀다.

"누가 한 짓인가! 빨리 나서지 못할까! 렘므에 뇌물 따위 오명을 씌워놓고 해명도 못 하게 입을 막고 즐거워하는 자들을 용서할 줄 아는가! 좋다, 이런 식이라면…… 별비군이 저자를 데려가 저 마법을 풀고 나서 신문할 것이다! 명령을 이행하라!"

별비군 소속 군인들은 예상 못 한 명령에 움찔했지만 부사령관의 표정을 보더니 우르르 일어나 막시민 쪽으로 갔다. 그들이 막시민을 둘러싸려 했을 때, 테이블 쪽으로 돌아앉아 있던 로랑이 일어나며 그들 앞을 막아섰다.

“잠깐. 이 사람의 신병을 요구하려면 적법한 절차를 밟기 바란다.”

“뭐요?”

여덟 명 대 한 명. 상대가 안 될 숫자였지만 별비군 쪽에서 하나가 로랑의 얼굴을 알아보고 흠칫하며 동료에게 귀엣말을 했다. 나머지도 알아듣고 긴장한 표정이 되었다. 오를란느의 에투알이라고?

“적법한 절차란…… 뭘 말하는 거요?”

실력 행사가 부담스러워진 별비군이 그렇게 묻고는 주변을 두리번대다가 파우리아 의장을 보았다. 의장도 영문을 모르는 얼굴이었는데 그가 모르는 건 영문뿐이 아니었다.

“당신은 누구요?”

로랑은 파우리아 의장에게 몸을 돌렸다. 대본에 없던 일을 독단으로 시작했기에 망설임이 없지는 않았지만 할 대답은 정해져 있었다.

“오를란느 대공국의 파견 여단, 알리스 공녀 연대의 연대장인 로랑 카스티유 대령입니다. 막시민 리프크네의 신병을 맡으라는 명을 받았습니다."

"그…… 그런 명을 누가 내렸다는 겁니까?"

로랑은 대답하기 직전 경의를 표하기 위해 자세를 고쳤다.

"대공국의 존귀한 후계이신 샤를로트 비에트리스 드 오를란느 공녀 연하이십니다."

죽은 왕녀의 유산

조금 전까지, 신기할 정도로 대본대로 흘러가던 상황은 연기 속에서 뭔가가 나타나며 깨졌다.

공녀 연하가 내린 이번 임무는 특수했다. 오를란느 측의 단독 진행이 아니라 네냐플, 그리고 또 다른 몇몇과 협력하여 '대본'이라는 것에 적힌 그대로 심의회를 진행시킨 끝에 막시민 리프크네를 구해낸다.

대본을 미리 읽은 로랑은 심볼리온이 네냐플에서 채취한 먼지를 확보해 내놓을 작정이고, 그걸 네냐플 염탐 쪽으로 몰아갈 계획이라는 것까지 알고 있었다. 그런데 별일 없어야 했을 그 먼지가 진짜로 메타모르포시인지 뭔지, 위험한 작용을 일으켰던 것이다. 마치 막시민 리프크네한테 정말로 문제를 일으킬 힘이 있다는 것처럼.

그때부터 로랑은 막시민이 생각보다 위험한 존재이며 심의회의 토론만으로 혐의를 벗기란 쉽지 않겠다고 판단했다.

그렇다고 당장 행동을 개시할 생각까지는 없었다. 그런데 캐러멜처럼 생긴 '고트의 구속대'는 구속된 사람의 마법 사용을 막는 힘이 있었다. 따라서 연기 속에서 무엇이 나타나든 막시민은 속수무책으로 당할 것이 뻔했다. 공녀가 보호를 명한 대상을 털끝 하나 다치게 하겠는가? 다행히 로랑의 특기는 시전 시간이 없었기에 마법사들의 주문 난사보다 빨랐고, 서두르느라 테이블을 뛰어넘어 간 정도는 소란을 벌이던 마법사들 때문에 딱히 눈에 띄지 않았던 것 같았다.

그로부터 대본은 뒤엉켰다. 대본대로인 부분과 변형된 부분이 순서가 뒤섞인 채로 흘러오다가 마침내 대본에 전혀 없던 지점에 이르렀다. 바로 막시민의 발언이다. 막시민은 그저 입을 다물고 있기로 되어 있었다. 네냐플을 통해 전달이 됐을 텐데 왜 입을 열었을까? 또 막시민이 입을 연 이유였던, 킵의 문제를 해결하려 한다는 사람은 누구란 말인가?

정체 모를 힘을 가졌고, 오토마톤을 찾고 있는 사람이라고?

그 직후, 누군가가 막시민의 목소리를 마법으로 막았다. 네냐플에서 가만히 있는 걸 보면 이는 십중팔구 네냐플에서 한 일이다. 그러나 그런 주문을 쓴 사실을 숨겨야 하는 네냐플이 별비군의 실력 행사를 막고자 당장 나서기는 어렵다. 어쩌면 막시민이 말을 못 한다면 별비군에 끌려가더라도 얼마간은 안전하다고 판단해서 입만 막아놓고 렘므와의 직접 충돌은 피하려는 것일지도 모른다. 그렇다면 여기서 막시민을 렘므에 빼앗기게 될 테고…… 그건 임무 실패다.

어찌해야 하는가? 임무를 위해 별비군과 충돌을 감수할 것인가? 정치적 부담이 너무 크니 임무를 포기해야 하는가? 에투알로서 공녀의 명이 우선인가, 대공국의 군인으로서 신중하게 행동하는 것이 우선인가?

일이 급박하게 돌아가는 가운데 로랑도 긴장으로 목이 탔다. 누구라도 지시를 내려줬으면 싶었지만 그런 사람은 여기에 없었다. 에투알은 혼자서도 자신을 지휘하는 지휘관이며…… 쳇, 말이 쉽지. 나라 간 충돌이 일촉즉발인 상황에서 에투알이 혼자 결단을 내릴 일이 얼마나 있겠느냐고.

여러 나라가 파견한 군대가 좁은 킵에서 섞여 지낸 지 반년째. 그동안 에투알 로랑 카스티유와 연대장 카스티유 대령의 정체성은 여러 번 부딪쳤다. 상황마다 자유자재로 필요한 정체성을 꺼내 쓰려면 아직 멀었다. 하지만 별비군이 막시민을 붙잡으려 달려들자 순간적으로 결단을 내린 로랑은 일어났다. 여기서 빼앗기면 안 된다.

이자는 중요한 것을 알고 있다. 즉, 군사적 요충지에 해당

한다. 요충지를 두고 양 세력이 충돌할 때, 입으로 아무리 빼어난 논리를 떠들든 물리적으로 선점하는 것보다 유용한 전략은 없다. 온 세상이 동의할 명분을 산처럼 쌓는다 한들 빼앗지 못하면 패한 것이다. 샤를로트 공녀가 이 먼 곳까지 굳이 자신을 보낼 때는 기대하는 바가 있는 것이다.

피스커 부사령관은 당장이라도 무력행사를 할 기세였지만 공녀라는 말에 간신히 분을 억누르며 물었다.

"오를란느의 공녀께서 이 일과 대체 무슨 관계가 있으시단 거요?"

"막시민 리프크네, 아니 막시밀리앵 드 플레상스는 대공국을 위해 중대한 임무를 수행한 자의 친족으로 보호의 우선순위가 극히 높은 오를란느인입니다. 그런 이유로 공녀 연하께서 저를 보내어 심의회가 끝나는 대로 그를 안전하게 데려오라고 명하셨습니다."

오를란느인?

이 말에 놀란 사람은 한둘이 아니었다. 네냐플 교수들이 먼저 놀랐고, 심볼리온도 놀랐고, 마지막으로 막시민이 놀랐다. 코츠볼트 출신인 줄 알았는데 켈티카 태생이라더니…… 이젠 오를란느인이야?

파우리아 의장도 당황한 얼굴이었다. 비록 별비군이 막무가내로 나왔지만 심볼리온이라고 막시민의 확보를 포기한 것이 아니었다. 그런데 갑자기 오를란느까지 나서다니. 학생 한 명을 놓고 대륙적 삼파전이 웬 말인가.

"네냐플 학생이라기에 아노마라드인인 줄 알았는데……. 그나저나 중대한 임무란 무슨 말씀인지 자세히 설명해주시겠습니까?"

이 질문에 대한 대답은 대본 안에 포함되어 있었다. 민감한 부분이 포함된 것으로 보아 공녀께서 직접 개입하신 듯한데 무슨 심정으로 허락하셨을지 착잡한 내용이기도 했다.

"오 년 전, 베르나르 대공자께서 불의의 습격을 받아 실종되신 후 막시밀리앵 드 플레상스의 조부인 제레미 드 플레상스 경은 대공국의 명으로 켈티카에 머물며 대공자를 해친 사악한 자를 추적해왔습니다. 그러나 중요한 정보를 손에 넣은 직후 플레상스 경이 납치되었고, 손자인 막시밀리앵 또한 같은 위협을 받고 있는 관계로 공녀 연하께서 그의 보호를 엄중히 명하시게 된 것입니다. 이는 최우선 순위의 명령이기에 반드시 이행되어야 하며, 대공 전하의 승인 없이 오를란느인의 구속을 요구하고자 할 시에는 적법한 절차가 필수적임을 알려드리는 바입니다."

로랑은 막시민이 애초에 오를란느에 속해 있으며 상대가 요청을 해왔으나 거절한다는 입장을 취했다. 선점의 효과를 최대한 누리기 위해서다. 그때 오렌지색 로브 차림의 마법사한 명이 손을 들며 말했다.

"적법한 절차라니, 그게 뭔지도 모르겠지만 오를란느인만 그런 권리가 있단 말이오? 지금까지 마법사들이 회의에서 처벌을 결정할 때 각국의 왕이나 대공에게 물어본 적은 한 번도 없었소이다."

로랑은 얼굴을 딱딱하게 굳혔다. 일부러 융통성 없고 말이 안 통하는 군인 연기를 할 때가 있는데 생각 이상으로 잘 통하는 편이었다.

"다른 나라의 법은 제가 논할 바 아닙니다. 단, 이곳은 식민령 트레비조이니 여기서 행해지는 일은 오를란느와 아노마라드 간의 조약에 영향을 받을 것입니다. 910년에 양국 간에 맺어진 관문협약 8조에 따르면 오를란느인이 자국으로 송환되는 대신 아노마라드에서 직접 처벌을 받는 중죄는 다섯 가지로 정의되어 있습니다. 살인, 내란 협조, 1만 엘소 이상의 재산 손괴, 귀족 이상의 명예 및 신체 훼손, 조직적 폭력."

당연히 막시민에게는 아무것도 해당되지 않는다. 오렌지색 로브의 마법사가 한심하다는 듯 어깨를 움츠리며 대꾸했다.

"그런 건 왕국 법정에서 따질 일이고 여긴 마법사 회의요. 마법사는 본래 일반인과 기준이 다른데다 마법사들만의 법이 있지 않소?"

그는 정황상 렘므인으로 보였지만 별비군의 제복은 입고 있지 않았다. 어쩌면 심볼리온에 들어간 렘므인일지도 모른다.

"마법사들은 국적을 갖고 있으며 마법사만이 소속된 나라가 별도로 존재하지는 않습니다. 따라서 해당 법은 각국의 법을 초월할 수 없겠죠. 해당 법이 성립하는 특정 조건이 있다면 제시하시기 바랍니다."

"그건……."

마법사들의 심의회에서 마법사들의 법에 대해 변명할 일이 생기다니, 그자는 기가 막힌다는 표정으로 주변을 둘러봤다. 하지만 로랑이 한 나라를 대표해 법적 설명을 요구하고 있으니 아무나 섣불리 나서긴 어려웠다. '마법사들의 법'이란 문제 상황이 발생했을 때 대표자 십수 명의 토론을 거쳐 결정될 뿐 딱히 명문화된 적이 없었기 때문이다. 일단 집행되면 매우 강력했지만, 그랬기에 실제로 집행된 경우 또한 많지 않았다.

어쩔 수 없이 페론 사무국장이 일어났다.

"지난 협의에 따르면 피의자는 마법사여야 하고, 문제가 된 행동에서 마법을 사용했어야 합니다. 그리고 대표자들의 의견 일치가 있어야 합니다. 전통적으로 징계심의회에 참석한 자의 3분의 2 이상이면 의견 일치로 보아왔습니다."

"네냐플은 메타모르포시가 일어난 적이 없다고 조금 전 단언했습니다. 그럼 문제가 되는 행동이란 뭡니까?"

"그야…… 조금 전에 일어난 것과 같은 위험한 반응이 아니겠습니까?"

로랑은 의외로 명쾌하게 고개를 끄덕이더니 반문했다.

"그렇다 칩시다. 그런데 조금 전, 막시밀리앵은 마법을 사용한 것입니까?"

"어……."

사무국장은 말문이 막혔다. 주문 영창도 수인도 없이, 단지 가만히 앉아서 쳐다보는 것만으로 마법을 쓸 수 있는 학생이 있을 리 없다. 대마법사 반열에서나 가능한 일이다.

대답이 나오지 않자 로랑이 잘라 말했다.

"마법을 사용하지 않았다면 마법사들의 법으로 처벌받을 이유는 없겠고, 오를란느와 아노마라드 간의 관문협약을 적용해도 해당 사항이 없는바, 이자의 신병은 대공국의 안위를 위해 오를란느가 인도하겠습니다."

피스커 부사령관이 참지 못하고 로랑을 향해 손가락을 뻗었다.

"지금 그런 법리를 따지는 것이 중요한가? 킵에서 벌어진 중대한 문제를 해결하기 위해 모인 이 자리에서 동맹을 해치는 문제가 튀어나왔는데, 그걸 해명할 저자의 증언을 확보하지 못하면 렘므는 오명을 그냥 뒤집어쓰란 말인가? 오를란느 공녀가 내린 명은 중하고, 렘므의 국왕 폐하가 받은 모욕은 아무것도 아니란 말인가?"

뇌물 문제를 국왕 모욕으로 끌고 가려는 주장은 억지였으나 줄곧 상대를 움츠러들게 하는 힘을 발휘했다. 그러나 동시에 그건 제 잘못을 면피하기 위해 제 주군을 이용하는 짓이었다. 주군의 이름을 오물을 닦는 걸레로 쓸 참인가? 그런 짓을 이해할 수 없는 로랑의 눈가에 경멸의 빛이 스쳤다.

"렘므의 군인 몇이 잘못을 저지르면 곧 국왕 폐하께서 모욕을 당한 것입니까? 진심으로 그런 주장을 하고 싶으십니까? 만약 제가 잘못을 저질렀다면 저는 제 목을 자르고 말지, 그것 때문에 공녀 연하께서 모욕을 당했다고 주장하지는 않겠습니다. 주군의 이름을 그런 일로 더럽히고 싶지 않으니까요."

"……."

부사령관은 얼굴이 붉어진 채로 말을 잇지 못했다. 국왕의 측근이자 백전노장인 자신이 타국의 새파란 군인에게 주군을 섬기는 태도로 질타를 당했는데 대꾸할 논리가 군색했다. 말문이 막힌 부사령관을 본 오렌지색 로브의 마법사가 로랑을 돌아보며 혀를 찼다.

"잘못을 저지르지 않았으니까 그렇지! 왕국을 깔보고 없는 잘못을 뒤집어씌우니까 그게 곧 국왕 폐하에 대한 능멸이 되는 게 아니오?"

다비드가 슬그머니 머리를 내밀며 끼어들었다.

"없는 잘못이라고 단언하시는 자체가 오를란느 추밀원 참사관의 조사 내용을 깡그리 무시하시는 행동인데요. 따라서 저 역시 대공국을 능멸하는 처사라고 목소리를 높일 수도 있겠지만 그런 것이 동맹에 도움이 되겠습니까? 렘므 사람만 화낼 줄 아는 게 아니에요. 우리 참사관님께서 여기 오셔서 그 말씀을 들으셨더라면 어, 일이 아주 복잡해졌을 거예요."

다비드는 아까부터 내심 피스커 부사령관과 캉페슈 참사관을 한판 붙이고 싶다는 심술궂은 생각을 하고 있었지만 어디까지나 점잖게 말을 맺었다. 그러나 현명한 말이 항상 좋은 결과를 부르는 것은 아니었다. 논리가 궁해진 오렌지색 로브의 마법사의 입에서 그만 해서는 안 될 말이 튀어나왔다.

"아까부터 계속 대공국의 안위 운운하는데 대공자의 죽음은 오 년이나 지난 일이잖소? 그때 범인을 못 찾은 거야 오를란느 내부의 사정일 뿐이고 대공국에 후계자가 달리 없는 것도 아닌데, 갑자기 그때 일을 들먹이는 건 다른 저의가 있는 것 아니오? 당장 렘므에 씌운 누명을 벗겨내지 못하면 킵에서의 동맹이 와해될 판인데 그까짓 다 지난 일을 핑계로 방해하다니, 나라가 고리타분해서 그런가 옛날 일에 집착을……."

"지금 뭐라고 하셨습니까?"

로랑의 목소리가 확 변하자 상대는 순간 움찔했으나 자기가 뭘 잘못했는지 바로 알아차리지 못했다. 그러든 말든 로랑의 미간에는 칼로 그은 듯한 금이 패었다. 오를란느에서 가장 뼈아픈, 지금까지도 상처가 깊은 사건을 두고 감히…….

"대공국의 후계자를 노렸던 중대 범죄자를 추적하는 일이, 그까짓 다 지난 일이라고, 지금 진심으로 말씀하신 것입니까?"

"아니 뭐, 벌써 오 년이나 됐고…… 그런다고 죽은 사람이 살아 돌아오는 것도 아니잖소. 우린 지금 더 중요한 문제가 있는데 언제까지 지난 얘길 할 건지……."

로랑은 자세를 굳히며 그자를 정면으로 쏘아봤다.

"본인의 의견을 책임지실 각오는 있으시겠지요. 이름과 소속을 밝히시고, 그게 소속 단체의 정식 의견인지, 아니면 당신의 단독 의견인지 분명히 하시기 바랍니다."

"그, 그게 무슨 뜻인지……."

"누가 대공국과 전쟁을 원하는지 분명히 하시라는 뜻입니다."

조금 전부터 로랑을 불안한 눈빛으로 보고 있던 다비드는 이마를 짚으며 입술을 짓씹었다. 이제 어쩐다. 빨리 말려야 될 것 같긴 했는데. 그는 곁에 앉은 비비엔을 돌아봤다.

"전쟁이라니…… 어쩌죠, 마담 아르망주? 그럴 리는 없겠지만 혹시 저들이 전쟁 까짓거 진짜로 하자고 나오면……."

로랑을 바라보는 비비엔의 표정도 딱딱하게 굳어져 있었으나 나온 말은 의외로 태연했다.

“돌아가서 전쟁 준비해야죠.”

“마법사들이랑? 아니면 렘므랑?”

비비엔이 다비드에게 고개를 돌렸다. 그제야 늘 냉담하고 무표정하던 비비엔의 눈이 홱 돌아서 초점이 나간 것을 본 다비드는 놀라 눈을 크게 떴다.

“상대가 누구든, 감히 베르나르 대공자를 모욕하는데 참습니까?”

다비드는 움찔해서 생각했다. 그렇지. 에투알은 근위대였지.

온 테이블의 눈이 로랑에게 쏠려 있었다. 오렌지색 로브의 마법사는 별비군에서 아무도 자신을 위해 나서주지 않자 손이 떨렸다. 제 나라를 편들고자 기껏 나섰는데 상황이 심각해지자 부사령관은 발을 빼버렸다. 즉, 혼자 덮어쓰라는 말이다. 여기서 더 덤벼봤자 제멋대로 양국의 불화를 촉발한 사람이 될 뿐이다.

“그……런 뜻은 아니었습니다. 그리고 나, 난 심볼리온에서 중요한 직을 맡고 있지 않으니 오를란느 대공국의 공식 질의에 대한 대답은 의장님이나 사무국장님께서 하시는 것이 좋겠습니다.”

그러더니 재빨리 도로 앉았다. 그러나 로랑은 물러서지 않았다.

"그렇다면 정식으로 사과하십시오."

"그게, 내가 실언했으니까 잊으시고……."

"정식 사과를 하려면 이름을 밝히십시오."

"아니, 그런 것까지 꼭 요구해야 됩니까?"

그때 비비엔이 일어나 그자 뒤로 가더니 어깨에 손을 얹었다.

"베르나르 대공자의 죽음을 그까짓 지난 일이라고 모욕한 것에 대해 할 수 있는 최선의 사과를 하시오. 내게는 대공국을 모욕한 자를 즉결 처분할 권한이 있으니까."

"당신은 누구요?"

"에투알, 비비엔 아르망주이고 특기는 당신 같은 사람의 심장을 일 초 만에 멎게 하는 거지."

비비엔의 특기는 전격 충격이다. 인간의 몸에 손을 댄 채 사용하면 누구나 즉사한다. 즉시 시전이라 마법으로 방어할 여유 같은 건 없다.

그 말에 놀란 사람은 문제의 마법사만이 아니었다. 주변의 마법사들이 놀라 우르르 물러나고, 파우리아 의장의 손짓으로 경호를 맡은 자들이 그쪽으로 달려갔다. 마리 다니엘이 벌떡 일어나 비비엔 앞을 가로막으며 소리쳤다.

"잠깐, 잠깐! 다들 멈추십시오!"

그리고 비비엔을 돌아봤다.

"마담 아르망주, 잠시만 기다려주십시오. 마담의 권한은 압니다. 하지만 저들은 마법사이니 제가 알아듣게 얘기하겠습니다. 잠시만 손을 떼어주십시오."

"안 됩니다."

비비엔이 한마디로 거절하자 마리 다니엘도 난감해졌다. 이곳에는 마법사가 수두룩하다. 아무리 에투알이라 해도 이들과 싸워 상대가 될 리 없다. 하지만 적어도 이 한 명은 여유 있게 죽이리라. 에투알이라면 그런 선택을 하고도 남는다.

로랑의 귀에 마리 다니엘의 호소가 들려왔다.

「카스티유 경, 제발 말려주세요.」

이럴 땐 대답을 못 하는 쪽이 편하군, 하고 생각하며 로랑은 테이블을 한 바퀴 돌아 비비엔 곁으로 가 섰다.

"저는 이 자리에서 대공국의 공녀 연하께서 내리신 명령을 전하고 그 이유를 설명했습니다. 이자는 그 명령과 이유를 한꺼번에 모욕했습니다. 저는 연대장이기에 앞서 에투알이며, 대공 가문에 대한 모욕을 참아 넘기는 에투알이란 존재하지 않습니다. 에투알뿐 아니라 어떤 나라의 근위대라 해도 그럴 것입니다. 다시 말해 우리에게 지금은 전투 상황이며, 전투중에 마법사에게 주문을 시전할 기회를 주지는 않습니다."

파우리아 의장이 말했다.

"여기 마법사가 몇 명인지 잊은 거요?"

"잘 알고 있고, 에투알은 본래 대공국을 위해 목숨을 바치고자 존재합니다. 여러분과 싸우면 저희는 죽겠지요. 그전에 이자도 죽을 것이고요. 이제 샤를로트 공녀 연하의 명령과 그 이유를 존중하고 사죄할 것인지 아닌지, 이자가 선택할 일입니다."

짧은 침묵이 흐르고 어깨를 잡힌 마법사가 짓눌린 목소리로 "정식으로 사죄하고 싶다"고 웅얼거리는 가운데 막시민은 생각했다. 샤를로트라는 이름이 익숙하다고.

샤를로트라는 공녀는 플레상스 경에게 지시를 내려 대공자를 해친 자를 찾고 있고, 플레상스 경마저 납치되자 그 손자인 자신을 보호하도록 명했다고 했다. 이 이야기도 너무나 익숙하지 않은가. 또한 로랑이 길게 말을 하자 그의 발음도 묘하게 익숙한 느낌이 들었다. 특히 '막시밀리앵 드 플레상스'라는 이름을 발음할 때.

결국 오렌지색 로브의 마법사는 이름이 군데르 홀스트임을 밝히며 정식으로 사죄하고 다시는 대공국을 모욕하지 않겠다고 맹세까지 했다. 그러는 내내 온몸에 땀이 흥건하게 흘러서 비비엔이 손을 떼자 옷 위로 손자국이 남았을 정도였다. 홀스트는 몸이 불편하다며 서둘러 회의장을 떠났고, 로랑은 조금 전의 자리로 돌아가 막시민을 앞을 막아서며 말했다.

"그럼 더이상 반론은 없는 것으로 알겠습니다."

"아니, 잠깐."

부사령관이 다시 일어나 로랑 쪽으로 다가왔다. 로랑이 본능적으로 손을 허리로 가져가려다 멈췄을 때, 막시민은 로랑이 찬 검을 보았다. 크기가 좀더 클 뿐 이스핀이 갖고 있던 것과 비슷한 형태였다. 로랑의 절도 있는 동작도 묘하게 이스핀을 연상케 하는 면이 있었다. 만약 이스핀의 오빠라고 밝혔다면 그럴 수도 있겠다 싶었을 정도다. 하지만 이스핀의 오빠는 오 년 전에 실종되었다. 대공자처럼…….

부사령관은 로랑을 흥미로운 미친놈이라는 것처럼 훑어보더니 로렐딘 교수를 봤다.

"아무리 생각해도 이상하단 말이야. 아까 네냐플 교수님께서는 저 오를란느 비서관이 입을 열기도 전부터 뇌물 운운했지요. 그렇지 않습니까? 그 말은 미리 알고 있었다는 건데, 그러니까, 모두 한통속이 아니고서야 어떻게 그럴 수가 있습니까? 저 비서관이라는 자가 갑자기 편지를 발견했네 어쩌네 하고, 에투알이라는 이자는 증인을 낚아채어 가고, 그런 식으로 반론도 못 하도록 몰아가는 이유는 알고도 남아. 오명을 씌워 렘므의 힘을 빼놓고 그 틈에 본격적인 작전을 개시하려고 네냐플과 오를란느가 손을 잡고 함정을 판 게야. 이건 중대한 배반이며……."

듣다 못한 한 마법사가 참견했다.

"그런 말을 근거 없이 함부로 던지시다가는 큰일이 납니다만."

"무슨 큰일? 이보다 더 큰일이 있단 말인가? 누가 봐도 손을 잡은 정황이 명백하지 않나! 킵에서 렘므가 주도권을 쥘까봐 겁을 먹은 게지! 마법사와 군대가 행동 통일이 안 되는 나라들과 달리 렘므는 질서정연하니까. 언제라도 행동을 개시할 준비가 돼 있고말고. 네냐플은 배후에서 계략을 짜고 오를란느는 나서서 모함을 하고, 이런 배신자들과 킵에서의 공동작전이 계속될 수 있다고 보는가!"

피스커 부사령관은 대답을 내놓으라는 것처럼 파우리아 의장을 쏘아보았다. 그런데 의장은 부사령관의 발언에 오히려 넋 나간 표정이 됐다. 킵에서의 동맹을 깨자고? 그걸 만들고 유지하려고 심볼리온이 얼마나 공을 들였는데?

"자, 잠시만요, 부사령관님. 다들 듣는 앞에서 그런 심각한 발언을 하셨다가 그 책임을 어쩌시려고 그러시는지…… 잠시 진정하시고 저희와 대화를 좀……."

"이런 지경인데 대화가 더 필요한가? 책임은 당연히 내가 진다! 군인은 마법사들과 달라서 책임을 져야 하는 상황에서 도망치는 일이 없소이다!"

지금껏 동맹을 위해 누명을 벗겠다고 주장하던 부사령관이 작심한 듯 동맹을 와해시킬 발언을 쏟아놓자 렘므인들도 당황한 눈치였다. 한둘이 말리려 일어나는데 다른 사람이 붙들어 앉히는 모습이 눈에 띄었다. 부사령관이 굳이 여기까지 와서 심의회에 참석했을 때부터 무슨 저의가 있나 미심쩍었는데 이런 지경에 이르자 고위층과 사전 교감이 있어서 하는 행동이 아닐까 싶었던 것이다. 또는 본인이 뇌물의 배후라서 이 문제를 물고 늘어지는 거라면 더더욱 함께 그걸 감춰야 하는 상황이다.

필멸의 땅에서 들불처럼 번지는 메타모르포시 때문에 간신히 유지되던 마법사 간의 동맹은 이제 끝장나는가. 마법사들은 서로를 흘끗거리며 긴장했다. 음모의 배후라니, 네냐플이 저런 모욕을 당하고도 참을 리가 없다. 네냐플이 이탈한다면 나머지 마법 단체들의 동맹에 무슨 의미가 있겠는가? 별비군인들 남아 있을까? 그렇다면 이제 킵은 어찌되는 걸까?

"짐승이 인간의 말을 아무리 들어도 모르듯……."

레오멘티스 교수의 목소리였다. 교수는 자리를 빠져나와 테이블 중앙을 향해 걸어갔다. 왼손을 들어 한쪽 귀를 막은 채였다.

"……마법의 세계를 모르는 자는 제 눈에 보이는 세상이 전부인 줄로 압니다. 하루살이가 오늘 처음 본 태양은 만 년 전에도 떠올랐거늘. 왕과 고귀한 자들은 저들의 왕국과 영지가 사금파리로 그은 금임을 모르고……."

레오멘티스 교수가 멈춰 서자 마법사들이 일어나 비켜났다. 교수는 그들을 하나하나 둘러보았다. 한 명씩, 선별하는 듯한 시선이 흐르고 갑자기 우윳빛 유리 같은 광채가 바닥 곳곳에서 솟아올랐다.

"……거기 누워 영원히 살아가는 꿈을 꿉니다. 놀이가 끝나 아이들이 집으로 돌아가고 금이 지워져버린 곳에는 무엇이 남아 있을까요."

광채는 사람들 사이로 뻗어나가 누군가를 감싸고, 누군가는 지웠다. 남은 사람들은 놀라 외마디소리를 질렀다. 한 사람이 외쳤다.

"어떻게 된 겁니까? 방금 사라진 사람들은요?"

"서, 설마 죽은 건……."

남은 자들은 십여 명밖에 되지 않았다. 네냐플 교수들, 피스커 부사령관을 비롯한 렘므인 세 명, 오를란느인 두 명, 루그란인 두 명, 파우리아 의장을 비롯한 심볼리온 인물 세 명. 그리고 막시민.

킨 교수가 말했다.

"보안을 위한 공간 분리 주문입니다. 나머지 사람들 눈에는 우리가 사라진 걸로 보일 겁니다."

"보안이라고요? 왜 갑자기 그런……."

그때였다. 사람들이 사라져 휑해진 테이블 옆에 한 사람의 모습이 나타났다. 흰 로브를 입고 후드까지 덮어쓴 그자는 반투명했고 희미한 광채에 휩싸여 있었다. 그자가 척척 걸어와 레오멘티스 교수 맞은편에 서더니 말했다.

"얼굴 보긴 오랜만이네."

레오멘티스 교수는 대답 없이 눈살만 약간 찌푸린 채 시작하라는 것처럼 손짓을 보냈다. 그자가 두건을 벗자 주위 사람들 사이로 '아' 하는 외침이 퍼져나갔다. 쥬스피앙이었다.

"내 장학생 1호는 이제 집에 가게 됐나? 하여간 늬들은 모아놓고 뭘 결정하라고 하면 너무 시끄럽고 오래 걸려서 끝까지 듣고 있을 수가 없어. 세상에 중요한 일도 많은데 애 하나 집에 보내는 일로 뭔 할말이 그렇게 많아? 다들 뭐가 잘났다고 계속 떠든 게야? 무능한 것들이 안전한 킵에서 포도주나 처마시고 있으라고 하면 감읍할 것이지, 왜 기어나가서 대가리가 박살나고 싶어 하는데? 동맹인지 뭔지, 어차피 별 소용도 없는 거니까 깨고 싶으면 깨든지 알아서 해도 되는데 굳이 귀찮게 그럴 바엔 각자 알아서 목매달고 죽어버려. 그러면 적어도 조용하겠지. 그래, 망할 때 망하더라도 조용히 망하는 편이 낫지. 멍청이들이 짖어대는 걸 들어가며 망해야겠어?"

신랄한 독설이 쏟아졌지만 조금 전까지 쥬스피앙을 비난하며 모함까지 하려 들었던 피스커 부사령관은 얼굴이 붉어진 채 아무 말도 못했다. 그는 쥬스피앙을 만나본 일이 없었으나 악명이라면 넘치도록 들어왔다. 같은 대마법사일지라도 레오멘티스 교수라면 미간 한번 찡그리고 넘어갈 상대를 쥬스피앙이라면 빈대로 만든 다음 손톱 끝으로 눌러버릴지도 모른다는, 그런 식의 악명이다. 그런 짓이 발각돼 마법사 회의가 만장일치로 제명 및 처벌 결정을 내린다 한들 털끝 하나 건드릴 수 없는 사람이라는 것도.

오늘은 쥬스피앙을 아는 사람들조차 무슨 일이 있으신가 싶을 정도로 말이 험악해서 자칫 진짜로 그런 일이 벌어지는 건 아닐까 하고 마법사들은 긴장했다. 그러나 일이 그렇게 흘러가지는 않을 모양이었다. 부사령관이 긴장해서 식은땀을 흘리고 있었지만 쥬스피앙은 그자를 쳐다보지도 않았다. 레오멘티스 교수를 매개로 소리만 전해 들어서 누가 자기 욕을 했는지 얼굴을 모르는데다 더 큰 문제에 몰두해 있다 보니 그까짓 일에 진지한 관심이 없었기 때문이다. 인간의 희로애락을 자기만의 우선순위에 따라 재편해버린 쥬스피앙의 특이한 정신세계에서는 험담이든 모함이든 가치가 있는 자가 해야지, 무능한 자가 그래봤자 뒷산의 개구리가 우는 소리에 불과했다.

대신 쥬스피앙은 막시민을 봤다.

"막시민 넌 말이야, 대기실에서 있었던 일이 아직 기억 안 나는 건 알겠는데 적어도 조심성이란 게 있어야지. 누가 듣고 있을 줄 알고 중요한 얘길 막 뱉으려고 드냐? 듣다못해 내가 입 막았다."

막시민은 대답을 하려 했지만 여전히 말이 나오지 않았으므로 황당한 눈빛으로 쥬스피앙을 쏘아봤다. 쥬스피앙은 아무렇지도 않게 대꾸했다.

"어차피 이런 데서 네가 더 할말도 없고, 이 기회에 입 다무는 법이나 배워두면 좋잖냐."

"……."

쥬스피앙은 레오멘티스 교수를 다시 봤다.

"데리케."

묘하게 가라앉은 어조였다. 평소의 신경질이나 가벼움이 사라지자 쥬스피앙의 얼굴에 흔치 않게 엄숙한 기운이 감돌았다. 레오멘티스 교수도 쥬스피앙을 보고 있었다. 오랫동안 사이가 나쁘던, 그래서 한자리에 나타나는 법이 없던 두 대마법사가 테이블을 사이에 두고 서로를 주시하자 아무도 끼어들 엄두를 못 냈다. 이곳의 누구도, 단 한 번도 본 적이 없는 광경이었다.

레오멘티스 교수가 대답했다.

"당신 예상이 맞았네."

"이겼는데 왜 하나도 안 기쁘지."

"내 기분만 하겠어? 기둥은?"

"붕괴가 임박했어."

"다른 건?"

"아직 찾고 있어."

"우리가 할 수 있는 일은?"

쥬스피앙은 바로 대답하지 않았다. 대신 눈썹이 일그러지며 숨이 약간 거칠어졌다. 늘 자신만만하고 거침없던 쥬스피앙의 얼굴에 마치 시험을 앞둔 네냐플 1학년 같은 표정이 나타나는 것을 모두가 놀란 눈으로 바라보았다.

"사실 없지."

레오멘티스 교수가 고개를 끄덕였다.

"알았어. 당신 말대로 해. 내가 공개하지."

쥬스피앙은 잠시 시선을 내리깔았다가 한숨을 내쉬고는 막시민을 보았다. 표정이 묘했다. 넣을 게 없어 멀건 물만 끓는 솥을 앞에 두고 뒤뜰에서 캐온 정체불명의 뿌리를 넣을까 말까 하고 있는 눈빛이랄까.

"너란 놈한테는…… 항상 이상한 일이 벌어진단 말이야. 그것도 재능일지 모르지. 계속해봐라."

돌아선 쥬스피앙은 한 발짝 내딛는 것과 함께 사라졌다. 그는 실제로 회의장에 온 것이 아니었다. 그림자 분신을 보냈을 뿐이다.

레오멘티스 교수가 사람들을 보았다.

“어디에도 없는 길을 우리 속에서 찾고자, 지금까지 몇몇만이 알고 있던 진실을 여러분에게 공개하고자 합니다. 반드시 비밀을 지키되 답을 찾고자 노력해주십시오.”

다들 긴장해서 뚫어져라 보는 가운데 교수가 테이블에 두 손을 얹었다. 손끝으로부터 빛나는 선이 사방으로 뻗어가기 시작했다. 나무로 된 테이블 위에 빛으로 된 거대한 그림이 나타나고 있었다. 지도였다. 온 대륙의 해안선과 왕국, 섬 들이 광채에 휩싸여 빛났다. 거대하고 아름다우며…… 작디작은 그들의 터전. 미지의 바다로 둘러싸이고 심장에는 비밀을 품은, 알려진 세계의 전부.

기괴하게 일그러진 반지 같은 이 세상 중심의 동공洞空에 필멸의 땅이 있다. 그 속의 한 점을 짚자 환한 빛이 솟았다.

“아르카디아. 가장 위대한 도시였으나 오늘날 생명도 문명도 남지 않은 곳. 위대한 마법의 힘으로 시작되었고, 끝이 났으니.”

아르카디아는 옛 가나폴리 왕국의 수도였다. 교수의 손가락이 아르카디아를 두 번 휘감자 거기서 붉은 광채가 솟아나 전 방향으로 뻗어갔다. 사람들은 그게 무엇인지 알고 있었다. 몇몇이 나직이 속삭였다. ‘소멸의 기원.’

소멸의 기원은 가나폴리 최후의 날, 왕국을 뒤덮었던 악의 기운을 정화하고자 시전했던 당대 최고의 주문이었다. 그 주문은 가나폴리를 정화하는 동시에 파멸시켰다. 위대한 마법 왕국은 황무지가 되었지만 어쩐 일인지 경계 너머의 땅들은 황폐함을 면했다고 알려졌다. 그것이 오늘날의 왕국들이다.

붉은 광채가 필멸의 땅을 가득 메울 무렵 해안선 쪽에서 새하얀 빛이 뻗어왔다. 붉은빛과 흰빛, 둘은 필멸의 땅의 경계에서 마주치더니 팽팽하게 맞서며 얼룩진 그림자를 뿌렸다.

"그때 우리의 조상들은 살아남았습니다. 아노마라드, 렘므, 오를란느, 트라바체스, 루그두넨스, 산스루리아. 우리를 지켜준 힘 덕택에. 그후로 천 년. 천 년은 길지만 그 아래 쌓인 세월을 헤아리면 한 켜일지 모르지요. 얕은 바닥에서 자란 우리의 문명은 너무 어려서 그간 우리를 지켜준 힘이 무엇인지, 알지 못한 채 살아왔습니다."

다들 흰빛의 정체를 몰랐다. 저것이 뭔데 그간 우리를 지켜주었다는 것일까?

"이제 그 힘이 저물어가고 있습니다."

먼저 동북쪽에서 뻗어오던 흰빛이 힘을 잃었다. 승리한 붉은빛이 경계 너머를 느리게 물들였다. 이어 아노마라드 남부쪽의 흰빛도 힘을 잃었다. 붉은빛은 해 질 녘처럼 레코르다블 땅으로 드리워졌다.

"필멸의 땅에서 퍼지고 있는 메타모르포시는 우리를 지켜주던 힘이 사위어가며 나타난 부작용일 뿐입니다. 빛이 저물었기에 돌아온 황폐함이지요. 다시 말해 우리가 싸워야 할 현상은 메타모르포시가 아닙니다."

모두가 아무 말도 못 한 채 테이블에 어지러이 펼쳐진 광채를 바라보기만 했다. 흰빛은 시시각각 흐릿해졌다.

"저게 뭐요?"

부사령관이 흰빛을 가리키며 입을 열었다가 레오멘티스 교수가 시선을 보내자 멈칫하며 눈을 다른 데로 돌렸다. 부사령관뿐이 아니었다. 이 순간 누구도 레오멘티스 교수를 마주보지 못했다. 붉고 흰 빛에 물든 그녀의 턱을 불안하게 흘끔거릴 뿐이었다. 두렵기 때문이다. 대마법사가 무엇을 어디까지 아는지는 물어볼 수도 측정할 수도 없다. 그 경지에 이르지 못한 자가 진리를 들을지라도 필연적으로 잘못 해석하여 재앙을 부르는 지식이 되는 까닭이다.

"이 땅에 생명을 심어주었던 빛입니다. 이끼로부터 왕에 이르기까지, 고대로부터 오늘까지, 이 빛을 마시지 않고 살아 있는 자는 없습니다."

몇몇이 의아하게 뇌까렸다.

"그런 힘이 있었다고……?"

"언제부터 있었던 힘이기에? 이 세상이 창조될 때부터?"

레오멘티스 교수가 말했다.

"다들 아실 것입니다. 가나폴리 최고의 마법사였던 왕녀께서 당대의 강력한 마법사들과 함께 시전하셨던, 완벽해야 마땅했던 성스러운 주문을. 그런데 그 주문은 절반만 성공했습니다. 만약 주문이 완벽히 성공했더라면 어찌되었을까요?"

"소멸의 기원을 말씀하시는 거라면…… 그 주문은 가나폴리를 뒤덮었던 악의 힘을 소멸시키지 않았습니까?"

"네. 그 힘을 소멸시키고 이어 온 대륙을 메마른 땅으로, 태초의 모습으로 되돌렸을 것입니다."

수많은 마법사들이 이런 이야기는 처음 듣는다는 듯 눈을 크게 떴다.

"악한 힘만을 소멸시키는 주문이…… 아니었단 말입니까?"

레오멘티스 교수가 고개를 저었다.

"우리가 악한 힘이라고 부르는 그것은 단지 다른 세계에서 온 힘이었습니다. 어떤 세계인들 단지 악하기만 하겠습니까? 우리가 그걸 악이라고 부른 이유는 단지 감당할 수 없을 정도로 강해서였을 뿐입니다. 당연히 그 안에는 온갖 의지가 섞여 있었으며 아마도 '살아남고 싶다'는 의지가 가장 보편적이었을 것입니다. 그렇듯 정의할 수 없는 수많은 존재의 의지를 악을 대적하는 주문으로 소멸시킬 수 있을 리 없습니다. 위대한 왕녀께서도 그 사실을 알았을 것입니다."

동요가 번져갔다. 가나폴리의 마지막 왕녀 에브제니스, 그들이 아는 가장 위대한 마법사가…….

"그럼 소멸의 기원은…… 이 대륙을 모조리 파멸시키는 주문이었단 말입니까?"

"그렇다면 선단을 조직해 탈출을 준비한 것은……."

"이 대륙을 버리고 떠날 작정이었다는 것인가……."

한 사람이 항의했다. 루그란에서 온 늙은 마법사였다.

"교수님, 죄송하지만 이런 뜻밖의 이야기를 그냥 듣고 납득하지는 못하겠습니다. 위대한 왕녀께서는 가나폴리를 구하고자 목숨을 거셨고, 탈출 선단에 타지 못한 자들도 매우 많았던 것으로 압니다. 왕녀께서 그들을 다 죽게 놔둘 생각이셨단 말입니까? 그들의 눈에 야만족에 불과했을 저희의 조상들은 논외로 치더라도, 왕녀께서 자신의 백성을 버리셨단 말입니까?"

그러자 뜻밖으로 레오멘티스 교수가 고개를 끄덕였다.

"그 말씀도 옳습니다. 제가 그분이 아닌 한 어찌 그분의 뜻을 전부 알겠습니까? 저 또한 그분을 오랫동안 존경해왔기에 왕녀께서 소멸의 기원을 성공시켜 가나폴리를 되살리려 했다고 믿고 싶습니다. 그러나 동시에 저는 한 가지를 분명히 알고 있습니다. 현재 필멸의 땅을 덮친 메타모르포시, 즉 '변화'란 대륙을 과거의 모습으로 되돌리려 하는 힘이라는 것을요. 여러분도 이 대륙이 태초에는 황무지였음을 아실 테지요. 그리고 프시키, 이들은 대륙이 황무지였던 시대에 이 대륙의 주인이었으며 그들의 변화와 증식 자체가 시계가 거꾸로 돌기 시작했다는 의미임을. 전 대륙을 태초로 되돌리는 이런 거대한 주문을 오늘날의 어떤 마법사가 시전할 수 있겠습니까?"

대마법사인 레오멘티스 교수가 한 말이었다. 아무도 반박할 수 없었다.

"그래서 저는 소멸의 기원의 정체가, 먼 과거에 이 대륙을 생명이 넘치는 곳으로 바꿨던 옛 마법을 거두는 힘이었으리라고 짐작할 수밖에 없습니다. 그 강력한 주문을 무엇이 가로막았을까요?"

레오멘티스 교수의 손이 흰빛 속으로 들어갔다.

"저는 이 빛이 이 땅에 생명을 가져다준 최초의 마법이리라 생각합니다. 이 최초의 마법이 있어 당시 소멸의 기원은 가나폴리를 넘어서지 못했습니다. 오래전 저는 포도원에서 '풍요의 기둥'이라는 이름을 읽은 일이 있었습니다. 가나폴리가 왕국이기도 전, 옛 마법사들이 대륙 곳곳에 다섯 개의 풍요의 기둥을 세워 황무지를 풍요로운 땅으로 바꾸었다고 했지요. 그 기둥들이 어디에 있는지 아무도 몰랐기에 저는 그저 비유적인 표현이려니 여겼습니다. 그러나 메타모르포시의 힘이 필멸의 땅 밖으로 뻗어나가기 시작한 지금, 그 덕택에 역설적으로 남아 있는 기둥 중 하나가 어디에 있는지 알게 되었습니다. 무너지기 시작했기 때문이죠."

쥬스피앙이 무너지고 있다고 말한 기둥이 그것인가? 쥬스피앙조차 막을 방법이 없다고, 우리가 할 수 있는 일은 없다고 말한…….

"다른 기둥들 역시 우리가 모르는 사이에 하나하나 무너졌을 것입니다. 소멸의 기원의 힘으로. 소멸의 기원의 정체는 최초의 마법을 천 년에 걸쳐 파훼한 역주문이었기 때문에."

조금 전에 레오멘티스 교수의 역주문을 본 뒤였기에 누구라도 쉽게 알아들었다. 모든 사람들의 얼굴에서 표정이 사라졌다. 세상은 멸망하고 있다. 서서히.

"소멸의 기원은 천 년 전에 끝난 것이 아니었습니다. 최초의 마법이 지금까지 막아주고 있었던 것뿐이지요. 기원은 이 대륙을 서서히 삼키고 있습니다. 이 세상에 없는 왕녀께서 아직도 이 세상을 소멸시키고 계신 것입니다. 우리에게 남은 기둥이 있을까요? 알 수 없습니다. 그러나 이 세계가 지탱되고 있는 것을 볼 때 적어도 하나는 있으리라 추측되기에 우리는 그것을 찾아야 하고 지켜내야 합니다. 동시에 가나폴리의 위대한 마법인 소멸의 기원을 멈추어야 합니다. 우리가 여기에서, 킵에서, 멀지 않은 미래에 맞서야 하는 현실이 그것입니다. 우리가 가진 쇠퇴한 마법과 녹슨 칼들을 그러모으는 이유가 그것이고요."

레오멘티스 교수가 손을 한번 휘두르자 테이블 위의 모든 광채가 지워졌다. 샹들리에 다섯 개가 그대로 켜져 있는데도 갑자기 모든 불이 꺼지고 온 세상이 어두워진 듯했다. 교수가 자리로 돌아가자 그제야 사라졌던 사람들의 모습이 나타났다. 다들 어리둥절한 표정이었다.

"뭡니까? 무슨 일이 있었죠?"

조금 전처럼 북적대는 환한 회의장에서 진실을 들은 자들만이 어둠에 잠긴 채 저도 모르게 오래된 격언을 뇌까리고 있었다. "우리 세상엔 왕녀 에브제니스가 없으니……."

왕녀는 없으나 왕녀가 남긴 최후의 기원은 살아 있었다. 그것이 그들이 원인도 모른 채 킵에서 준비하고 있다고 생각했던 싸움의 정체였다. 그들은 죽은 왕녀와 맞서야 한다. 가나폴리 최후의 왕녀이자 역사상 위대한 마법사였던 에브제니스와.

침묵이 흐르는 가운데 로렐딘 교수가 헛웃음을 터뜨리더니 부사령관을 봤다.

"자, 킵에서의 주도권 다툼이나, 동맹을 깨자는 이야기를 다시 해보실 생각이 있으신지요?"

이유 있는 동행

트레비조는 협곡의 땅이었다. 드라켄즈 산맥 끝자락에서 이어지는 거대한 협곡 '흰 리본'을 사이에 두고 갈라진 동부와 서부는 한 나라가 맞는가 싶을 정도로 풍경이 달랐다. 식민령 총독부가 위치한 서부가 농업, 목축, 모직물 생산 등으로 굴러간다면 동부의 중심은 마법사들의 성지로 알려진 에팔란트 산이다. 네냐플 일대가 그렇듯 동부 트레비조의 주민들은 마법사들이 원하는 물건을 생산하고 교역하는 것이 가장 큰 돈벌이였다. 종이, 잉크, 깃펜, 약초, 시약, 유리병, 로브, 그리고 온갖 수상한 재료들…….

에팔란트 산 중턱에서 협곡을 굽어보며 웅장한 규모로 자리한 '별의 에팔란트 학술관'에는 마법사들이 많이 살았다.

사백여 년 전, 당대의 대마법사 루실 아를레티가 버려진 유적을 고쳐 연구실로 만들었던 곳이다. 아를레티를 찾아왔다가 눌러앉는 마법사들이 많아지며 학술관은 점차 규모가 커졌다. 한때는 이백 명에 이르는 마법사들이 모여서 북적댔다고 하는데 그 무렵에는 네냐플과도 비견될 정도였던 모양이다. 아를레티가 죽은 후로는 명성이 다소 퇴색되었지만 아직도 여기에 연구실을 차려놓은 마법사가 칠십 명은 넘었다.

옛 영광이 남긴 빈방과 빈 회의실이 많은 이곳은 회의를 하거나 행사를 열기에 좋았다. 특히 심볼리온은 에팔란트 학술관을 저들의 본부쯤으로 여겨 회의 장소로 선호했는데 한때라도 네냐플과 맞설 만했던 장소는 여기뿐이라는 점이 구미에 맞는 모양이었다. 심볼리온이 설치한 전이문들 덕택에 모이기에 편리해졌으므로 마법사들 입장에서도 사양할 필요가 없었다.

그런데 그 전이문들은 학술관 안이 아니라 학술관이 위치한 풍광 좋은 절벽에서 나귀의 걸음으로 한 시간 정도 내려간 곳에 있었다. 거기서부터 길이 넓어지며 잔과 티아, 트라바체스 북부를 통과해 레코르다블로 들어가는 중부 가도가 시작된다. 즉, 그전까지는 나귀 이상의 탈것을 기대할 수 없는 좁고 험한 비탈길이라는 뜻이다.

대체 평소에 운동도 안 할 것 같은 마법사들은 무슨 생각으로 뜻을 모아 길다운 길을 내거나 추가 전이문이라도 설치하지 않은 걸까? 다들 순간 이동으로 다니나?

"순간 이동은 중요한 일이 없으면 안 써요. 아를레티가 그 정도 체력도 없는 마법사는 찾아올 생각을 말라고 하는 바람에 쓸데없는 전통이 돼버려서."

막시민 곁을 걷고 있던 회색 코트가 심드렁하게 설명했다. 이자와 한가롭게 걸으며 대화할 일이 있을 줄은 엊그제, 아니 두 달 전까지만 해도 상상도 못 했는데. 아참, 회색 코트의 이름은 루벤 하이스미스였고 뜻밖에도 네냐플 출신으로 막시민의 선배……라고 말하기에 조금 아쉬움이 있는 경력의 소유자였다. 삼 년 만에 통한의 퇴학을 당한 처지였기 때문이다.

하지만 이쪽도 낙제왕에다 퇴학 위기였으므로 어쩌면 진정한 선배라고 불러야 하지 않을까? 게다가 지금은 퇴학은 놔두고라도 동병상련을 나누는 사이가 됐다. 그들 둘이 인간의 평균치보다 체력 및 근력이 없는 편은 아니었지만 평범한 인간이 아닌 둘 옆에 갖다놓으니 그만 헝겊 인형 신세가 되고 말았달까.

"염소 2호 오네."

비비엔의 발소리를 듣고 하이스미스가 흰 눈을 뜨며 중얼거렸다. 곧 비비엔의 모습이 나타났다. 정찰 목적으로 주변을 오르내리느라 목적지에 세 번은 도착하고 남을 만큼 움직였지만 기친 기색도 없이 나는 듯한 발걸음이었다. 하이스미스는 학술관을 출발하고 십 분이 지난 뒤부터 두 에투알을 '염소들'이라고 부르기 시작했는데 45도 경사를 평지처럼 딛고 나아가는 이런 인간들을 염소 말고 뭐라고 불러야겠느냐는 거였다.

염소 2호는 염소 1호에게 무어라고 보고를 했고, 그러자 염소 1호가 두 사람을 돌아봤다. 막시민은 어깨를 으쓱하는 것으로 의견을 전달했다. 이 정도면 상식적인 인간의 속도 아닌가요?

하지만 염소 1호의 관심사는 그들 둘이 아니었다. 대체 오를란느에 높은 산이 많지도 않다는데 어째서 그쪽 인간들의 발에만 미끄럼 방지 기능이 있느냐고 불만을 터뜨릴 수 없는 이유가 등 뒤에서 헉헉대며 다가왔다.

"어휴, 어휴. 마법사님들은 비탈길 산책을 좋아하시는구나? 추밀원 비서관은 안 좋아하는데. 전이문 설치하시는 김에, 하이고, 짧은 걸로 하나만 더 설치해주시지, 날은 덥고, 사람이 이런 데서, 어휴, 죽는다니 말이 되는지, 평지에서 죽은 귀신은 때깔도 곱다는데……."

다비드는 체격만 봐서는 힘 좀 쓸 것 같았지만 전혀 그런 계열이 아니었고 둥글둥글하니 순한 인상에 성격도 그랬다. 염소 1호와 2호…… 아니, 로랑과 비비엔만 봤다면 오를란느라는 나라에 편견이 생길 뻔했는데 다비드 덕택에 그나마 사람 사는 땅으로 판명됐다. 렘므는 손님이 오면 형틀을 내놓고 루그란은 삼백 년 된 빠그라진 의자를 내놓는다는데, 오를란느에라도 사람이 살아야지 안 그러면 대륙에 사람이 살 만한 땅이 너무 적으니 말이다.

"거의 다 왔습니다."

비비엔이 말하자 다비드가 비탈을 후다닥 내려와 허리를 꺾고 가쁜 숨을 내쉬었다.

"다행이네요. 휴, 조금 전에 남은 제정신이 녹아 사라져서 카스티유 경한테 저 좀 업고 가라고 조를 참이었습니다."

"그래도 될 정도입니다."

'그 정도로 조금밖에 남지 않았다'는 뜻으로 한 말일 테지만 워낙 빈말을 입에 담지 않는 인상인지라 나머지 둘은 저도 모르게 로랑과 다비드를 힐끗 봤다. 초대형 곰 인형 같은 몸매의 다비드를 업고 이 비탈을 내려가라니 말이 안 되는 것 같지만 왠지 될 것도 같고…….

로랑이 멈칫하다가 다비드를 쳐다봤다.

"비서관님, 제정신 좀 주워 담으세요. 저기 떨어졌네."

로랑이 돌아서서 가버리자 하이스미스가 막시민에게 속삭였다.

"염소 1호 농담도 할 줄 안다. 사람 맞나 봐."

몸을 일으키다가 그 말을 건너들은 다비드가 아무렇지도 않게 대꾸했다.

"에투알이 좀 사람 안 같고 그렇죠. 이해하세요. 살기가 힘들어서 그래요."

하이스미스는 흠칫 놀랐다가 슬쩍 눈치를 살피더니 로랑을 뒤따라 순식간에 비탈 아래로 사라지는 비비엔을 턱짓하며 중얼거렸다.

"살기가 하나도 안 힘들어 보이는데요."

"에투알한테 비탈길이야 힘든 일 축에 못 끼죠. 자살 희망자 같은 짓을 얼마나 많이 한다고요. 걔들 정기 훈련 나갈 때 마법사들이 따라다니며 마력장으로 안전그물 칩니다. 안 그러면 분기별로 열 명씩은 죽을걸요."

"거참, 그런 끔찍한 얘기를 평범한 일상인 것처럼 말씀하십니다."

"아, 제 동생도 에투알이라서요."

다비드가 땀을 닦으며 비척비척 둘의 뒤를 따라가고 나자 하이스미스가 눈썹을 치켜올렸다.

"뭐? 오를란느 사람의 절반쯤은 에투알 아니야?"

글쎄. 막시민은 대꾸하는 대신 생각했다. 그럴지도 모르지. 도움닫기 세 걸음 만에 지붕을 건너뛰고, 내달리며 검을 휘둘러 사람을 베는 것이 인간의 기본은 아닐 테니까.

조금 전, 레오멘티스 교수에게 선별되어 진실을 들은 자들은 더럭 겁을 집어먹고 숙연해졌다. 피스커 부사령관을 비롯한 모두가 각국과 각 마법 기관의 긴밀한 협력을 촉구하게 되자 막시민의 처벌을 원하는 사람은 없어졌다. 막시민과 이스핀의 지명수배는 풀렸고, 직전의 결론 또한 그대로 받아들여져 막시민의 신병은 오를란느가 맡게 되었다.

심의회가 끝나자 마법사들은 조금 전에 '출신 학교에 대한 편견과 지역감정에 기반한 인신공격'을 나눈 일은 깨끗이 잊어버린 것처럼 언제 한번 저녁이나 먹자는 얘기로 분주해졌다. 사교의 장을 뚫고 킨 교수가 다가와 말했다.

"우리가 널 데려간다고 주장할 수도 있었다만 솔직히 제때 개학도 못 할 것 같은데 너도 하던 일을 계속하는 편이 낫지 않겠나? 쥬스피앙 님도 그러기를 바라시는 것 같고. 그런데 어쩌다가 오를란느 일에 그렇게까지 개입하게 된 거야? 공녀 명의로 협조 요청이 왔을 때 우리가 얼마나 놀란 줄이나 알아? 조슈아, 아니 소공작, 아니 조슈아가 오죽하면 편지 첫머리에 '놀라지 마세요'라고 써 보냈겠어. 하여간 너란 녀석은 어딜 가든 거물과 엮이는 운인 모양이다."

머릿속이 복잡해진 막시민은 바로 대답하지 않고 그저 고개만 꾸벅했다. 한 발짝 뒤에 있던 로렐딘 교수가 고개를 내밀며 피식 웃었다.

"야아, 내가 임페라토르 조의 배우가 될 일이 생길 줄이야. 콜러 교수가 부러워서 밤잠을 못 자고 있어. 그런데 초짜끼리 대본대로 굴리기가 간단치 않더라. 너라는 거대 변수까지 얹어놓으니까 어휴, 어떻게 해결은 됐다만 연출가가 와서 이 꼴을 안 봤길 다행이지. 그나저나 너 대기실에서 쥬스피앙 님을 봤어? 그런데 무슨 얘길 들었는지 기억이 전혀 안 나?"

막시민은 고개를 흔들었다.

"모르겠습니다."

로렐딘 교수가 눈을 가늘게 떴다.

"아쉽네. 거기가 바로 흑역사 폭로의 전당인데. 감수성 과잉이 되어서 인생 최악의 기억들만 꼬리를 물고 떠오르고 말이야. 한번 경험해보면 다들 꺼려하거든. 사실 너도 너지만 쥬스피앙 님의 속마음이 안 궁금한 사람이 있겠어? 항상 위악을 떨고 계시잖아. 뭐가 그렇게 허무하신 건지. 그런 그분이 아까처럼 나오시니까 무섭긴 하더라. 진짜로 세상이 망할 것 같았어."

글쎄다. 아까 그건 진짜로 세상이 망하는 이야기가 아니었단 말인가? 로렐딘 교수는 어린 학생이 겁먹었을까 봐 안심시켜야겠다고 생각한 것일까?

막시민은 심의회 도중 자신이 메타모르포시의 원인을 알아냈다고 생각했다. 그러나 레오멘티스 교수의 설명대로라면 메타모르포시의 원인은 소멸의 기원이다. 공부를 지지리 안 한 막시민도 마법 학교 학생이긴 했기에 소멸의 기원이 뭔지 알고 있었다. 가나폴리를 멸망시켰던 그 힘이 사라지지 않고 천 년 동안 꾸준히 최초의 마법을 한 겹씩 부수고 있었다던 이야기는 솔직히 말하자면, 공포스러웠다. 밑창에 구멍이 뚫린 배에 탄 것처럼…… 회생 불가능한 세계에 올라탄 한 마리 개미처럼 영문도 모른 채 익사하고 있었던 것일까. 대마법사일지라도 고작 영문을 아는 개미에 불과하단 말인가.

그런 두려움을 느끼면서도 동시에 막시민의 본능은 추리를 멈추지 못했다. 그럴싸한, 틀림없이 맞는다고 생각한 정보들이 서로 부딪치고 있다. 어느 쪽이 진실일까. 아이언페이스의 심장과 소멸의 기원, 메타모르포시를 일으키는 두 원인은 서로 배타적인가? 인과성은 없는가? 부분적으로만 겹치는가? 우연히 비슷했을 뿐인데 같은 현상으로 착각했나?

답을 내기에는 아직 정보가 부족했다. 답답하다 못해 화가 날 지경이다. 그러면서도 두렵고, 그러면서도 걱정스럽다. 교수들을 붙들고 물어야 할까? 뭐라고 묻지? 제가 아는 어떤 범죄자가 소멸의 기원을 일으키고 있는 것 같은데요. 아무래도 가나폴리도 그자가 멸망시킨 것 같아요……. 내가 교수들이라도 이런 놈을 구하러 여기까지 온 걸 취소하고 싶겠네.

멍청이 취급이야 새삼스러울 것은 없다 쳐도 이왕이면 더 제대로 된 증거를 찾아낸 뒤에 묻고 싶었다. 대체 왜인지. 태초의 존재라는 프시키가 왜…… 아이언페이스의 심장에 반응하는지.

그래서 막시민은 결국 아무 질문도 하지 못했다. 그저 어정쩡하게 인사를 하고 오를란느인들을 뒤따라 나왔다. 그러면서 심의회장에서 봤던 수상한 사내, 금발의 키 큰 남자를 찾고자 두리번거렸지만 그자는 어디에도 없었다. 그렇게 키가 크니 숨기도 쉽지 않을 텐데.

학술관 정문을 나설 때였다. 사람들 틈바구니에서 웬 손이 튀어나와 꾸러미를 건네주고 사라졌다. 막시민이 두리번거리자 문간에 서 있던 프리실라가 손 한번 들어 보이고는 역시 재빠르게 문 너머로 사라졌다.

꾸러미는 아직 풀어볼 새가 없었다. 한시도 더 지체하기 싫었던 오를란느인들이 빨리 가자고 채근했기 때문이다. 로랑은 심의회에서 들이받은 상대가 킵에서 또 마주칠 게 뻔한 별비군 부사령관이고, 비비엔은 심볼리온 마법사를 죽일 뻔했고, 다비드는 내부 비리 폭로자였으니 길게 머물러 좋을 일은 조금도 없었다.

하이스미스는 심볼리온의 지시로 일행을 전이문들이 위치한 지점까지 안내하는 역할을 맡았다. 힘든 길이 될 거라고 겁을 주며 좋아하던 그는 '마음이 급한 에투알'이라는 존재를 만나는 바람에 심기가 불편해진 나머지 뜬금없이 막시민과 공감대를 형성하려 들었다. 그 작업은 성공이었다고도 실패였다고도 하기 어려웠다. 평소의 막시민이라면 이런 어처구니없는 시도를 한술 더 뜨는 빈정거림으로 튕겨냈겠지만 지금 그는 생각이 너무 많아 남이 하는 말에 일일이 반응할 여유가 없었다.

비비엔의 말대로 다비드를 업고 가도 자빠져 죽지는 않을 거리를 나아가자 비탈이 끝나며 탁 트인 절벽이 나타났다. 협곡을 향해 튀어나온 길쭉한 낭떠러지 너머는 우거진 수림, 그리고 너무 멀어 물결처럼 넘실대는 산자락뿐이었다. 산이 아니라면 구름일지도 모른다. 그 위로 뿌옇게 빛나는 해가 걸려 있었다.

"안 좋을 때 왔네. 저 해 때문에 잘 안 보일 겁니다. 이쪽으로 오세요."

하이스미스를 따라 낭떠러지 쪽으로 나아가자 그제야 보이기 시작했다. 허공에 그려놓은 동그란 빛의 궤적이. 희미한 무지갯빛이 떠도는 그것들은 낭떠러지를 둘러싸고 둘씩 마주보게 배치되어 있었다. 모두 네 개. 낭떠러지의 폭이 넓지 않다 보니 마주보는 간격은 네 걸음 정도밖에 되지 않았다.

"어느 것이 어디로 가는 건지 뭘 보고 아는 거죠? 안내판 같은 건 없습니까?"

한 바퀴 둘러본 다비드가 상식적인 질문을 하자 하이스미스의 입술이 심술궂게 일그러졌다.

"그런 건 없어요. 필요할 때마다 바꾸니까. 그러니 나 같은 사람이 따라와야 하는 거지요. 어디 보자, 지금은 왼쪽 첫 번째부터 차례로 킵, 아노마라드의 엘윙, 티아의 시오르, 두르넨사의 네라소로 통합니다. 시오르는 네냐플 가기에 좋은 길목이고 네라소는 동부 쪽이고, 오를란느로 가실 거면 엘윙으로 가셔야죠. 로젠 가도로 접어들어 바로 올라가면 되니까."

로랑이 막시민을 봤다.

"어디로 가실 겁니까?"

로랑이 막시민에게 직접 말을 건 것은 지금이 처음이었는데 시작부터 뜻밖이었다. 미간을 찡그린 막시민이 로랑을 보며 되물었다.

"그걸 제가 정합니까?"

"심의회에서 자유로워지고 나면 어디든 가고 싶은 곳으로 보내주라는 명을 받았습니다. 어디로 가실지 정하시면 거기까지 동행하겠습니다."

심의회에서 기를 쓰고 싸워가며 자기가 데려가겠다고 해놓고 이제 와서 가고 싶은 데로 가라니. 막시민은 당황해서 할 말을 잃고 로랑을 쏘아봤다. 아까 그렇게 단호하던 사람이 맞나 싶을 정도로 로랑은 무덤덤하게 막시민을 보고 있었다. 막시민은 간신히 할말을 찾아냈다.

"가고 싶은 데로 가라면서 동행은 왜 합니까?"

"목적지에 닿을 때까지 안전을 확인하는 것도 임무입니다."

"그…… 공녀님께서…… 그러라고 지시하셔서?"

'공녀님'이라는 단어를 내뱉기가 이렇게 힘들 줄 몰랐다. 로랑은 그런 기분을 전혀 모르는 것처럼 사무적으로 대꾸했다.

"따로 지시하지 않으셔도 저희의 임무란 보통 그렇습니다. 연하께서 하사하신 보수도 여기가 아닌 곳에서 전달하는 편이 낫겠고요."

"……."

심의회가 끝나갈 때부터 진실을 예감하면서도 아무에게도 토로하지 않은 건 어쨌든 오를란느 사람들을 따라가면 이스핀을 만나게 되리라 생각해서였다. 시간은 걸리겠지만 만나면, 무슨 말이든 들을 수 있겠지. 왜 그랬는지, 꼭 그래야만 했는지, 언제까지 그럴 작정이었는지, 언젠가 밝힐 생각은 있었는지…….

하지만 저쪽은 그런 대화가 필요 없다는 거다. 이제 그만 가라는 거다. 더는 필요하지 않으니까.

필요하지 않을 수는 있다. 온갖 인재를 거느렸을 한 나라의 공녀께서 보기에 뭐 그리 어마어마한 인재겠냐고. 그렇게까지 실망할 이유도 없다. 어차피 평범한 신분이 아닐 건 예감

했잖아. 모든 걸 말하고 있지 않다는 것도 알았잖아. 그럼 외국인이라서? 생각보다 너무 높은 신분이어서?

그냥 적어도…… 부득이하게 신분을 숨기고 거짓말을 할 수밖에 없었으니 이해해달라고, 그런 정도의 말조차 기대할 수 없었던 관계였냐고.

잘 알았다고, 공녀님이 보내주신 과분한 근위대씩이나 필요한 놈 아니니까 혼자 가겠다고, 다신 소식 들을 일 없길 바란다고, 그런 말이 목구멍까지 올라왔지만 뱉지 못했다. 이렇게 끝난다는 것이 실감나지 않아서다. 무엇보다 로랑을 붙들고 '당신들이 섬기는 공녀는 켈티카에서 오토마톤을 찾고 있는 사람과 동일인인가, 그리고 그분은 이스핀 샤를이라는 이명을 갖고 있는가'라고 물어본 것도 아니다. 혹시나, 만에 하나 오해라면…….

여기까지 내려오는 내내 반복해서 입안을 헛돌던 질문이었다. 그게 진짜로 물어볼 필요가 있는 질문인지는 자신에게 물어보는 편이 나았으리라. 실은 알고 있다. 그런 가능성을 떠올린 자체가 구질구질하게 굴고 있다는 뜻임을. 저쪽에서 '호위와 보수'로 깔끔하게 정리한 관계에 쓸데없이 다른 것을 기대하고 있잖아. 그게 뭔데. 사과가 필요해? '다음에 또 봐' 같은 무의미한 말이 필요해?

그때 기억의 바다 밑에서 낯선 기억 하나가 불쑥, 난파된

뱃조각처럼 떠올랐다. 이스핀은 '다음에 또 봐'라고 말하고 자신은 '진짜 또 오냐?'라고 묻고 있는 광경이. 언제 이런 일이 있었던가? 꿈인가?

"그럼 어디로 가시겠습니까?"

어느새 비비엔과 다비드도 막시민을 보고 있었다. 막시민이 바로 대답을 하지 않자 전이문 사이에 선 하이스미스가 양쪽을 번갈아 보며 어처구니가 없다는 표정을 지었다. 아까는 오를란느의 안위를 위해 꼭 데려가야 된다더니 수배만 풀리고 나니까 대충 아무데로나 가시라고?

"어, 이제 와서 내가 상관할 일은 아니겠지만 그럼 아까 심의회에서 한 얘긴 다 뭐였습니까? 연극치고는 엄청 실감났는데. 저 친구 빼앗아갔다가 렘므랑 전쟁 터지는 줄 알았더니. 와따, 오를란느인은 산만 잘 타는 게 아니네."

그러자 다비드가 사람 좋게 웃으며 대꾸했다.

"전쟁 터질 뻔한 거 맞는데요. 아참, 여기서도 다시 터질 수 있는데."

"아니, 그런 말을 그런 식으로……."

하이스미스가 당황해서 횡설수설하고 있는 사이 막시민은 입술 밑에서 대답을 짜냈다.

"그냥 여기서…… 헤어집시다. 각자 갈 길 갑시다."

로랑이 바로 고개를 저었다.

"그렇게는 안 됩니다."

"무슨 권리로?"

마주선 채로 둘은 서로를 봤다. 절벽 너머에서 불어오는 바람이 세찼다. 막시민의 머리는 뒤엉키고 안경 틈새로 들어가며 시야를 가렸지만 로랑의 짧은 머리는 별다른 방해가 되지 않았다. 막시민은 입을 꾹 다물다 못해 입술을 짓씹었지만 로랑은 무표정했다. 명령만 따르면 되니 복잡한 것이 없겠지. 명쾌하셔서 정말 부럽네.

그러나 로랑의 머릿속이 진짜로 명쾌한 것은 아니었다.

공녀의 명령을 받고 킵을 떠나 여기까지 오는 동안 로랑은 샤를로트가 내린 명령의 진의를 이해하려 애쓰고 있었다. 한 달이 넘도록 함께 일을 진행할 정도로 신뢰했고 오토마톤까지 찾아준 사람을 왜, 아무 곳으로나 보내주라고 했을까.

샤를로트는 인재의 필요도, 소중함도 아는 사람이다. 적들로 둘러싸여 자랐기에 아무나 가까이 두지 않지만 한번 가까이 뒀다면, 그럴 가치가 있다고 판단했다면 계속해서 살피고 챙긴다. 인연이 느슨해지도록 방치하는 법이 없다. 그랬기에 에투알을 떠난 뒤로도 에투알의 신뢰를 잃지 않았고 켈티카로 이주한 콜레트 같은 사람도 계속해서 공녀에게 충성한다. 네이를 오를리로 데려왔을 때 주위에서 외국인을 곁에 둔다며 우려의 소리를 내자 궁정 통역관의 지위를 내렸다. 캉페슈 후작이 로랑을 평민이라고 모욕했을 때는 기사로 서임해 바로 복수했다.

그런 샤를로트가 왜 이 사람은 놓아주려 할까?

아무래도 이해할 수가 없다. 자신이 샤를로트를 전부 이해한다고 믿은 적은 없으나 어쨌든 상례를 벗어났다. 직접 관찰해보면 알게 될 줄 알았는데 그것도 아니었다. 처음에는 신뢰와 비밀을 나누기에 너무 경박한 사람이라서 그랬는가 했지만 심의회 도중 막시민이 한 발언을 듣고는 생각이 바뀌었다. 그리고 꼭 묻고 싶은 질문이 생겼다.

연하께서 왜 혼자 목숨을 건다는 거지?

왜 당신은 연하가 혼자라고 생각하지?

혹시 연하께서 당신에게만 말한 진실이 있다면…… 그건 뭐지?

그런 중대한 질문들을 아직 하나도 꺼내지 못했기에 임무 수행의 영역을 넘어서라도 로랑은 막시민을 보내줄 수 없었다. 상대가 원하든 원치 않든 강제로 동행할 마음을 굳히고 여기까지 왔다. 추적에는 일가견이 있으니 놓칠 걱정은 없었지만 장차 저런 질문들을 하고 대답을 얻어내는 건 또 다른 문제였다. 줄곧 관찰했지만 딱 잘라 정의하기 힘든 복잡한 성격인 것 같은데, 대체 무슨 얘기부터 시작해야 할지…….

그런 고민을 굴리고 있다가 막시민의 입에서 "무슨 권리로?"라는 말이 떨어지고서야 로랑은 깨달았다. 이 사람은 외국인이다. 충성심을 요구할 수 없는 상대가 아닌가.

지명수배는 풀렸고, 심의회의 최종 결론을 내세우기에는 공녀가 내린 명령을 이미 전달해버렸다. 그렇다고 구차하게 같이 여행하면 안전할 겁니다, 같은 소리를 해봤자 먹힐 것 같지도 않은데 대체 무슨 소리를 해야 한담?

좀더 요령있게 접근할걸, 후회하며 머뭇대고 있었지만 킵에서 익힌 습관적 무표정이 그런 혼란을 효과적으로 덮고 있었을 뿐이다. 그사이 하이스미스에게 '심볼리온으로 돌아가서 이런 얘기를 전달하면 재밌는 일이 없을 것임'을 잘 풀어서 설명을 마친 다비드가 돌아왔다. 그는 둘의 딱딱한 표정을 번갈아 보고 고개를 끄덕거렸다.

"어 그렇구나. 권리가 없겠구나. 그나저나 저희하고 헤어지고 나면 어디로 가실 건데요? 네냐플인가요?"

'당신들이 알아서 뭐하려고'라고 대꾸하는 방법도 있었지만 막시민은 순간적으로 격해졌던 감정을 누르며 생각했다. 어쨌든 이들한테 화를 낼 이유는 없다. 이 사람들은 그저 저들의…… 공녀가 내린 명을 따르려는 것뿐이니까.

그렇다면 어디로 갈 것인가?

"켈티카요."

켈티카에 가서 이스핀을 만날 일이 없더라도 막시민에게

는 남아 있는 문제가 있다. 플레상스 경이다. 두 달이 흘렀는데 아직 살아 있을까. 제발 그러길 바라지만 만약 아니더라도…… 적어도 확인은 해야 한다.

다비드는 공녀를 만나지도 못할 텐데 왜 켈티카로 가느냐고 묻지 않았다. 그러는 대신 고개를 크게 끄덕거리더니 말했다.

"아아, 그러면 엘윙으로 가셔야겠네요. 마침 잘됐네! 저희도 그쪽으로 가야 되는데. 어휴, 여기 산등성이라 그런가 바람도 엄청 부네. 빨리들 가십시다!"

"……."

그렇게 간단히 문제를 해결한 다비드는 얼른 두 번째 전이문 앞으로 가며 따라오라고 손짓했다. 가지 않을 명분이 하나도 없었으므로 결국 막시민이 움직이자 로랑과 비비엔도 뒤따라와 섰다. 하이스미스가 다가와 전이문을 가리키며 말했다.

"여기 빛나는 타원 보이시죠? 이 안으로 껑충 뛰어들어가시면 됩니다."

그저 허공에 그려놓은 듯 반투명하고 매끈한, 하얗게 빛나는 원이었다. 원 너머로는 실재하는 절벽 너머의 풍경이 보일 뿐 별다르게 신비로운 건 없었다. 그런데도 아무도 선뜻 뛰어들지 않고 눈치를 보며 머뭇거렸다.

"왜요? 아아, 떨어질까 봐 그러시는구나."

사람들의 반응을 본 하이스미스가 흡족한 얼굴로 웃었다. 줄곧 당하기만 했는데 드디어 마법사가 아닌 자들을 놀려댈 기회가 왔다.

"그게 절벽까지 한 발짝밖에 안 되어 보이긴 하지만 당연히 떨어질 일은 없고 그냥 다른 데로 나가게 될 건데, 마법 구경들을 많이 안 해보셨나 보네."

비비엔이 진지한 눈빛으로 하이스미스를 쏘아봤다.

"꼭 이런 위치에 전이문을 설치해야 하는 이유라도 있습니까?"

"그럼요."

"뭐죠?"

"그야 심볼리온 마법사들의 고상한 취향……."

거기까지 말하는데 비비엔의 눈빛이 사나워지고 손이 칼자루로 가는 것 같았으므로 하이스미스는 큼큼, 하고 목을 가다듬고는 정정했다.

"……때문만은 아니고, 원래 마력을 집중시킬 때는 널찍하고 텅 빈 공간이 있어야 효율이 좋아서 그래요. 전이문을 장기적으로 유지하려면 마력도 많이 필요하고 하니까, 뭐 그래서죠."

그때 로랑이 말했다.

“킵으로 연결되는 오를란느 전이문은 이 산 밑의 평지에 있습니다.”

“역시 최첨단이네요.”

그렇게 대꾸한 비비엔이 몸을 홱 돌려 전이문으로 뛰어들었다. 원을 통과하는가 싶더니 모습은 사라지고 허공이 한차례 흔들리다가 고요해졌다.

“이야, 되긴 되네. 심볼리온도 마법을 영 못 하진 않나 보네요?”

다비드가 이죽대더니 한쪽 발을 높이 들어 원 안쪽에 들여놓는 방식으로 뒤이어 사라졌다. 뒤에 남은 막시민과 로랑은 서로를 흘끔 봤다. 자신이 먼저 들어가기 전에는 상대가 들어갈 기세가 아니라는 것을 알아차린 막시민이 무표정하게 농담을 던졌다.

“제가 다른 전이문을 타면 어쩌시려고요. 동료분들은 벌써 가셨는데.”

“전 단둘이 다니기에 별로 재미있는 사람이 못 됩니다만.”

로랑의 말뜻을 알아차린 막시민은 혀를 한번 차고는 전이문에 발을 들여놓았다.

직후, 주위가 어두워지며 술 취한 듯한 어지러움이 덮쳐왔다. 이게 왜 이런가, 전이문은 본래 이런가, 혼란스러운 가운데 등뒤에서 자갈 부딪치는 듯한 소리가 밀려오며 커졌다.

아, 목소리들이다. 빌어먹을 프시키들, 대체 아무때나 왜 이래? 매번 입을 여는 기준이 뭐야?

생각은 오래가지 못했다. 점점 커진 목소리가 사람을 익사시킬 것처럼 덮쳐왔다.

너는 고귀한 배신자이며
웃으며 거짓말하는 자이며
입맞추며 등을 찌르는 자이다
너와 같은 자는 밝은 빛 아래 나다녀서는 안 된다

너의 아름다움은 황혼을 닮아
사람을 불태우고 녹인다
너는 네 왕국처럼 메말랐기에
죽은 왕국과 함께 파묻혀야 한다

향기로운 목소리로 호소하지 말라
독이 흐르는 입술로 부르지 말라
여왕은 네 심장에 쇠말뚝을 박아
땅 밑 깊이 묻고 돌아섰으니

아무것도 기억하지 못하리라

오직 먼지만을 먹게 되리라
피 흐르는 육신을 되찾지 못하리라
마침내 우리와 같아지리라

언젠가 우리의 딸이
말뚝을 뽑고 굽어보거든
네 이름을 물어보라
우리는 우리가 누구인지 알지 못한다

너 또한 모르리라
모든 이름이 먼지 아래 녹으리라
아무것도 돌이키지 못하리라
느린 죽음이 세상을 덮치리라

(6권에 계속)

룬의 아이들 – 블러디드 5

1판 1쇄 2022년 5월 30일
1판 3쇄 2024년 5월 29일

지은이 전민희

책임편집 임지호 | **편집** 지혜림 김유진 | **일러스트** UK Nakagawa
표지디자인 이혜경디자인 | **본문디자인** 이원경
저작권 박지영 형소진 최은진 서연주 오서영
마케팅 정민호 서지화 한민아 이민경 안남영 왕지경 황승현 김혜원 김하연 김예진
브랜딩 함유지 함근아 고보미 박민재 김희숙 박다솔 조다현 정승민 배진성
제작 강신은 김동욱 이순호 | **제작처** 한영문화사(인쇄) 경일제책(제본)

펴낸곳 (주)문학동네 | **펴낸이** 김소영
출판등록 1993년 10월 22일 제2003-000045호

주소 10881 경기도 파주시 회동길 210
문의 031-955-8892(편집) 031-955-2696(마케팅) 031-955-8855(팩스)
전자우편 elixir@munhak.com | **홈페이지** www.elmys.co.kr
인스타그램 @elixir_mystery | **X(트위터)** @elixir_mystery

ISBN 978-89-546-8666-2 04810
978-89-546-5354-1 (세트)

엘릭시르는 출판그룹 문학동네의 장르문학 브랜드입니다.